KB249229

꽃님이와 벼락부자

만방기원 사람들

나남출판

이홍렬 실전 바둑 콩트집

꽃님이와 벼락부자

만방기원 사람들

NANAM
나남출판

등장인물들과 함께 호흡한 색다른 경험

이창호 · 프로기사 9단

나는 독서를 즐기는 편이긴 하지만 바빠서 욕심만큼 자주 책을 대하지는 못한다. 한 주일에 한 권, 한 달에 다섯 권 정도나 읽을까? 대국을 전후해 역사물이나 가벼운 교양서적을 대하면 엄청나게 쌓였던 긴장감이 눈 녹듯 풀어지곤 한다. 스트레스를 떨치고 편한 마음으로 되돌아가는 데 책만큼 좋은 것은 없는 것 같다.

그런데 '바둑을 소재로 한 읽을거리는 좀 없을까' 아쉽게 생각하고 있던 차에 한 후배 프로기사로부터 우연히 '만방기원 사람들' 얘기를 들었다. 처음엔 책으로 나와 있는 것인 줄 알았는데 인터넷 바둑사이트 '사이버오로'에 연재되는 바둑콩트란다. 인터넷에 그런 것도 뜨나? 난 컴퓨터와 많이 친한 편은 아니다. 들어가는 법을 묻고 접속해서 읽기 시작했다.

무엇보다 부담이 없어서 좋았다. 내용도, 시간적으로도 가벼운 마음으로 읽어

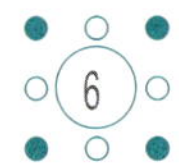

내리기엔 안성맞춤이었다. 마침 대국일정이 바쁜 시기였지만 하루 2, 3편씩 틈틈이 읽어 1주일 만에 끝을 보았다.

하나씩 읽어가면서 느꼈던 첫 번째 소감은 바둑과 관련해서 '이런 글도 있을 수 있구나' 하는 거였다. 나는 개인적으로 '만방기원'과 같은 세계를 전혀 경험해 보지 못했다. 어린 나이 때부터 오로지 바둑수업에만 매달렸고, 11살에 입단해 프로가 된 뒤엔 빡빡한 공식대국 스케줄에 얽매여왔기 때문이었다. 그런 내게 이 글에 등장하는 모든 장면들은 완전히 새로운 경험이었다. 팬들이 바둑을 통해 무엇을 느끼고 즐기며 살아가는지 깨달았다고나 할까. 그들의 다양한 감정과 행태를 보면서 바둑 한판이 인생의 축소판이란 말의 의미도 새삼스럽게 되새겨 보았다.

20대부터 50대 후반까지 등장하는 인물들의 강한 개성도 흥미롭다. 성희룡, 변덕수, 제갈길 등 이름을 대할 때마다 내 입가엔 항상 미소가 번지곤 했다. 때론 등장인물들의 틈새에 끼어들어 그들과 호흡을 같이하는 착각마저 느꼈다. 매편 자연스럽게 펼쳐지는 사회풍자 속에서 '저승사자의 시말서', '꽃님이와 벼락부자'를 특히 재미있게 읽었던 걸로 기억한다.

무엇보다 반가웠던 것은 모든 이야기마다 기보가 빠짐없이 곁들여졌다는 점이다. 내게 글 이상으로 기보가 더 빨리 눈에 들어오는 것은 내 직업 때문일 텐데, 눈에 익은 것도 간혹 있었으나 대부분이 처음 보는 것들이었다. 특히 어느 편에서였던가? 판 전체가 빅이 되는 기보는 정말 경이로운 느낌으로 한참을 들여다봤다.

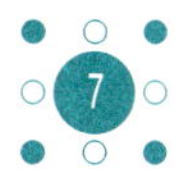

1년여쯤 전, 같은 저자가 펴낸 《19 * 19 인생퍼즐》이란 책을 보내주셔서 읽었던 생각이 난다. 프로기사 20여 명의 고향, 성격, 성장과정 등이 색다른 형식으로 소개돼 동료 기사들을 이해하는 데 큰 도움이 됐었다. 프로기사로서 나의 목표는 바둑의 수가 더욱 발전하는 가운데 내 자리를 지켜가는 것이다. 그러나 개인적 목표 못지않게 바둑과 관련된 주변산업도 함께 성장했으면 좋겠다. 그런 의미에서 이 작품은 바둑 글의 땅을 더욱 넓히는 훌륭한 시도라고 생각한다. 저자의 노력에 감사드리며 언젠가 또 다른 형식의 글로 다시 만나보고 싶다.

'성동격서'의 전법으로 하수를 능멸하다니

장 원 재 · 숭실대 문예창작학과 교수 · 문학박사

이것은 폭거다. 말도 안되는 폭력이자 만행이다. 이홍렬 선생께서 이러실 줄은 몰랐나. 사람의 가슴에 이렇게 못질을 해도 좋단 말인가. 수없이 패배의 쓴잔을 들이킨 적은 있으되 승전의 휘파람을 불어본 기억이 없는 패전전문 기객에게는, 책 제목 하나라도 예사롭지 않은 때가 있는 법이다. 아아 '만방'기원이라니. 가슴이 사석처럼 쿵쿵 내려앉는 소리가 들린다.

접바둑이라 먼저 몇 점 늘어놓은 것은 생각을 아니하고, 반면 60집은 족히 우세로구나 속으로 흐뭇해 하기를 잠시, 고수의 파상공세에 "까짓 한쪽 귀는 떼 주더라도 문제될 것 없노라"며 호기를 부린다. 과수와 악수의 남발 끝에 형세는 급변, 남은 돌들만 이어가 살면 이길 수 있다고 한 걸음 물러섰다가, 끝내기만 잘하면 지지는 않겠다는 지점까지 후퇴를 계속한다.

그러다가 장막 뒤의 비수같은 고수의 노림수에 우리편 대마가 주르륵 끊어지고, 도막도막의 돌들이 후드득 후드득 숨을 멈추면, 반상에는 폭설주의보 내린 다음날 아침마냥 백돌들이 새하얗게 바둑판을 메우고 있더라는 얘기. 흰색이 그렇게 낭자하게 보일 수도 있다는 걸 무수히 보아서 알고 있거니와, 바둑판 위에 집이 얼마나 된다고 60집 우세가 어떻게 순식간에 90집 만방 비세로 돌변한단 말인가.

한 방당 한 캔, 맥주캔을 품에 안고 복도를 걸어가노라면, 맥주캔은 납덩어린가 싶게 천근의 무게로 온몸을 짓누르고, 눈물은 캔 표면을 타고 흐르는 이슬방울처럼 폭포를 이루며 떨어지는 것이었다. 급상승하는 체온으로 마시기 딱 좋게 냉각되었다는 맥주를 덥히다 못해 끓일 수도 있겠다 싶던 내기바둑의 처절한 추억. 아아 그런데 만방기원이라니. 인터넷 바둑사이트 사이버오로(www.cyberoro.com)의 만방기원 이야기다.

사람들 사이에서 만방 어쩌고 하는 소리만 들려도 가슴이 저려오는데, 조회수가 적지 않다는 바둑 애호가들의 인터넷 사랑방에 이렇게 대놓고 간판을 올리시는 선생의 저의는 과연 무엇일까. '저의'라니, 표현이 좀 심한 것 아니냐고? 몇 해 전 겨울, 이홍렬 선생은 어느 저서의 서문에서 진지한 표정으로 여자 이야기를 꺼내신 적이 있다.

첫 여자와는 결혼 두어 해 만에 합의 이혼, 이후 어릴 적부터 사랑하던 여성을 만나 살림을 차렸는데, 그 여성이 어찌나 천사 같은지 애인의 존재를 눈감아주더라. 그 여성과 스무여 해를 살다가 홀로 사는 애인 생각에 가슴이 아파 말을 꺼냈더니, 애인하고 새로 살림을 내도 상관없으니 자기 걱정을 하지 말라며 오히려

위로의 말을 건네더라. 해서, 지금은 바로 그 세 번째 여성과 살고 있는데… 아니 어떻게 이렇게 기구하고 화려한 인생이 있단 말인가.

　　내막을 새겨들어 보자고 자세를 고쳐 앉는데, 선생은 표정 하나 안 바꾸고 그 여자분들의 성명 삼자를 알려주시더라. 첫 여자는 무역회사요, 두 번째 여성은 스포츠이며, 애인이자 지금 살고 있는 여자의 이름이 바로 바둑이라고. 흥미진진하게 읽어가던 사람의 뒤통수를 이리 절묘하게 내리치다니 이거야말로 '성동격서'의 전법으로 하수를 능멸하는 신출귀몰한 고수의 수법이 아니고 무엇이던가. 어 어 어 하는 사이에 대마가 죽은 것이다. 그러니까, 필자는 선생께 문장을 가지고도 만방으로 깨끗이 나가떨어졌다는 얘기.

　　그렇다면 바둑이 남지 않았느냐고? 누군들 단기필마로 오관육참하던 관운장의 무공을 바라지 않으며, 종횡무진으로 헌 칼을 휘두르며 적진을 유린하던 조자룡의 파죽시세를 빌리고 싶지 아니하겠는가. 그러나 바둑의 실력이 단기간 안에 고수급으로 급상승한다는 건 애당초부터 무리라는 걸 모르는 바가 아니다. 바둑돌을 달나라에 닿도록 던지는 것만큼이나 어림없는 일을 꿈꿀 수는 없는 터. 탈출구가 없으니 깨끗이 돌을 던지고 한 판 지도대국을 다시 청할밖에. 장소는 만방기원, 시간은 오늘 저녁이다. 만방기원 식구들의 건강을 빌며, 만방기원의 무궁한 발전을 기원한다. 벌써 겨울이다.

'경계인'의 주제넘은 담 뛰어넘기

세상의 하고많은 직업 중 '관전기자'라는 게 있다. 그들이 하는 첫 번째 작업은 프로 고수들의 바둑을 현장에서 지켜보는 일이다. 이거 얼마나 멋진가. 바둑팬이라면 누구나 군침을 흘릴 것이다. 그런데, 그냥 구경만 해선 아무도 먹여살려 주지 않았다. 이른바 '관전기'를 써야 했다. 그야 물론 각오했지. 하지만 이 대목부터 일은 그리 간단치 않았다. 관전소감으로만 그쳐선 안되고 수(手)에 대한 해설이 곁들여져야 하기 때문이었다.

같은 아마추어 기보해설이라면 뭐 어려우랴. 하지만 아마추어가 프로의, 그것도 세계 최고수들의 바둑을 놓고 천연덕스럽게 선악을 지껄이다니. 이것은 웃다 못해 엄청나게 참람(僭濫)한 행위에 속한다. 그런데 나는 참 복받은 사람이었다. 필자가 해설을 맡은 기전은 프로기사를 정식 해설위원으로 위촉한 흔치 않은 무대였고, 프로 9단인 그는 세상에 둘도 없이 성실한 사람이었다. 그는 밤새 해당 기보를 연구하고, 후배들의 의견을 듣고, 외국 미디어에 실린 해설까지 섭렵한 뒤 약속장소에 나왔다. 그리고 그 모든 '비급'을 내게 전수했다. 그 생활은 지금도 계속되고 있다.

그리하여 참새는 대붕(大鵬)들의 깊은 속뜻을 혼자 고민하지 않아도 됐다. 그저 천하 고수들의 바둑을 천천히 즐기기만 하면 되는 일이었다… 뭐 이렇게 얘기가

전개돼야 옳은 수순 아니겠는가. 그러나 유감스럽게도 실제는 그렇지 못했다. 이번엔 '관전기'란 걸 놓고 "이거 내 글 맞아?" 하는 원초적 자괴감이 엄습하기 시작한 것이다.

접고 또 접어서 뒷주머니에 쑤셔박힌 손수건만한 크기. 크기야 아무래도 좋다. 그래도 1년 열두 달 매일 꾸준히 나가는 내 거울같은 코너니까. 문제는 다른 데 있었다. 글이란 무릇 필자의 사상과 가치관을 일백프로 담은 무한책임의 것이어야 한다. 관전기는? 그렇지 못하다. 그렇다면 나는 과연 글장이인가, 바둑장이인가. 결론은 아무 쪽도 아니었다. 남북한을 오갔던 어느 재독 사회학자의 넋두리를 빌린다면 그저 '경계인'이었을 뿐이다.

그에 대한 반발심리였다고 박박 우길 생각이니 용서하길 바란다. 바둑을 주제로 짐짓 '나의 일'을 찾아보겠다고 나선 일 말이다. '월담'했던 동안 나는 분명 경계인에서 탈출해 있었다. 내가 지휘자였으니까. 바둑에 비유하자면 나 스스로가 대국자였으니까. 나 혼자 포석 구상하고 전투하고 끝내기하고, 복기까지 마쳤는데 그 어떤 프로 고수도 '게찌 붙지' 않았다. 대신 모두들 이렇게 물을 것이다. 흠, 그래요? 그런 시도를 해보니까 행복하십디까? 살림살이 좀 나아지셨습니까?

대답 않는 것도 내 자유다. 또 한 번 비참해지기 싫으니까. 프랑스 사상가 로맹 롤랑이 말했다. "높은 곳에 우뚝 솟은 나무들일수록 번개를 무서워하는 법이다." 아아! 어디 숨을 데 좀 없나? 그것은 참람 정도가 아니며 일종의 역모(逆謀)였다. 그러나 어쩌랴. 조금씩 나이들어 가면서 내게 늘어난 유일한 덕목은 뻔뻔스러움인 걸. 뒤를 지켜주는 프로 해설자의 존재를 숨기고, 어느새 내 '학설'인 양 천연덕스럽게

써 갈기는 속물이 돼 버렸는 걸.

　　귀한 이름으로 허물을 감싸준 이창호 국수, 장원재 박사께 고개 숙인다. 사이버기원에 연재되는 동안 온갖 궂은 일을 묵묵히 도와준 그쪽 식구들 고맙다. 중절수술을 떠올리고 있을 때 출산을 떠맡고 나선 나남출판 조상호 사장님, 꼼꼼하게 기보교정을 맡아주었던 '맹추' 양, 고양이를 호랑이로 성형해 준 이철원 화백에게도 큰 빚을 졌다. 일장공성 만골고(一將功成 萬骨枯)의 완벽한 반대. 비유컨대 사망 직전의 중병환자에게 일제히 달려들어 목숨을 살려낸 드림 수술팀이었다. 아아, 이제 정녕 주제넘은 일은 쳐다보지 말고 그냥 경계인으로만 살으리랐다!

2003년 세모를 앞두고 　李 浡 烈

만방기원 사람들

• 오만방 · 吳萬方

만방기원을 운영중인 50대 후반의 원장. 30년째 기원을 운영해 오면서 손님들에게 어버이같은 구실까지 하는 제1의 어른이자 구심점이다. 뭐든지 많이 안다고 해서 '박학다식' 이란 별명을 갖고 있지만 정확하지 않은 것도 많아 종종 망신을 당한다.

• 번덕수 · 邊德洙

직장 상사와 싸우고 나온 뒤 일정한 직업없이 만방기원에 상주하는 골수 단골손님 중 하나. 기적(棋敵)이자 연적(戀敵) 관계인 성희룡과 모든 면에서 경쟁한다. 수더분하고 서민적인 타입으로, 결국 사랑싸움에서 성희룡에게 패한 뒤 서봉숙과 결혼하게 된다.

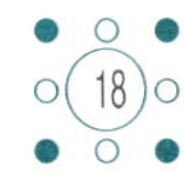

• 성희룡 · 成喜龍

벤처기업에 근무하는 화이트 칼라형 회사원으로 만방기원의 중추적 멤버. 변덕수와는 32세 동갑에다 같은 아마 3단의 바둑실력이다. 오만방 씨의 사위가 되는 데는 성공하지만 엄청난 공처가가 되는 후유증도 겪는다. 변덕수와는 가까운 친구로 발전한다.

• 오나랑 · 吳奈娘

오만방 원장의 외동딸이자 만방기원의 꽃. 방년 24세의 아리따운 처녀로, 불황 속에서도 만방기원에 손님이 넘쳐난 주요 원인으로 꼽혔을 정도의 미모를 자랑한다. 변덕수와 성희룡으로부터 동시에 치열한 사랑공세를 받지만, 그것이 꼭 행복이 아님을 훗날 절감한다.

• 허기진 · 許基鎭

비뇨기과 전문의. 배움이 약간 부족하고 잠이 많은 아내 노상자 여사, 외동딸 허영심 양 등 가족을 이끄는 평범한 가장이다. 술 고래인 처남 노상술을 포함해 일가 모두가 바둑을 즐기며 그 과정에서 갖가지 해프닝을 연출한다.

• 제갈길 · 諸葛吉

40대 초반의 중학교 체육교사. 착실하고 고지식한 성격답게 누가 뭐라건 무조건 실리만 챙기며 제 갈길로만 가는 기풍을 지녔다. 현실에서도 집 마련을 목적으로 경매에 나온 가옥을 잘못 매수했다가 큰 곤욕을 치른다.

• 구경만 · 具敬晩

인격과 학식을 갖춘 50대 중반의 철학자이자 노신사. 한때 사업도 벌였다가 접고 만방기원에 터를 잡은 뒤 기원 내 식구들의 인생 카운슬러 역할을 한다. 절대 스스로 대국하는 법이 없고 언제나 구경만 해서 바둑실력은 베일에 가려 있다.

• 강수만 · 姜守滿

만방기원 아래층 어린이 바둑교실 사범. 입단대회 본선에도 몇 차례 진출했고 청년시절엔 지하 바둑계를 풍미했던 강자다. 어린이 지도에 나서면서 내기 바둑계를 떠났으나 지난날의 라이벌 '허리케인 박'을 우연히 만나 어쩔 수 없는 내기에 응한다.

• 김대박 · 金大舶

40대 초반의 '베팅 전문가'로 본업은 증권투자. 세상사 모든 일을 내기로 해결하려는 습관을 지녔으나 뜻대로 안될 때가 많아 '킴노박'이란 별명을 갖고 있다. 만방기원 내에서 숱한 하수들을 골려먹지만 결정적 순간엔 거꾸로 당하기도 한다.

• 이쇠돌

남해 바다의 어느 작은 섬에서 태어난 17세 천재소년. 집안이 기울면서 삼촌에 의해 오만방 씨에게 의탁, 만방기원 사환으로 일하다가 숨겨진 재주가 알려진다. 만방기원 최고수로 군림하다가 후원자의 적극 지원으로 훗날 프로 입단대회까지 통과한다.

• 노상술 · 盧相述

허기진의 처남이자 허영심 양의 외삼촌으로 바둑실력은 5급. 액세서리 가게를 운영하지만 주로 하는 일은 술먹는 것과 통신바둑 두는 것 두 가지다. 저돌적 성격이면서도 몸에 밴 장난기로 인터넷 공간에서 숱한 사연을 만든다.

• 서봉숙 · 徐奉淑

어느날 만방기원에 나타나 오나랑을 둘러싼 성희룡과 변덕수의 사랑싸움에 개입하는 적극적 성격의 여성. 끝내 변덕수의 마음을 움직여 결혼한다. 뛰어난 유머감각과 머리회전을 발휘, 변덕수를 인생싸움의 승자로 이끈다.

• 나죽자 · 羅竹子

만방기원의 안주인이자 부원장. 이쇠돌 소년을 친아들처럼 보살피는 등 체구답게 후덕한 성격이다. 그래서 주위로부터 생불여사(生佛女史)라고 불리지만, 오직 본인만 그 별명의 숨은 뜻을 모른다. 남편 오만방 씨에게 유독 무서워 둘도 없는 엄처로 군림한다.

차 례

웬수, TV서 마주치다

오늘 따라 하필 이렇게 몽땅 다 모일 수 있는가. 실내를 죽 둘러보던 변덕수(邊德洙)는 길게 한숨을 뿜어낸다. 도대체 '만방기원' 골수 멤버치고 빠진 사람이 하나도 없는 것 같다. 저들 앞에서 꿇어앉은 채 성희룡(成喜龍) 따위의 물바둑을 공개적으로 상수(上手)로 인정해야 하다니. 바둑을 시작한 후 이렇게 치욕스런 날은 없었다.

변덕수는 타는 듯한 갈증에 냉수를 반 주전자나 들이켰다.

오늘 만방기원에선 '시사회' 가 열릴 참이다. 거의 매일 얼굴을 마주치는 기우들이 이미 텔레비전 모니터를 향해 의자를 돌려놓고 관람 자세에 돌입했다. 취화선을 감상키로 했느냐고? 아니다. 그렇담 포르노 합동 관람? 그것도 아니다. '세기의 바둑 대결' 을 보기 위함이다. 출전선수는 변덕수와 성희룡. 이제 조금 뒤면 막 시작 공이 울릴 참이다.

어떻게 된 사연인지 설명이 필요하리라. 발단은 2주 전으로 거슬

러 올라간다. 이 만방기원의 주인이시자 정신적 지도자이시기도 한 오만방(吳萬方) 원장이 어디로부터인가 전화를 받더니, 싱글벙글하면서 통화내용을 털어놓았다. 바둑TV '우리 기원 라이벌' 제작팀에서 다음 주에 만방기원 편을 방영키로 했다고 알려왔다는 것이다.

각 기원 별로 피터지는 라이벌 한 쌍씩을 스튜디오로 불러내 공개리에 승부를 가리는 이 프로그램은 만방기원 멤버들에게도 꽤 높은 인기를 누리고 있었다.

누구를 내세울까. 5, 6단급 강자들에다, 아랫층 바둑교실 사범들까지 포함하면 7단들도 몇명 있었지만 만방기원 사람들은 국무회의 뺨치게 진지한 토론을 거쳐 '성희룡 대 변덕수'로 결론을 냈다. 바둑은 아마 3단 정도에 불과하지만, 라이벌이라면 이들 이상으로 누가 있느냐는 거였다.

그러나 당사자들은 이 결정에 치열하게 저항했다. 성희룡은 "변덕수 씨가 어떻게 내 라이벌이냐, 그 동안 딴 돈으로 곧 집을 살 판인데?"라고 외치자, 변덕수는 변덕수 대로 "세상에 제자 뺄하고 공식 대국을 두라니. 원장님, 혹시 스승의 날 특집프로는 안 만든답디까?"라며 이죽거렸었다.

성희룡과 변덕수는 나이도 설흔 둘 동갑인데다 바둑 실력 또한 한 치도 기울지않는 난형난제(難兄難弟)의 관계다. 변덕수는 변덕스런 '떡수'가 트레이드 마크다. 떡수라면 얼핏 약점으로 들리겠지만, 그는 이 거친 초식으로 심심치않게 불가사의한 괴력을 발휘하곤 한다.

직업? 요게 약간 좀 그렇다. 쉽게 말해 '주 7일 휴무제' 니까. 실업자(失業者)란 표현을 가장 싫어하는 그는 대신 기업자(棄業者)로 불러 줄 것을 주문한다. 무슨 신용금고에 다니다가 상사와 대판 싸우고 나왔으니 직장을 '잃은' 것이 아니라 '버렸다' 는 논리다.

성희룡은 무슨 벤처회사에 다닌다는데, 그 직업적 정체가 변덕수보다 오히려 불분명하다. 도대체 젊디 젊은 직원이 일터보다 기원에서 개기는 시간이 더 많다면 말이 되는가. 첨단 지향 기업들이 요즘 자금난으로 고전한다는 소문이 맞기는 맞는 모양이다.

어쨌거나 성희룡과 변덕수 두 사람은 모든 면에서 라이벌 관계인데, 여기서 절대 빼놓을 수 없는 부분이 또 하나 있다. 앞으로도 많이 나오겠지만 둘은 여자 하나를 두고 치열한 암투를 펼치고 있다. 연적(戀敵)이란 얘기다.

공개대결 전야(前夜) 두 사람은 명량해전에 임하는 이순신 장군처럼 비장했다. 하지만 세상 모든 싸움은 기세에서 반 쯤 먹고 들어가는 법. 변덕수는 "원장님, TV 프로엔 방내기 제도가 없나요? 만방기원 편이니 만방으로 끝내도 뒷말이 없겠죠?" 했고, 성희룡은 "내가 만약 이번 대결서 진다면 모든 기득권을 포기하고 여러분들에게 아마 3단 단증에 대한 재신임을 묻겠다" 며 너스레치고 다녔다.

두 사람의 호언장담을 그냥 듣고만 있을 우리의 오만방 원장이

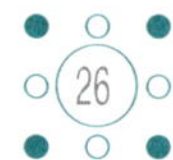

아니었다. 그는 소주잔을 높이 치켜든 채, 자신이 무슨 공정선거관리위원장이나 되는 듯 느릿느릿 말했다.

"나도 두 사람이 맨날 싸우는데 지쳤어. 이번 기회에 둘 간의 명백한 서열을 정했으면 하네."

그리곤 구체적 방법까지 제시했다. 이번 대결은 다음주 TV에 방영되고, 그 시간 만방기원 사람들은 함께 모여앉아 '공개 시사회'를 지켜보도록 하자. 그리고 그 바둑이 끝난 직후 진 사람이 이긴 쪽을 향해 꿇어앉은 채 '상수님' 하고 부르도록 하는 게 어떠냐?

모인 사람들은 박수와 환호로 그 제안을 환영했다.

그랬는데, 아 그랬는데 변덕수는 그 바둑을 졌다. 세상에 국수전보다도, 아니 LG배나 40만 달러짜리 잉창치 배보다도 더 중요한 그 바둑서 다른 사람도 아닌 성희룡에게 패한 것이다. 이제 불과 몇 분 후면 저기 놓인 TV 모니터에선 그 프로가 녹화 방영될 것이다. 그리고 아직은 결과를 모른 채 기다리고 있는 이 사람들은 그 치욕의 현장을 똑똑히 지켜볼 것이다. 이 불상사를 어찌할까. 변덕수는 그저 죽고싶은 마음뿐이었다.

성희룡은 표정관리에 여념이 없었다. 그래도 기원 사람들에게 그 바둑의 결과는 아직 알리지 않은 모양이다. 극적 효과를 극대화하려는 수작이 아니겠는가. 교활한 자식. 망신살이 뻗치느라고 때맞춰 아래층에서 공부하던 바둑교실 어린이들까지 몰려든다.

"우리 기원이 TV에 나온대."

조막만한 꼬마 수십 명이 재잘거리며 들어서자 홀이 꽉 차버렸다. 구경 밝히는데는 애 어른이 따로 없구나. 제기랄! 변덕수는 눈을 감아버렸다.

마침내 오만방 원장이 TV를 켠다. 이번 포즈는 영락없이 개표 개시를 선언하는 감표위원장의 그것이다. 하긴 감개무량하기도 할 것이다. 30년 세월 온통 자신의 젊음을 바쳐 온 이 삶의 터전이 난생 처음 TV에 소개되는 순간 아닌가. 해설을 맡은 낯익은 프로기사와 아마추어 진행자 두 사람이 만방기원 기객들을 향해 꾸벅 인사를 하고, 계시원 아가씨가 "대국을 시작하겠습니다"라고 낭랑한 목소리로 말했다. 기원 내 관객들은 일제히 꼴깍 침을 삼켰다.

성희룡의 흑번. 대충 포석이 끝나기 무섭게 우변에서부터 접근전이 시작됐다. 싸움은 갈수록 전면전으로 번져간다. 평소에도 오로지 상대를 때려누일 펀치만 있고 수비를 위한 가드는 없는 난투극을 펼쳐 왔던 두 사람이다. 협공에 되협공. 우중앙에서의 첫 접전은 치열함을 극한 끝에 쌍방 대마가 빅의 형태를 이뤘다.

〔장면도〕

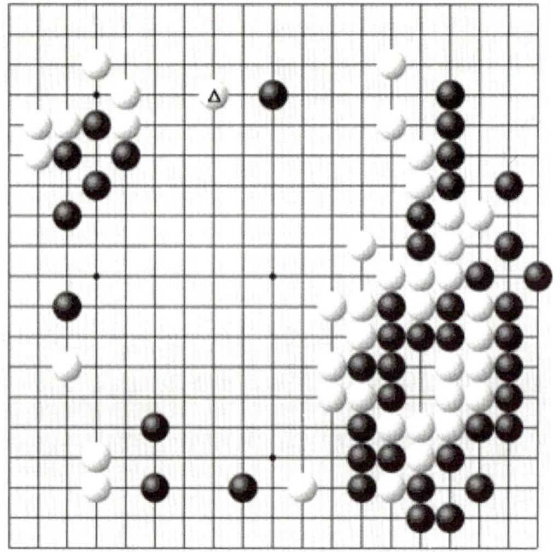

국면이 [장면도]에 이르렀다. 백이 막 △에 협공한 순간이다. 해설자는 여기까지 백 우세로 진단했고 당시 변덕수의 생각도 같았다. "내가 오늘 이 친구를 박살을 내리라."

그는 그 무렵만 해도 두터운 중앙세에 만족하면서 진짜 '만방'을 만들 생각이었다. 세불리를 느낀 성희룡은 죽기 살기로 부딪쳐오고 있었다.

바둑은 난전인 채로 확전일로다. 대국 당시엔 급소라면서 자랑스럽게 놓은 점들이 많았는데, 해설자의 설명을 듣고보니 쌍방 모두 엉뚱한 점이 한 둘이 아니다. 저 건너쪽에 앉아 TV 모니터를 보는 성희룡의 표정도 꽤 붉어져 있다. 그 역시 낯이 뜨거운 모양이다.

"역시 전문가 앞에서 발가벗는다는 것은 승패를 떠나 보통 쪽 팔리는 게 아니군."

둘 모두 그런 생각에 빠져 있는데 해설자가 웃음 띤 얼굴로 말한다.

"흑 백 모두 참을성이 대단한 기풍이군요. 서로 경쟁하듯 급소를 양보하는 모습이 아름답습니다. 두 분이 활동하시는 기원 이름이 뭐라고 했지요?"

진행자가 '만방기원' 이라고 답하자, 해설자는 기어이 결정타를 넣는다.

"제 생각엔 '자비(慈悲)기원' 이나 '인내(忍耐)기원' 이 더 좋을 것 같은데, 이 기회에 바꾸시는 게 어떨까요? 으하하하."

중앙이 온통 백세인데도 흑이 마냥 움직이자 변덕수는 칼을 뽑기로 했다.

[1도] 백 1이하로 움직여 일망 타진을 외친 것이다. 그러나 어찌 알았으랴! 교활한 성희룡은 우변 빅 모양의 약점을 빌미로 덫을 준비해 놓고 있었다. 흑 6에 이르자 중앙과 하변이 동시에 걸린 것이다. 할 수 없이 7, 9로 아랫쪽을 연결해 갔으나 그 통에 백 요석 석점이 잡혔고, 빅으로 살아있던 오른 쪽 백 열점이 속절없이 나포돼 버렸다. 하다 못해 [2도]처럼만 됐어도 끝난 바둑이었다며 해설자는 또 너털웃음을 터뜨렸다.

〔1도〕

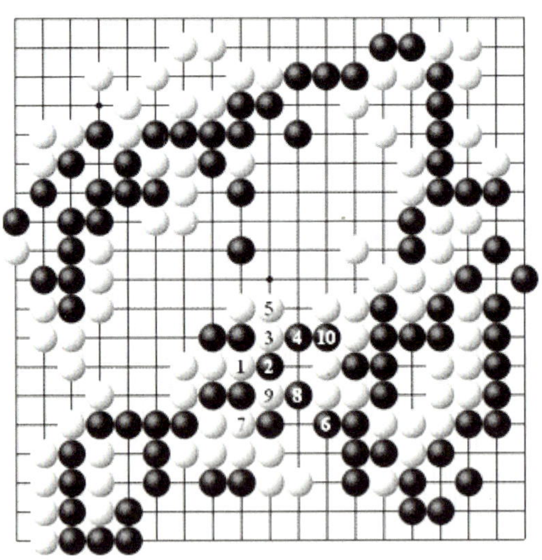

〔2도〕

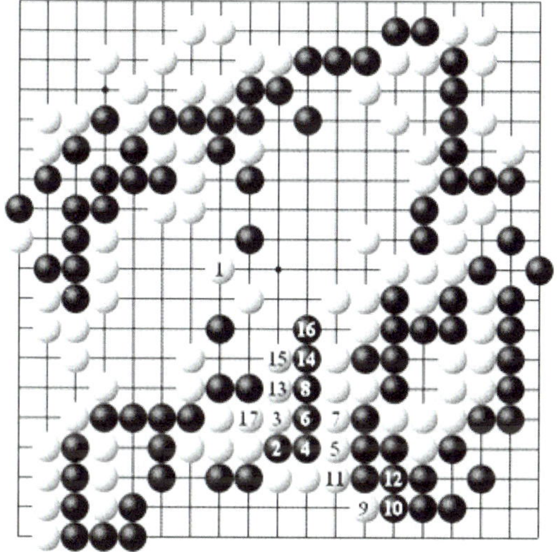

　　그래도 여기까지는 아직 절망은 아니었다. 하지만 변덕수는 열이 오를대로 올라 있었고, 그 여파가 우상귀에까지 미쳐 변덕수는 장렬히 옥쇄하고 만다. 앞으로 20여 수 뒤면 그 장면이 모니터에 등장하리라. 하지만 아직은 TV속의 해설자와 진행자도, 여기 모인 수십 명의 관객들도 이 바둑이 어떻게 끝날른지 모른다.

　　결과를 아는 사람은 승자인 성희룡과 패자 변덕수, 단 두 명뿐이다. 변덕수는 미쳐가고 있었다.

　　이 자리에 나올 때 각오는 했더랬다. 까짓것 바둑이란 질 수도 있

는 것, 사나이답게 성희룡을 향해 "자네가 상수일세" 하고 추켜 줄 생각이었다. 사람들은 박장대소하면서도 나의 그 의연함에 감탄하겠지. 하지만 아니었다. 막상 자기가 둔 바둑의 비참한 피날레를 지켜보노라니, 유관순 누나에게 가해졌던 일제의 그 어떤 악랄한 고문(拷問)도 이보다는 덜했을 것이란 생각이 들며 목이 칵 메어왔다. 해설을 맡은 프로 기사는 뭐가 그리 재미있는지 자꾸 킬킬거렸다.

변덕수는 더 이상 참지 못하고 자리에서 벌떡 일어났다. 옆에 앉아 관전하던 구경만(具敬晩) 선생이 한마디 던져온다.

"맞아, 이런 장면에서 오줌이 찔금거리지 않으면 그게 신선이지 사람인가?"

변덕수는 사람들의 웃음소리를 뒤로 한 채 방을 나왔다. 그러나 복도로 나온 그는 화장실을 지나 잰 걸음으로 옆쪽 비상계단을 향했다. 그런 다음 점프하듯 한 번에 서너 단계씩을 냅다 뛰어내려가기 시작했다.

TV 속 바둑 판에 흑백의 돌들이 빼곡하게 채워져가고 있었다. 성희룡의 가슴은 첫날 밤 신방에 들 신랑을 기다리는 새색씨의 그것처럼 콩닥거린다. 이제 몇 수 뒤엔 변덕수가 자신의 별명에 걸맞게 최후의 '떡수'를 터뜨리고, 일그러진 표정으로 마침내 항복을 고하게 돼 있다. 세계 유일의 바둑전문 채널과 수십만 시청자들이 그 역사적 승부의 증인이다. 방송이 끝나면 저쪽 구석에 쭈그리고 있던 변덕수는 꿇어앉은 채 나를 올려다보며 "상수님" 하고 부르겠지. 기우들은 박수를

치며 웃으리라. 그의 상판대기를 바라보면서 나는 어떤 표정을 지어줄까. 성희룡은 소리를 죽인 채 흐흐거렸다.

TV속의 해설자는 "역전은 됐지만 백이 최선으로 둔다면 아직도 희망이 있다"고 말하고 있었다. 오만방 원장, 구경만 씨, 아래층 바둑교실의 강수만(姜守滿) 사범 등 관전중이던 모든 사람들이 의자를 TV 앞으로 더욱 당겨 앉았다. TV 속 자신의 손에 실린 흑돌이 마침내 최후의 전장(戰場)이 된 우상귀로 향하자 성희룡은 더는 참지 못했다. 그가 "으하하하!" 하고 웃음을 터뜨린 것과, 만방기원 홀 전체가 암흑에 휩싸인 것은 거의 동시였다.

같은 시간, 변덕수는 기원 건물 맞은 편 공터에서 칠흑으로 변한 6층짜리 빌딩을 올려다보며 형언 못할 엑스터시에 빠져들고 있었다. 불타는 현장을 숨어서 지켜보는 방화범(放火犯)의 심리가 이런 것일까. 원래는 기원이 세 늘어있는 4층 스위치만 내릴 생각이었는데, 건물 전체의 주 전원(電源)을 잘못 건드렸던 모양이었다.

그거야 아무려면 어떠랴. 마침 경비원 김씨는 자리를 비웠고 지하 발전실 열쇠는 얌전히 벽에 걸려있었다.

모두들 저 깜깜한 암흑 속에서 지금쯤 어떤 표정들을 짓고 있을까. 변덕수는 담뱃불을 비벼 끄면서 악마처럼 싱긋 웃었다. 그리곤 두 손을 입에 모은 채, 기원 건물을 향해 젖먹던 힘까지 모아 악을 썼다.

"성희룡, 너는 영원한 내 하수다아─."

2

월드컵 티켓 사건

별들은 총총했고 바람은 싱그러웠다. 6월의 밤 공기를 깊이 들이마시면서, 성희룡은 방대한 야영촌으로 변한 스타디움을 새삼스럽게 둘러봤다. 이곳 저곳에 진을 친 텐트 수효를 얼추 세어보니 300개도 넘었다. 그 틈바구니 속에서 쉴 새없이 터져 나오는 "대~한민국"과 "오~필승 코리아"의 외침.

온통 붉은 색으로 몸을 감싼 '밤의 악마'들이 도처에서 넘실거리고 있었다. 남자와 여자, 젊은 사람과 나이든 사람의 구별이 도대체 불필요했다. 모두의 눈망울엔 희망이, 몸짓엔 활기가, 목청엔 보람이 가득 서려 있었다.

성희룡 그가 이곳 인천 문학경기장 앞에 정착(?)한 지도 오늘로 이틀째다. 이런 방법 아니면 월드컵 축구 입장권 구하기란 사막에서 빙수 구해 먹기보다 더 힘들다고들 했다.

'이제 내일이면 저~어기 보이는 저 거대한 운동장 안에서 한국 대 포르투갈 전이 열린다. 우리나라가 대망의 16강 꿈을 이룰 역사적

현장이다. 나는 그 감격적 순간을 오나랑 씨와 단둘이 가진다—'.
성희룡은 새삼스럽게 온몸을 부르르 떨며 전율했다.

성희룡이 집을 나와 이 황량한 벌판에서 노숙하게된 이유를 말하라면 네댓 가지쯤 된다. 첫째는 물론 축구에 대한 사랑이고, 둘째 기왕이면 역사의 현장에서 감격적인 장면을 지켜보고 싶었다. 하지만 이런 것들이야 대한민국 국민이면 누구나 가진 욕망이다. 성희룡으로선 좀 더 절박하면서도 분명한 이유가 더 있었다.

오나랑 양을 향한 누구도 못 말릴 연심(戀心). 그것이야말로 성희룡을 이처럼 '월드컵 노숙자'로 만든 진짜 이유였다. 그리고 그 웬수 같은 변덕수를 멀찌감치 따돌릴 수 있다는 점이 무엇보다 흐뭇했다. 성희룡은 자신의 우수한 두뇌와 빠른 판단력, 그리고 비호같은 순발력에 스스로 만족하며 6월 초여름 밤 인천 하늘 창공을 향해 흐흐 웃음을 날렸다.

나흘 전의 한국 대 미국 전은 만방기원에서 모두 함께 어울려 관전했다. 오만방 원장 부부를 비롯해 성희룡과 변덕수, 구경만 선생, 오나랑 양 등 10명도 넘었었던 것 같다. 경기가 1대1 무승부로 끝나자 오만방씨가 "이제 워찌되는 거여?" 하고 떨떠름하게 물었고, 변덕수는 "16강에 오를려문 우리가 포르투갈한테 무조건 이겨야 한다" 하고 저만 아는 사실처럼 떠벌렸더랬다.

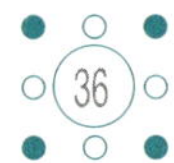

TV 화면은 온통 붉은 빛으로 덧칠을 한 듯했다. 별반 크지않은 수상기 속에서 바글거리는 수십, 수백만의 사람들. 태극기는 그들의 손과 머리와 어깨도 모자라 여성들의 아랫도리까지 점령하고 있었다. 아, 그 역동적 움직임이 던져주는 감동이란. 평소 점잖기 이를데 없는 구경만 씨가 수줍게 입을 연 것도 그때였다.

"우리도 한 번 나가서 거리 응원하면 어떨까?"

나랑이 그때 박수만 안쳤어도 성희룡이 축구장 앞 노숙 결심으로까지 비약하는 일은 없었을 것이다.

"작전장소는 시청건물 정문앞. 디 데이(*D day*) 에치 아워(*H hour*)는 6월 14일 오후 1시. 점심들 든든히 드시고 시간 늦지않게 집결해 주세요. 지참물은 각자 챙겨주시기 바랍니다."

변덕수는 지가 무슨 야전 사령관이나 되는 것처럼 신이 나서 떠들었다. 나랑 씨 붉은 악마 유니폼은 자기가 준비할 테니 걱정말라고도 했다.

성희룡은 그날 밤 기원 문을 나서기가 무섭게 휴대폰부터 뽑아들었다. 전화선 저편에 떠오른 나랑 씨의 낭랑한 목소리. 희룡은 가빠지는 호흡을 가다듬으며 자신이 마련한 극비전략을 털어놓았다. 처음엔 그냥 무덤덤하던 그녀의 목소리는 이내 두 옥타브는 높아졌고, 마지막 무렵엔 들뜬 채 말꼬리가 가늘게 떨리기까지 했다.

"한국 팀 축구경기를 현장서 볼 수 있게 해 주신다구요? 오마나!

정말 그게 가능할까요?"

그녀는 그저 "오마나, 오마나"만을 반복해 외쳤다.

오냐, 내가 나랑씨를 위해서라면 달이라도 못 따다 주겠느냐. 성희룡은 출근길 곧바로 총무부에 들러 나흘간의 휴가를 낸 뒤 뒤도 안돌아보고 귀가했다. 그리고 광 구석에 처박아 두었던 텐트를 찾아내 정성껏 손질했다.

오나랑(吳奈娘)양. 오만방 원장의 외동딸인 그녀는 만방기원의 꽃이자, 죄없는 주변 뭇총각들로 하여금 무시로 불면증에 시달리게 해온 방년 24세의 아릿다운 처녀다. IMF 사태 때 많은 기원들이 문을 닫는 가운데서도 만방기원이 굳건히 버텨낸 데는 딸 나랑 양의 공이 매우 컸다는 점을 오만방 씨도 인정한다. 바둑은 단수도 모르는 주제에 괜히 나타나서 나랑 양을 향해 침을 흘리다가, 내지 않아도 되는 기료(棋料)까지 내고 아쉬운 듯 사라지는 얼빠진 녀석들이 꽤 있었기 때문이었다.

축구 입장권을 구하기 위해 몰려든 야영객 수는 점점 더 불어나고 있었다. 그래도 이 무리들 중에서 상당한 전입 고참(?)인 줄 알았는데, 앞쪽 텐트 수효를 세어보던 성희룡의 얼굴이 잠시 어두워진다. 가만히 보니 혼자 텐트를 지키고 있는 건 자기뿐인 것 같다. 가가호호, 아니 모든 텐트마다 여럿이 어울려 웃고 떠든다. 친구며 가족이며 좌우 간 몽땅 동원한 모양이다. 팀을 짜 서로 교대도 해 주는 눈치다.

'나랑 씨는 지금쯤 뭘 하고 있을까….'

성희룡이 길게 내뿜은 한숨에 직격탄을 맞은 라면봉지 하나가 10 미터 밖으로 너풀거리며 날아갔다.

그토록 고생해서 성희룡은 과연 꿈을 이뤘을까. 오나랑 양과 단 둘이, 손을 꼭 잡은 채 문학경기장에서 한국 대 포르투갈 전을 감동적으로 관전했을까. 그걸 확인하기 앞서 먼저 둘러볼 데가 있다. 시청앞 광장이다. 어느새 새로운 동이 터 결전의 날이 밝자 우리의 만방기원 식구들은 시청을 향해 앞으로, 앞으로 용감히 돌진했더랬다. 한국의 16강 진출여부를 가릴 역사적 경기는 시시각각 가까워지고 있었다.

'우리 모두 새빨개집시다(*Be the reds*)'.
오만방 원장 부부와 구경만 씨 등 50대 노장들조차 가슴에 새겨진 구호에 백 프로 충실하기로 작심한 듯, 얼굴까지 홍조를 띠고 있다. '대~한민국' 에 이어지는 다섯 박자 박수리듬이 계속해서 어긋났지만 뭐 어쩌랴.
"어때, 나도 어엿한 붉은 악마지?"
"영감은 그냥 늙은 악마라면 되겠수. 호호."
오만방 씨 부부도 마냥 즐거운 모양이다. 구경만 씨는 오만방 원장에 의해 '붉은 악마' 아닌 '(퉁퉁) 불은 악마' 로 명명됐다.

아랫층 바둑교실 강수만 사범, 그리고 허기진 제갈길에 이르기까지 만방기원 단골멤버들이 총출동했다. 안 보이노니 오직 성희룡 그의 얼굴뿐이다. 어찌된 일일까. 누구보다 신이 난 사람은 변덕수다. 거리

응원 자체도 째지게 재미있을 뿐 아니라, 나랑 양과 함께 있으니 극락에라도 온 기분이다. 그 웬수같은 기적(棋敵) 겸 연적(戀敵) 성희룡이 이 자리에 없다는 사실이 무엇보다 기쁘다. 경기가 시작되려면 아직 1시간 여나 남았는데도 대형 전광판의 TV가 켜졌다. 온천지를 집어삼킬 듯한 함성이 광장을 뒤덮는다.

성희룡은 그 시간 자신이 하숙중인 동네 인근 대폿집에서 소주잔을 기울이고 있었다. 텅텅 비어서 휑뎅하기조차 한 홀에 다른 손님이라곤 씨가 말랐다.

"축구시합이 도대체 뭐간데, 그거 두 번만 더 했다간 문 닫아걸고 쪽박차기 십상이겠구망—."

세 병째 병을 테이블에 꽝 소리나게 갖다 놓으며 주모 할머니가 투덜거렸다. 바깥은 고막을 찢는 함성과 꽹과리 소리로 마치 프랑스 대혁명이라도 일어난 것 같다.

엎드렸던 희룡이 갑자기 비칠거리며 일어섰다. 그리곤 주머니를 뒤져 지갑에서 무언가를 꺼내더니 할머니의 손에 쥐어준다. 영문을 몰라하는 할머니가 "이게 뭐시여?" 하고 묻는 것과, 만취한 성희룡이 앞으로 고꾸라진 것은 거의 동시였다. 할머니가 들여다보고 있는 건 월드컵 입장권이다. 액면가 30만 원, 암표 시세론 100만 원을 불러도 날개돋친 듯 팔려나간다는 한국-포르투갈전 티켓 두 장.

다시 시계바늘을 어제 밤의 문학 경기장 앞 광장으로 돌려보자.

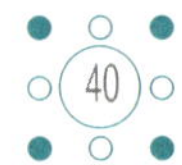

'노숙자' 성희룡은 외로움과 무료함을 달래러 '마실'을 나갔었다. 텐트의 숲을 헤치고 나가던 그의 시야에 바둑판이 들어왔다. 돗자리 위에 펼쳐진 접는 바둑판, 그 한쪽으로 한 여성이 혼자 돌을 놓아보고 있었다. 가까이 다가선 성희룡은 깜짝 놀랐다. 대학시절 알고 지내던 후배 K가 아닌가. 교내 바둑 동아리 골방에서 마주칠 때마다 복학생 희룡에게 '성희롱(性戱弄) 아저씨'라 놀리며 묘한 호감을 보였던 하급생. 그녀의 눈이 처음엔 등잔만큼 커졌고, 그 다음엔 반가움에 펄쩍 펄쩍 뛰었다. 8년 만이었다.

옛날 기분으로 돌아간 둘은 그 아득한 추억을 되살려 바둑판 앞에 마주앉았다. 흑돌이 담긴 통을 제 앞에 당겨놓은 K는 다섯 점을 깔았다. 지는 쪽이 팔뚝을 맞기. 칫수도 벌칙도 캠퍼스 시절 그대로다. 일곱 점은 놓아야 하는 실력이었지만 적당히 이기고 적당히 져 주면서 즐겁게 시간을 죽였던 추억. 타임머신을 타고 그 옛날의 젊음으로 돌아간 듯, 성희룡은 꿈을 꾸는 기분으로 가볍게 바둑 돌을 놓아갔다.

바둑은 어느 새 중반을 넘어섰다. 적의(敵意) 없이 두어간 탓이리라. 중반 무렵 이미 흑 필승의 구도가 짜여졌다. [1도] 흑 1로 뛴 장면에서 백은 전체가 엷고 집도 부족하다. 까짓 것, 팔뚝 몇 대 맞아주지 뭐. 빙글거리던 성희룡의 눈에 K의 가녀린 손 모습이 들어온다. 백옥처럼 희고 길어 보는 이의 보호본능을 자극하곤 하던 저 손목. 성희룡은 순간 생각을 바꿨다. 이 바둑을 져서 내 손목을 잡히느니, 이겨서 내가 저 손목을 잡기로 결심한 것이다.

월드컵 티켓 사건

〔1도〕

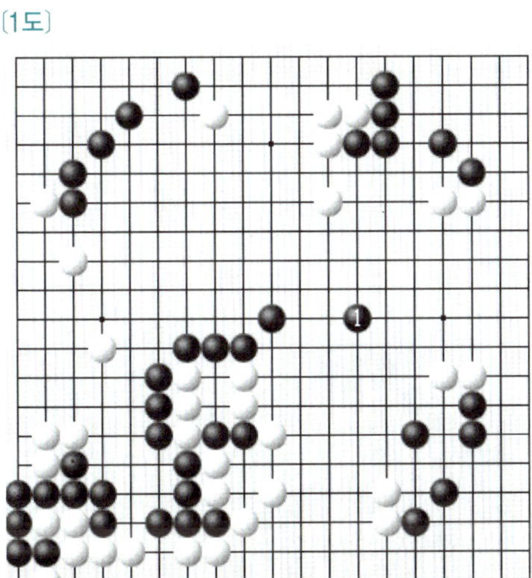

하지만 뜻밖에도 그녀의 바둑실력은 두어 점은 강해져 있었다.
피차 양보없는 각축 속에 종반을 맞았으나 백 고전이 거듭되고 있다.

[2도]를 보자. 2의 곳 패가 유일한 미결상태. 팻감은 흑이 A, B, C 등을 갖고 있는 데 반해 백은 변변한 실탄이 없다. 흑 승이 거의 확정단계까지 온 것이다. 그런데, 그 순간 흑 1이 놓였다. 백 2로 D 때 2로 백 한 점을 따내 패를 계속하면 된다고 순간적으로 착각한 것이다.

〔2도〕

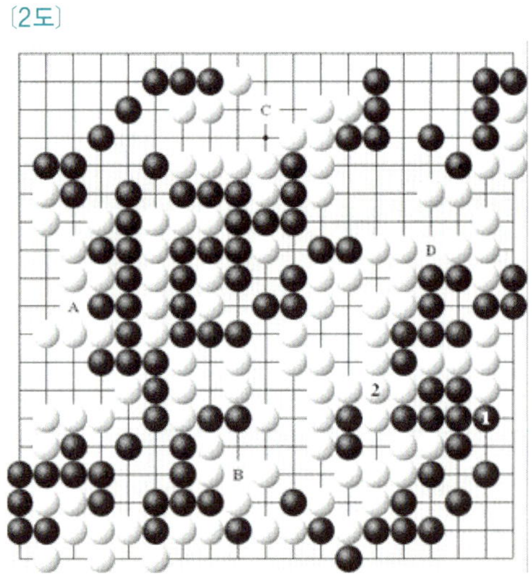

여기까지야 뭐 죽을 죄는 아니었다. 사실 아는 여성을 우연히 만나 바둑 한 판 둘 수도 있는 일이다. 하지만 결정적 실착을 깨달은 K의 다음 동작이 비극(!)의 씨앗이 됐다. 그녀가 [2도]의 백 2를 잽싸게 들어낸 뒤 흑 1을 A 자리에 옮겨 놓은 것이다. 이건 그 옛날 두 사람의 대국에서 K가 툭하면 동원하던 애교성 대국습관이다. 성희룡은 황급히 그 동

작을 제지하려 손을 뻗었다. 결국 두 사람의 손은 공중에서 한데 밀고 당기는 서커스를 했고, 그것으로 모자라 얼굴까지 부딪쳤다. 꽤 오래 그런 동작으로 엎드린 채 낄낄거렸던 것 같다.

"알았어, 물러줄께."

인심 쓰듯 한마디 외친 성희룡은 순간 이상한 육감을 느끼고 옆을 흘낏 올려다봤다. 하나님 맙소사! 오나랑 양이 그곳에 장승처럼 서 있었다. 컴퓨터 학원 수업을 마치고 달려온 듯, 하늘하늘한 원피스 차림의 나랑은 완벽한 천사의 모습 그 자체였다. 하얗게 질린 성희룡은 무슨 말이라도 하려 했으나 입이 떨어지지 않았다. 천사는 획 돌아서더니 빠른 걸음으로 텐트촌 숲을 헤치며 사라져갔다. 보자기에 싸인 채 그녀 손에 들려있었던 것은, 나중 곰곰 생각해 보니 정성들여 만든 음식이 잔뜩 담겨있었음에 틀림없는 찬합통이었다.

3

'박학다식'과 '생불여사'

만방기원 주인 오만방 원장은 타고난 낙천가에 속한다. 그의 따듯한 인정과 탁월한 유머 감각은 자석(磁石)처럼 사람을 끄는 힘이 있다. 인터넷 사이트에 밀려 숱한 기원들이 비명 속에 사라져가고 있지만, 그래도 만방기원이 문 닫지 않고 버티는 비결은 바로 여기에 있는지 모른다.

하루 일과를 얼추 끝내기 무섭게 이곳으로 모여드는 다양한 직업의 기객(棋客)들 모습을 보노라면, 흡사 날 저물면 안식을 위해 보금자리를 찾아드는 한떼의 새들을 떠올리게 한다.

60이 넬 모레인 나이에도 오 원장은 30대 젊은이들과 격의없는 농담으로 소일하는 게 낙이다. 3년 전 이 기원을 처음 찾았을 때 성희룡(成喜龍)도 그렇게 당했다. 몇 차례 들락거리면서 딸 나랑에게 부쩍 관심을 보이는 눈치를 만방씨가 못 챌 리 없었다. 그것은 '사위 후보'에 대한 일종의 첫 면접이었다.

“자네 이름이 성희롱이라고 했나?”

“희롱이 아니라 희룡입니다.”

“거 참 이름 한번 고약하게 지었군. 직업은 어떻게 되는데?”

“예, 자그마한 벤처회사에 다닙니다.”

“뭐 변처? 요즘 세상에도 아직 그 직업이 남아있었나? 죄다 수세식으로 바뀐 줄 알았더니.”

“ ?”

“아, 변 치우는 직업이라매? 예전엔 변소를 벤소라고 했다구.”

“그게 아니고… 말하자면 디지털 시대를 맞아서…”

“돼지털은 또 뭐야. 좌우지간 자네 생긴대로 꽤 지저분한 일을 하고 있는 모양이네 그려. 으하하.”

　만방기원 핵심 멤버 중 하나인 제갈길(諸葛吉)도 오원장에겐 밥이나 다름없다. 중학교 체육교사인 그는 옆에서 누가 뭐라건 그저 실리 위주로 제 갈길만 가는 기풍인데, 풍부한 바둑상식을 자랑하다가 번번이 당한다. 언젠가 그가 “조치훈의 별명이 폭파 전문가라는 거 다 들 모르시지요?” 하고 아는 척을 했다. 오만방 원장은 즉각 그에게 ‘자살 전문가’ 란 닉네임을 붙여주었다. 허구한 날 멀쩡한 대마를 때려죽이니, 그게 자살이 아니면 타살이냐고 다그친 것이다.

　당한 사람은 이들만이 아니다. 변덕수도 거의 만신창이 신세다. 그가 “이창호는 비관파, 유창혁은 낙관파”라고 풍부한 지식을 과시했을 때, 오 원장은 지체없이 변덕수에게 ‘염세파(厭世派)’ 란 별명을 하사했다. 그가 "원장님, 저는 스스로 생각해도 선 실리, 후 타개 타입인 것 같아요" 했을 때 오만방 씨가 뭐라했는지 아는가. "선 실리까지는 맞는 것 같군. 하지만 뒷부분은 틀렸어. 선 실리, 후 타계(他界)가 정확하다구" 해서 기를 죽였다.

허기진(許基鎭)의 초식이 '흔들리기'로 불리기 시작한 당시는 조훈현 9단의 '흔들기'가 한창 화제에 올랐던 무렵으로, 그 명명도 오 원장이 했다.

그렇게 짓궂은 오만방 원장에겐 별명이 없을까. 물론 있다. '박학다식(博學多識)'이다. 뭐든지 막히는 데 없이 많이 안다는 뜻이다. 별명이라기보다는 아부에 가까운 이 호칭은 본인이 직접 만들어서 반 강제로 유포시켰다. 손님들에겐 '염세파'니 '자살 전문가'니 하는 우스꽝스런 별명을 안겨주고 자신은 '박학다식'이라고 불러달라는 원장. 만방기원이 그래도 문 안닫고 버티는 건 현대의 첨단과학조차 풀지 못하는 수수께끼였다.

그런데 참 희한한 일도 다 있다. 기원 손님들이 단 한치의 불만도 없는 표정으로 오 원장을 '박학다식 원장님'이라고 불러준다는 사실이다. 처음 들른 기원 손님들이 의아해하는 것도 무리가 아니다. 하지만 여기엔 아주 간단한 비밀이 숨어 있었다. 자기네끼리는 오 원장의 박학다식을 '薄學多食'으로 해석하기로 묵계가 이뤄진 것이다. 학식은 엷고 먹기만 많이 먹는다는 뜻 아니겠는가. 매번 당하기만 하던 만방기원 멤버들의 회심에 찬 반격이었다.

이처럼 매사 여유롭고 낙천적인 성품의 오만방 씨도 그 앞에선 설설 기는 사람이 하나 있다. 바로 오만방 원장의 아내이자 오나랑 양의 어머니이기도 한 나죽자(羅竹子) 여사다. 평소 위풍당당하던 만방 씨도 그녀가 눈앞에 다가가기만 하면 공연히 식은땀을 흘리곤 한다. 그녀는 오만방씨의 무엇이 그리 못마땅한지, 뭔가 기분이 상할 때마다 이 사람좋은 남편을 향해 "차라리 죽어버려, 차라리 죽는 게 낫다구"를 외친다.

'차라리 죽는 게 낫다' 라니. 사실 이 말은 바둑꾼들에겐 꽤 친숙한 표현이다. 살아봐야 죽는 것만 같지 못한 경우가 바둑판만큼 자주 발생하는 분야가 또 있을까. 이를 약간 유식하게 덧칠을 한 표현이 있으니 바로 '생불여사(生不如死)' 다.

실전 예를 구경해 보자. [장면도] 백이 ⬡로 덥썩 끊어온 상황이다. 이제 백 '가' 면 흑 넉 점이 갇히는 모습인데, 흑은 어떻게 두어야 할까.

〔장면도〕

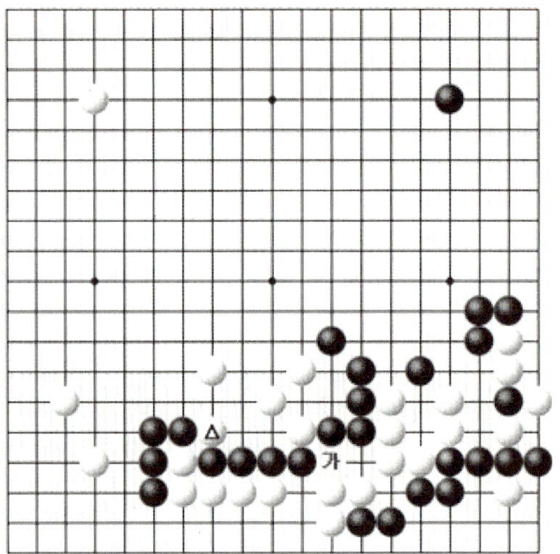

[1도] 흑 1로 단수해 넉 점을 살리면 백은 2로 호구쳐 좌하 흑을
공략하게 된다. 31까지, 이쪽 흑도 살기는 살지만 완전히 쌈지뜬 모습.
백이 32를 차지해 이거야말로 ‘살면 뭘해, 차라리 죽는게 낫지’ 의 전형
이다. 상대방에 더 큰 이득을 주고 간신히 목숨만 구했으니 생불여사
(生不如死) 아닌가.

[2도]를 보자. 흑 1로 단수쳐 거꾸로 넉 점을 버리는 발상이 참신
하다. 9까지 외곽을 싸바른 모습과 [1도]를 비교해 보라.

〔1도〕　　　　　　　　31 · · · △

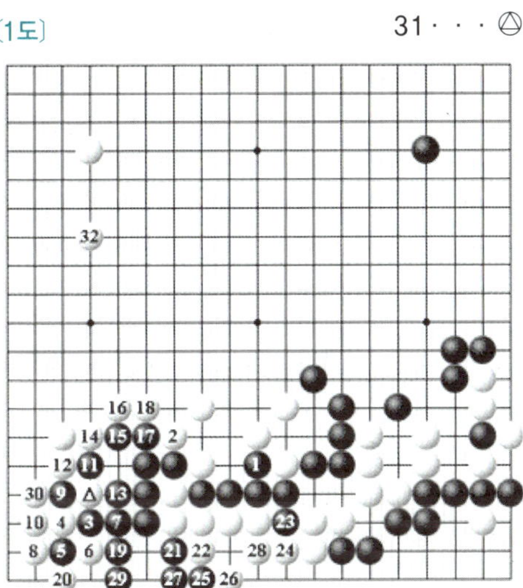

〔2도〕

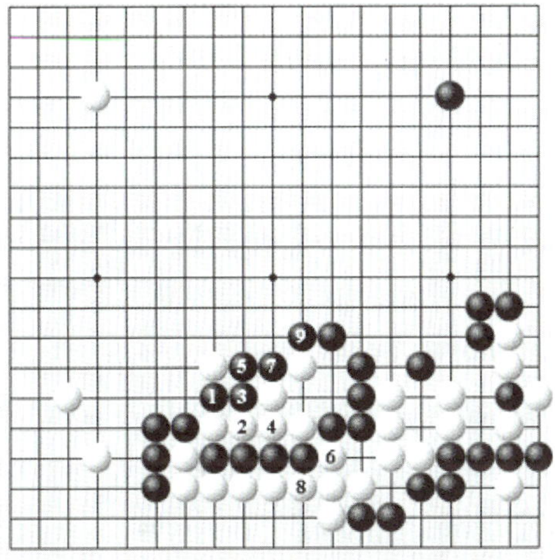

'박학다식'과 '생불여사'

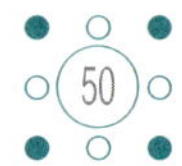

말끝마다 "차라리 죽는 게 낫다구"를 외쳐 온 나죽자 여사가 급기야 '생불여사'란 별명을 얻은 것은 가위 역사적 필연이었다. 내용상 별로 기분좋은 별명은 아니건만 그녀 자신은 이 별명에 눈곱만큼도 언짢은 기색이 없다. 언짢은 게 다 무언가. 기원 내 젊은 손님들이 몰래 히히덕거리며 처음 자신을 이렇게 지칭했을 때, 그녀는 입이 함지박만큼 째지면서 만족해 했다. 우선 여사(女史)란 호칭을 싫어할 중년부인은 없다. 문제는 그 앞의 '생불'인데, 그녀는 생불(生佛)로 받아들인 것이다.

생불(生佛)에 대해 국어사전은 '덕행(德行)이 뛰어난 중으로서, 살아 있는 부처로 숭앙받는 사람'이라 풀이하고 있다. 그녀는 승려는 아니지만 아쉬운 일만 생기면 즉각 부처님에게 삐삐를 칠 만큼 독실한 불교신자다. 이 풀이대로라면 나죽자 여사로선 극상의 호칭을 얻은 셈이었다. 결국 '생불여사'란 호칭은 '박학다식'과 함께 부르는 사람 따로, 듣는 사람 따로의 의미로 자리잡은 것이다. 만방기원 사람들은 정말 유식하기도 하다.

오만방 씨 부부는 이래저래 천생연분으로 보인다. 하지만 이들 초로(初老)의 커플 사이에는 평화로운 날보다 그렇지 않은 날들이 훨씬 더 많다. 그날의 한바탕 소동도 평소처럼 사소한 일에서 출발했다. 짜장면 배달이 도착했을 무렵이었으니까 조금 늦은 점심시간이었을 것이다. 구경만 선생이 보던 신문을 내려놓으며 오 원장을 향해 탄식 섞어 말했다.

"평양서 내려왔던 83세 된 실향민 한 분이 전 재산을 방송국에 기탁했답니다. 그런데 그게 한두 푼도 아니고… 무려 270억 원이라는 군요."

돈이 화제에 오르면 졸던 사람도 화들짝 깨는 법이다. 기원 안에 있던 사람들 모두가 눈을 반짝이며 한마디씩 감상을 쏟아놓기 시작했다. 성희룡은 "저도 그 기사 봤습니다. 막노동부터 시작해 평생 모은 재산을 그렇게 쉽게 내놓을 수 있는 사람이 얼마나 될까요" 했고, 변덕수는 "초등학교 5학년 학력이 전부라니 돈 버는 것과 가방끈과는 관계없는 모양이네요" 하며 한숨을 내쉬었다.

외출 준비중이던 나랑 양도 끼어들었다.
"그날 방송국서 전달식을 가진 뒤에 그 분이 '오늘밤 잠이 잘 올 것 같다' 고 했대요. 너무 너무 멋진 분 같지요?" 하며 주변의 동의를 구했다. 나랑 양은 그러나 월드컵 티켓 사건 이후부터 성희룡에겐 눈도 마주쳐주지 않는다. 그나저나 생불여사는 거의 기절 직전이다.
"뭐라구요. 270억 원이라구? 에그머니나. 절에다 시주를 않고 웬 방송국에다… 그런 큰 돈 구경이라도 하고 죽었음 소원이 없겠네. 나무관세음보살…"

오만방 원장으로서도 한마디 안할 수 없는 분위기가 됐다. 큰 기침과 함께 그가 입을 열었다.
"크험. 사실 자선(慈善)이란 꼭 돈이 많아야만 하는 건 아니야. 옛

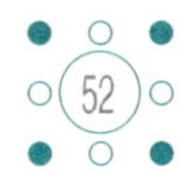

날 사위국(舍衛國)에 난타(難陀)란 이름의 가난한 여인이 있었다네. 그녀는 하루종일 구걸해 번 돈으로 한 개의 등(燈)을 사서 부처님께 공양을 했지. 적은 돈이지만 온 노력을 바쳤던 셈인데, 바로 빈자일등(貧者一燈)이란 고사 얘기야.”

과연 오만방씨는 박식(博識)하다. 이 정도에서 그쳤더라면 그 풍부한 상식이 얼마나 돋보였으랴. 하지만 그는 신이 난 김에 기어코 오버 페이스를 저지르고 말았다.

“돈이 많으면 불쌍한 사람을 잘 도울 것 같지만 그것도 그렇지 않아. 부자가 자선을 하는 것은 어떤 면에서 더욱 훌륭한 셈이지. 미국에 젊은 컴퓨터 재벌 게이트라고 있어요. 그 사람이 그렇게 매번 엄청난 자선을 베풀어 많은 극빈자들이…”

모두들 웃음을 참고 있는데, 우직한 변덕수가 기어코 난장을 쳐버렸다.

“원장님, 게이트가 아니라 게이츠, 빌 게이츠입니다. 워낙 뭔 게이트, 뭔 게이트 하고 나오니까 잘못 알고 계셨군요. 우하하.”

졸지에 만방씨의 박식(博識)이 박식(薄識)으로 전락하는 순간이었다. 원래 박이부정(博而不精)은 말이 많아지면 반드시 뽀록나는 법이다.

이 대목에서 생불여사가 마침내 폭발했다. 2백억이니 뭐니 소설 같은 얘기를 듣고 가뜩이나 심기가 불편해져 있던 터에, 엉뚱한 소리로

웃음꺼리가 돼버린 남편이 한심하다 못해 괘씸해진 것이다. 그녀는 꺾어들었던 나무젓가락을 남편을 향해 휘두르며 외쳤다.

"어이구, 남들이 몇백억씩 버는 동안 당신은 그 나이까지 뭘했어. 그저 당신같은 사람은 차라리 죽는 게 나아. 낫다니깐."

생불여사는 혈압이 매우 높은 편이다. 그녀를 진찰할 때마다 의사는 절대 흥분하는 일이 없도록 신신당부를 한다. 나죽자 여사가 얼굴이 시뻘개진 채 허위적거리자 나랑 양이 당황해 어쩔 줄 몰라했다. 이럴 때 가만히 있을 성희룡과 변덕수가 아니다. 나랑 양의 불행은 곧 나의 불행이고, 나죽자 여사의 목숨에 무슨 일이라도 생기면 장모없이 장가드는 불상사를 맞게 될지 모른다. 둘은 가위 경쟁적으로 생불여사를 안채 방까지 업어다 안정을 취하게 했다.

대국실 홀로 돌아가면서 변덕수와 성희룡은 실로 모처럼만에 대화를 나눴다. 바둑판과 사랑 앞에선 박살을 내야 하는 적(敵)이지만 이럴 땐 제법 동료의식도 드는 모양이다.

"성형, 생불여사 혹시 돌아가시면 어쩌지요? 우리 장모님 오래 사셔야 할 텐데…"

"뭐, 우리 장모님이라구? 좋아, 그럼 변형이 두 분 잘 모시고 사시요. 나랑씨는 내가 책임질 테니. 으흐흐."

"여사가 언젠가 돌아가셔도 바둑에 생불여사란 말은 계속 남으리란 걸 생각하면 서글퍼져요."

"글쎄. 그나저나 원장님이 너무 태평이시군. 혹시 맨날 잔소리만

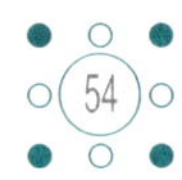

하는 여편네 차라리 죽는 게 낫다고 생각하시는 거 아닐까요?"

"그럼 호칭이 복잡해지는데… 생불남사라고 부를 수도 없고…"

킬킬거리며 대국실 문을 열고 들어서던 둘이 발걸음을 딱 멈췄다. 그리곤 입구에서 갑자기 석고처럼 굳어버렸다. 대국실 광경이 너무도 충격적이었기 때문이었다. 오만방 원장은 그 사이 무슨 일이 있었느냐는 듯, 태평스런 동작으로 자장면을 혼자 꾸역꾸역 맛있게 들고 있었다. 구경만 선생은 그런 오 원장의 동작을 복잡하기 이를 데 없는 눈길로 관찰중이었다. 마치 오랑우탄의 야생활동을 연구하는 동물학자 같은 자세로.

"장인 어른 박학은 몰라도 다식(多食)은 확실하시군."

성희룡의 가느다란 탄식에 변덕수는 말없이 고개만 좌우로 절레절레 흔들 뿐이었다.

4

제트엔진 단 이쇠돌 소년

세상은 넓고 고수는 온천지에 널렸다. 뛰는 놈 위에 나는 놈만 있는 줄 알았는데, 나는 놈 위엔 제트엔진 단 놈들도 있다. 이 정도야 바둑 즐기는 사람들한테는 상식에 속한다. 하지만 제트엔진의 성능이 또한 천차만별임을 새삼 확인시켜 주는 사건이 만방기원에서 잇달아 발생했다. 기똥찬 초고속 엔진을 어깻 죽지에 꼭꼭 숨기고 다니던 절대 고수들이 만방기원의 판도를 숨가쁘게 바꿔놓은 것이다.

첫 파문은 김대박(金大舶)의 등장에서 비롯됐다. 그가 만방기원에 처음 모습을 드러낸 것은 불과 두 달 전이다. 마침 광복절 공휴일날이어서 만방기원 단골 기객들이 홀을 꽉 채울 만큼 출석률이 좋았다. "얼마나 두십니까?"

처음 보는 손님을 향해 오만방 원장이 미소를 띤 채 물었을 때 40대 초반의 그 작달막한 사나이는 말없이 검지 손가락을 곧추세워 펴 보였다.

'1급이라…' 오 원장은 장내를 둘러보았다. 투수 교체를 위해 '어디 쓸 만한 구원감이 없을까' 하고 덕아웃을 살피는 프로야구 감독 같은 포즈로.

마침 쉬고 있던 비뇨기과 의사 허기진(許基鎭)이 안테나 망에 걸렸다. 인터넷에 들어가서는 2단을 놓고 둔다지만 표준급수로는 그도 1급이다. 하지만 1급만큼 까다로운 급수가 또 있을까. 허기진은 이 초면의 사내에게 힘없이 두 판을 졌다.

돌을 쓸어담은 김대박은 카운터에 디스 담배 2갑을 요청하더니 허기진을 향해 싱긋 웃었다. 이번 판엔 담배가 걸렸다는 뜻이다. 관전하던 모든 이들이 잔뜩 긴장했다. 하지만 그는 전문적 내기꾼은 아니었다. 진짜 꾼들은 결코 초면에 전력을 다 쏟는 법이 없다. 그리고 두 판을 두면 한 판쯤은 반드시 져준다. 그렇게 당겼다 놓았다 하는 과정에서 상대 실력을 정탐하고, 상대가 끓어오르기 시작하면 서서히 판을 키워가는 법이다. 그런데 그는 상대를 바꿔가며 두는 족족 박살을 냈다.

대단한 실력이었다. 허기진이 담배 두 갑 외에도 박카스 한 박스 값까지 털리고 물러나자, 호기심과 모험심으로 똘똘 뭉친 변덕수가 한국기원 공인 아마 3단의 명예를 걸고 나섰다. 하지만 그 역시 자장면 둘에다 탕수육 한 접시까지 곁들여 진상하고 강판당했다.

구원 투수 성희룡이 아예 두 점을 깔고 자수(?)했을 때 김대박은 "이번엔 뭘 걸죠?" 했다. 치수야 아무래도 좋다는 표정으로. 엄청난 자신감이었다.

성희룡은 쌍화탕을 시켜 전 관객들에게 돌려야 했고, 제갈길은 갈팡질팡하다가 대마를 때려 죽이고 시퍼런 배춧잎 두 장을 빼앗겼다. 만방기원 전체가 쑥밭이 된 것이다. 오직 구경만(具敬晚) 선생만이 군세게 구경만 하는 바람에 유일하게 본전(?)을 유지했다. 하루 웬종일 돌아가면서 내동댕이쳐진 셈인데, 그렇다고 뭐 재산상 크게 피해 본 사람은 없었다.

"기원이 아니라 무슨 화원(花園) 같네요. 화초 바둑 상대하면서 내기마저 안 걸면 무슨 맛으로 둡니까. 우하하…."

만방기원 입성 첫날 최고수 자리를 점령한 김대박은 오만방 원장을 향해 이죽거렸다.

김대박은 전국규모 아마대회서 두 차례 4강까지 올라봤다고 했다. 직업은 증권 두사업. 하는 일마다 대박이 터지라고 부모가 지어준 이름인데, 주변에선 자신을 '킴노박' 이라 부른다며 그는 킬킬거렸다.

"그놈의 주식 열 번 깨지는 사이 한 번 먹기 힘들어요. 나중엔 주변에서 절더러 '대박' 이 아니라 '노(no)박' 이라고들 부릅디다."

50년대 영화 〈피크닉〉 등에서 죽이는 몸매로 나왔던 글래머 스타 킴 노박이 엉뚱한 데서 봉변당하고 있는 셈이었다.

어쨌거나 김대박의 출현 이후 만방기원 손님들은 독재치하의 민초들처럼 기가 죽어갔다. 오로지 건전한 기도(棋道)정신에만 길들여졌

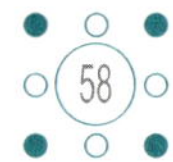

던 이 온실 화초들에게, 껌 반쪽이라도 걸지 않으면 상대도 않으려는 김대박은 공포의 대상이었다. 사람들은 느닷없이 나타난 이 절세 고수와 마주앉게 될 때마다 체면 불구하고 흑돌을 왕창 깔았다. 알량한 자존심과 얄팍한 용돈을 맞바꿀 바보는 없었던 모양이었다.

그러나 다시 말하지만 엔진의 성능도 천차만별이다. 만방기원의 백성들은 불과 얼마 후 권세란 얼마나 허망한 것인지, 황제라는 자리가 얼마나 뚜렷하게 총칼의 위협에 노출돼 있는지 뼛속 깊이 아로새기는 사건을 맞는다. 아래층 어린이 바둑교실의 강수만 사범이 모처럼 윗층으로 놀러왔던 게 그날 사건의 발단이었다.

오원장의 딸 나랑 양이 그 당시 바둑잡지의 묘수풀이를 놓아보고 있지 않았더라면, 그리고 그런 그녀에게 강 사범이 몇 마디 힌트를 주는 일이 없었더라면 김대박의 철권통치는 좀더 계속됐을 것이다. "어랍쇼? 이 기원에선 내가 최고수인 줄 알았는데 저 친구는 뭐시랑가." 타고난 투사 김대박의 호승심(好勝心)이 즉각 발동했다. 처음 강 사범은 대박의 대국요청을 정중히 거절했다. 애들 강좌시간이 40분도 안남았다고 했다.

　대박은 원장 책상으로 다가가더니 서랍에 보관중이던 계시기를 들고 오며 말했나.

　"아, 한 수 배워봅시다요. 제한시간 각자 10분씩 하면 초읽기까지 해도 30분이면 끝난다니깐."

　그 시간이면 당신의 팔을 비틀어버리기에 충분한 시간이란 말투였다. 기원 안의 시선이 일제히 두 사람에게 쏠렸다. 마음이 흔들리던 강수만에게 대박이 기어이 결정타를 꽂아 넣는다.

　"부담 안 줄 테니 너무 겁내지 마쇼. 조그맣게 배춧잎 두 장에 똥 다섯 장으로 딱 한 판만 합시다."

　본방 2만 원에 한 방당 5천 원. 방내기를 제안한 것이다. 어쩔 수 없다는 듯 강수만은 대박의 맞은편 의자를 끌어당겨 앉았다.

　돌을 가려 김대박의 백번. 과연 바둑은 계시기가 필요없을 만큼 빠른 속도로 진행됐다. [장면 1도] 백은 좌변 대마도 갇힌 상태이고, 상변 또한 흑 A면 백 7점이 잡인나.

　하지만 대박은 자신만만한 손길로 　자리에 백돌을 내리쳤다. 그것으로 백 B와 C가 맞보기가 됐다. 흑이 B의 단점을 커버하면 백 C로 우변 흑 대마가 잡힌다. 그렇다고 흑이 D로 백 두 점을 잡고 우변을 살리면 백에게 B 자리를 끊겨 오히려 우상 흑 아홉 점이 잡힐 판이다. 이렇게만 된다면 백도 오히려 승산이 있는 형세다.

〔장면 1도〕

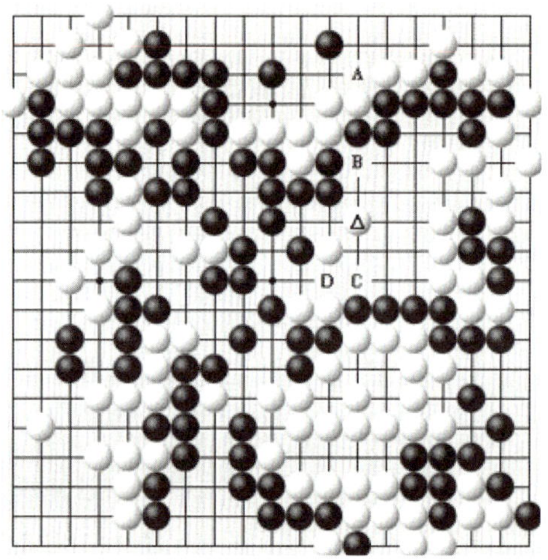

어쩔 것인가. 잠시 생각하던 강수만 사범, 조용히 흑돌 하나를 들어 [1도] 1에 갖다 붙인다. 여기서 백이 [2도] 1로 젖히는 것은 흑 2로 상하가 모두 해결된다. 이제 백 E면 흑 F가 듣는 것이다. 김대박은 상기된 얼굴로 [3도] 백 1, 흑 2를 먼저 교환한 뒤 3에 호구쳤다.

그러나 강수만은 이미 수읽기가 끝났다는 듯, 즉각 4로 막는다. 백은 5이하로 우측과 연결을 꾀했으나 흑 12까지, 절묘한 수순으로 중앙 백 요석을 일망타진했다. 흑은 사통오달했고 동시에 바둑도 끝났다. [3도] 백 3으로 [4도] 백 1에 잇는 것은, 이번엔 흑 2로 찝는 수가 묘수로 역시 백이 안된다. 모두가 ▲의 효과다.

〔1도〕

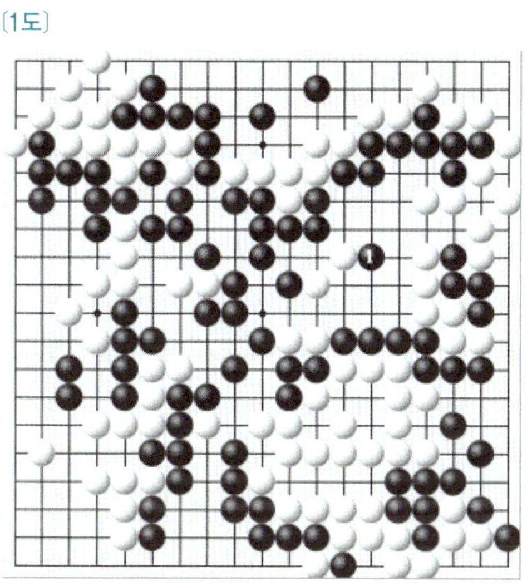

〔2도〕

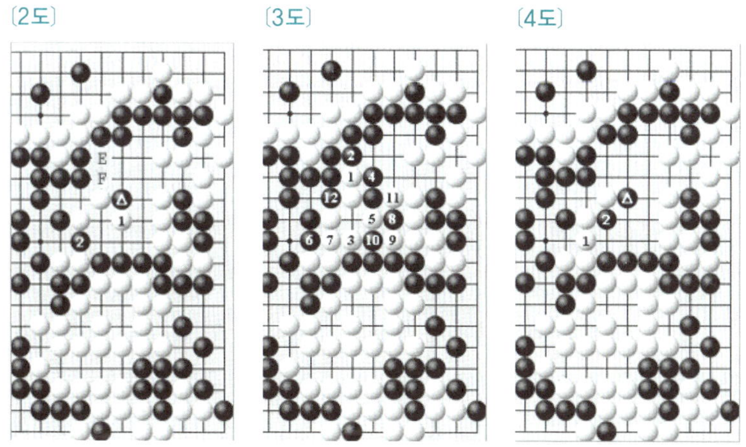

〔3도〕　　　〔4도〕

제트엔진 단 이쇠돌 소년

김대박은 흡사 바지에다 똥 싼 표정이었다. 큰소리 치다가 대패했으니 우선 이런 망신이 없다. 게다가 방내기 얘기를 자기가 꺼낸 마당에 패배를 선언하고 돌을 거두지도 못할 처지다. 수십 집을 져 있어도 끝까지 두어서 집 차를 확인하고 셈을 마쳐야만 하는 것이 방내기다.

하지만 강수만은 싹싹했다. 시계를 보며 "빨리 끝내 다행이군" 하고 중얼거리더니, 엉거주춤하고 있는 대박을 향해 말했다.

"다음에 틈 나면 다시 한 수 하시지요. 내기 바둑만 아니면 언제든지 좋습니다."

혁명이나 유혈극으로 군주가 바뀌는 것만큼 일반 백성들 사이에 큰 화제거리는 없다. 고작 보름 천하로 끝난 김대박으로선, 모처럼 호기롭게 밑천을 털어부어 사들인 주식이 하한가로 꼬나박힐 때의 심경이었다. 반대로 강수만은 새로운 영웅으로 탄생했다. 왕년엔 지하 내기 바둑계에서 알아주던 강자였었다느니, 입단대회 본선에도 몇 번 진출한 바 있다느니 하는 뒷소문이 풍성했다.

"워낙 말수가 적어 그런 줄 몰랐는데 대단한 인재가 숨어있었군." 오만방 원장도 감탄을 거듭했다.

그러나 그건 예고편에 불과했다. 그로부터 꼭 열흘 뒤, 만방기원 안에선 더욱 놀라운 일이 터진 것이다. 사건현장은 아랫층 바둑교실. 발생시간은 강수만 사범이 고급반 어린이들을 상대로 실전보 강의를 마친 직후였다. 그리고 사건의 주역이 그곳에서 사환으로 잔심부름일

을 해오던 이쇠돌 소년이란 말을 전해들은 주위 사람들은 한동안 충격을 억누르지 못했다.

쇠돌이는 남해 바다 어느 작은 섬에서 태어났다는 17살 먹은 소년이다. 오만방 원장의 고향 친구가 하루는 연락도 없이 만방기원에 들렀다. 약간은 꾀죄죄한 행색의 10대 소년과 함께였다. 자신의 조카인데, 집도 부모도 없는데다 자신도 데리고 있을 처지가 못되니 당분간만 맡아달라는 것이었다. 그저 먹여주고 재워주기만 하면 된다고 했다. 그리곤 "그애가 바둑은 좀 둔다고 하니 부려먹기는 만만할 것"이란 말도 덧붙였다.

오만방 원장의 부인인 우리 생불여사 마음이 좀 하해(河海) 같이 넓은가. 그녀의 재가가 떨어지면서 쇠돌이는 만방기원의 최말단 식구로 편입됐었다. 그게 불과 지난 봄의 일이다.

밤늦게까지 위아래층을 오르내리며 심부름하랴, 틈틈이 쓸고 닦고 문단속하랴 쇠돌이는 매우 바빴다. 하지만 과묵하면서도 성실한 이 소년에 대해 만방 씨 부부는 물론이고 어른들 모두가 매우 기특하게 생각하고 있었다. 그저 그뿐이었는데, 이 쇠돌이의 진면목이 실로 우연한 기회에 드러난 것이다.

그날 밤 현장으로 되돌아가 보자.

[장면 2도]가 해설판에 놓인 문제의 장면. 강수만 사범은 "흑 1에는 백 2로 받아 좌하귀엔 별 수가 없다" 는 마무리로 강의를 막 끝낸 참

이었다. 아이들도 거반 강의실을 빠져나갔다. 이제 쇠돌이가 해설판 위의 흑 백 돌들을 떼어내 돌통에 담고 강의실 청소를 마치면 하루 일과가 끝난다.

　하지만 쇠돌이는 평소와 달리 주춤거렸다. 돌들을 바로 떼내지 않고 한동안 좌하귀를 노려본 채 서있더니, 흑돌 하나를 조심스럽게 집어 ▲자리에 갖다놓는 게 아닌가.

〔장면 2도〕

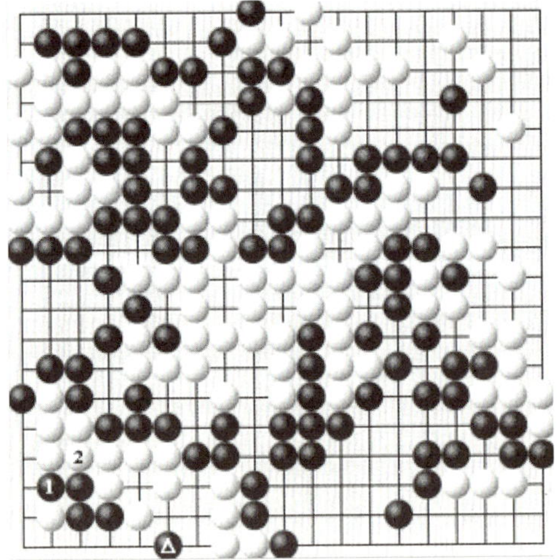

화장실에서 손을 씻은 강수만 사범이 강의실로 되돌아오다가 이 광경을 보았다. 강 사범은 "어, 제법인걸?" 하는 기분으로 나가와 [1도] 백 1에 돌을 갖다 놓았다. 흑은 즉각 2.

둘 간의 기묘한 수담(手談)이었다. 그순간 강수만의 얼굴에 핏기가 싹 가셨다. 이제 흑은 A를 선수하고 B에 두면 귀가 산다. 그걸 방지하려고 백이 B에 뻗으면 흑은 C로 오른쪽 백 네점을 잡으며 살아갈 것이다.

강수만은 [1도] 백 1을 떼어내 [2도] 1에 이었다. 쇠돌이는 망설이지 않고 2 이하 5까지를 거친 뒤 6으로 연결했다. 계속해서 둔다면 [3도]인데 이것은 빅 아니면 패의 모습.

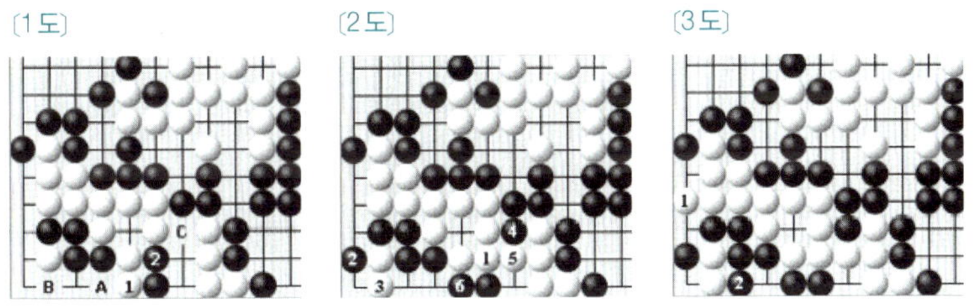

좀더 보충 설명을 하자면, 거슬러 올라가 [장면 2도]의 흑 ⬤치중으로 [4도] 흑 1을 먼저 두는 것은 흑 7을 생략할 수 없을 때 백 8까지 안된다. [5도] 역시 수순 착오로, 이제와서 흑 D는 백 E로 받아 별 볼일 없다. 그저 [6도]처럼 흑 1로 한집 끝내기에 불과하다고 봤던 강수만으로선 얼굴이 화끈거리는 변화였다.

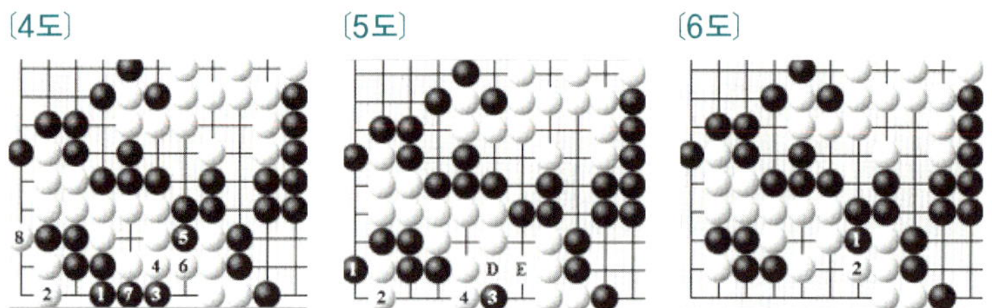

〔4도〕　〔5도〕　〔6도〕

　　영웅은 영웅을 알아보는 법. 이 말없는 몇 수의 교환만으로 강수 만 사범은 쇠돌 소년의 숨겨진 재주를 바로 꿰뚫었고 진심으로 승복했 다. 사환 꼬마가 천하의 강 사범을, 그것도 한 판 제대로 두어보지도 않 은 채 항복시켰다는 소문은 만방기원 일대에 삽시간에 퍼졌다. 쇠돌이 는 만방기원에 그렇게 공식 데뷔했다. 기원 안에서의 쇠돌의 인기는 바깥 세상에 불어닥친 19세 소년 이세돌의 돌풍에 결코 못지 않았다.

　　아, 고성능 제트엔진의 대책없는 천차만별이여. 우주의 광활함과 수(手)의 무변(無邊)함이여. 제제다사(濟濟多士)…

5

컴퓨터, 뇌출혈로 쓰러지다

오만방 원장이 세상에서 가장 증오하는 것은 무엇일까. 마누라? 틀렸다. 아무리 허구한 날 자신더러 "차라리 죽는게 낫지"를 되뇌이는 생불여사(生佛女史)지만, 그녀는 증오보다는 그저 공포의 대상일 뿐이다.

만방 씨가 세상 그 무엇보다 미워하는 것은 컴퓨터다. 당장 현실적으로 그놈의 괴물이 자신의 직업을 얼마나 방해하고 있는가. 인터넷 대국이 확산되기 전인 1990년내 중반까지, 손님들로 묵적이던 기원을 회상하면 만방 씨는 눈물이 다 찔끔 나올 지경이다.

정서적으로도 컴퓨터는 오 원장의 생리에 맞지 않는다. 도대체 인터넷으로 바둑을 두면 18급이 국수(國手)된다던가? 모름지기 바둑의 재미는 상대의 역경을 즐기는 데 있다고 굳게 믿어 온 오만방 씨였다. 장문이나 회돌이 축 같은 통쾌한 한 수를 두고난 뒤, 썩은 변(便) 색깔로 변한 적의 표정을 살피는 재미를 요새 젊은 놈들은 모른다. 컴퓨터 앞에 혼자 달랑 앉아서 히히덕거리는 군상들이 그의 눈엔 모조리 미친

놈들처럼 보였다.

그 만방기원 한구석에 어느날부터 한 대의 데스크 탑이 척하니 자리잡았다. 아폴로 11호의 달 착륙에 견줄 만한 역사적 사건이었다. 그 어떤 철권 통치자도 역사의 도도한 흐름은 거역하지 못하는 것일까. 오 원장으로서도 버틸 만큼 버텼지만 대세에 밀린 셈이었다. 불과 닷새 전, 딸년 나랑이가 주도한 그 민중봉기의 순간을 떠올리며 만방 씨는 쓴 입맛을 다셨다.

만방 씨의 어깨를 주무르면서 나랑은 코먹은 소리로 말했다.
"아빠, 우리도 컴퓨터 한 대 사요. 응? 인터넷 바둑 두게."
"정신빠진 소리 하덜 마라. 너도 미친놈 되고 싶냐?"
"아이 참, 아빠. 요새 컴퓨터 없는 집이 어디 있어요. 그러시다가 결국은 사 주실꺼죠? '난 알아요.' 호호."
"너 갑자기 억양이 왜 그러냐?"
"호호. 서태지가 부른 노래 제목이에요."
"수퇘지가 노래도 불렀어? 하긴 돼지 먹따는 소리만큼 절절한 노래 가락도 없지."
"아이 참, 수퇘지가 아니고 서태지에요. 서태지."

만방 씨는 세차게 고개를 가로 저었지만 어째 민심이 심상치 않았다. 입 달린 녀석들마다 한마디씩들 거들고 나선 것이다. 성희룡이 "계가는 물론이고 중간 형세판단까지 해주는 사이트도 있더라구요"하

며 오 원장의 눈치를 살피자, 허기진은 "입장하자마자 입맛에 맞는 상대들이 줄을 서서 기다릴 때는 삼천 궁녀 거느린 의자왕이 된 기분"이라고 했다.

"난 어젯밤 집에서 팬티 바람으로 네 판이나 두었어요. 상대방 아이디가 아가씨였던 것 같던데, 이거 오프라인에선 상상이나 할 일입니까?"라며 킬킬거리다가 나랑 양의 눈총을 받은 것은 변덕수였다.

그날의 만방 씨가 시저(Caesar)였다면 브루터스 역(役)을 맡은 것은 김대박이었다. 그가 "요즘엔 기원들도 컴퓨터 한 대쯤은 모두 갖춰 놓는다"고 전제한 뒤, 마침 친구 사무실에서 교체하기 위해 내놓은 구형(舊型) 컴퓨터 한 대가 있다고 했을 때 군중들은 환호했다. 순간 만방 씨의 뇌리엔 루마니아 차우세스쿠의 비참한 종말이 떠 올랐다. 반대세력을 무자비하게 숙청하다가, 자신의 동상(銅像)이 이리저리 끌려다니는 수모끝에 결국은 체포당해 20여 년 철혈통치를 마감했던 독재자. 일난 돈이 안들게 된 것만 해도 어디인가. 혁명군에게 포위된 만방 씨는 컴퓨터 반입을 묵시적으로 승인해 버렸다.

하지만 그놈의 괴물이 기원 분위기를 그렇게까지 바꿔놓을 줄은 상상도 못했다. 눈앞에 멀쩡한 바둑판들이 산처럼 쌓여 있는데도 모두가 컴퓨터 앞자리를 차지하지 못해 안달이었다. 게다가 인터넷 바둑의 장점들 하나 하나가 예외없이 재래식 기원의 단점이란 사실도 기가 막혔다. 만방 씨는 "돌 놓을 때 나무판 때리는 소리들으며 두어야 제맛"이라며 안간힘을 썼지만 소용없었다. 그놈의 괴물은 착점음(着點音) 마

저 나무판 뺨치게 낭랑하고도 우렁찬 소리를 쏟아내는 것이었다.

반 평생 한눈 팔지 않고 기원만을 지키며 처자식 먹여살려 온 만방 씨다. 나름대로는 건전한 레저성 도락으로서 바둑 보급의 한몫을 맡아왔고, 오늘날 한국이 세계를 제패하는 데도 일조를 했다는 자부심이 그에겐 있었다. 그 터전이 한아름 크기도 안되는 컴퓨터 속으로 빨려 들어가기 시작하면서 만방 씨는 눈에 띄게 풀이 죽어갔었다.

그러나 세상 돌아가는 섭리란 참으로 묘하다. 컴퓨터와 컴퓨터 추종세력이 며칠 간격으로 동시에 '천벌'을 받은 것이다. 입성 첫주에 만방기원을 석권해버렸던 괴물은 갑자기 뇌출혈을 일으켰고, 그 괴물 앞에서 충성을 맹세했던 만방기원 '폭도' 중 하나는 고막 파열상을 입었다. 만방 씨가 보기에 이 일련의 부상(負傷)사건은 어김없는 하늘의 뜻이었다. 기계와 인간이 모조리 다쳤다니, 도대체 무슨 일이 일어났던 것일까.

지난 월요일 아침이었다. 일찌감치 기원에 나타난 변덕수는 오만방 원장과 눈인사를 마치기 무섭게 컴퓨터 앞에 앉았다. '기업자(棄業者)' 변덕수에겐 누구와의 경쟁도 면제되는 독점적 황금시간대(時間帶)다. 휘파람을 불며 자신의 ID와 비밀번호를 쳐 넣자 즉시 접속이 이뤄진다. 대기자 명단에 떠오른 '백수 제왕'을 보며 변덕수는 싱긋 웃는다. 자신의 대화명이다.

오늘은 누구를 혼내줄까. 상대를 고르던 변덕수는 '내추럴V' 3단에 커서를 맞추고 클릭했다. 대화명이 마음에 든다. 내추럴(*natural*)이라. '자연류'란 뜻이렸다. 한데 막상 바둑을 시작하고 보니 대국 매너에 문제가 많은 친구였다. 인사말부터 생략하는 무례를 범하더니, 중반 초입 무렵엔 물러달라는 요구까지 해왔다.

[장면 1도] 백이 ⓐ에 씌워온 장면. 흑을 쥔 변덕수는 즉각 흑 1에 커서를 맞춰 누른 뒤 회심의 미소를 지었다. 쌍립의 급소다.

〔장면 1도〕

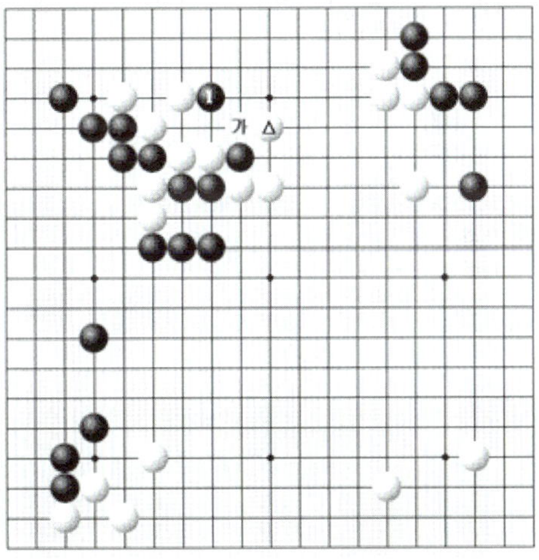

꽃님이와 벼락부자

[1도] 백 1에는 다시 2가 급소. 3에 이으면 11(⬤의 곳 이음)까지 엄청난 이득을 챙긴다. [1도] 백 3으로 [2도] 백 3에 끊어오면 9까지, 이번엔 선수마저 빼앗은 모습이다.

〔1도〕   11 · · · ⬤

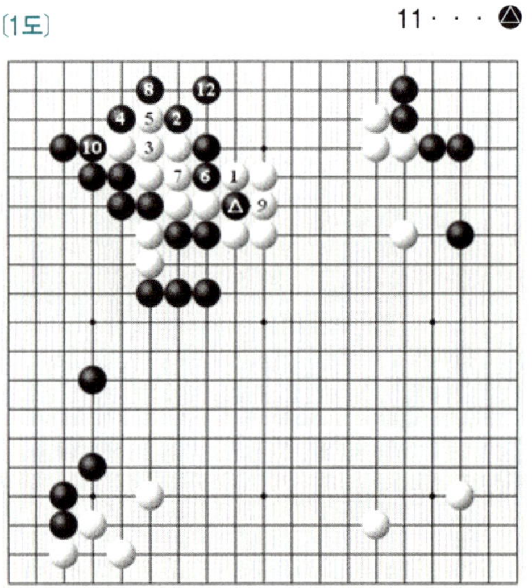

〔2도〕

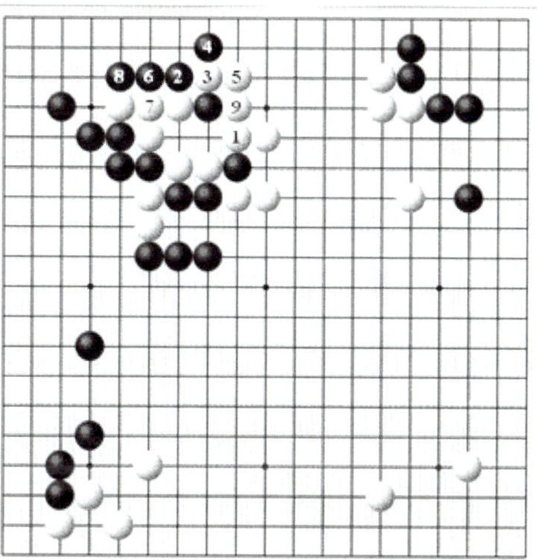

‘무르기 허용’을 켜놓은 것이 불찰이었다. 잠시 장고하던 녀석이 이 수단들을 읽었던 모양이다. 안면몰수하고(컴퓨터 바둑에선 이게 문제다. 안면이 안 보이면 마음놓고 비굴해지니까) [장면 1도] 백 ◎를 ‘가’에 옮겨놓겠다고 요청해 온 것이다. 변덕수는 잠시 망설이다가 상대방 요구를 들어주었다. 어떻게 두어도 이길 자신이 있었기 때문이었다.

　그런데 바둑은 뜻밖의 흐름으로 진행돼 갔다. [장면 2도]처럼 돼
선 필패의 국면. 우하귀 패를 다투다가 좌상 흑을 죽인 것이다. 아까 물
러주지 않았더라면 이 흑이 죽는 일은 없었으리란 데 생각이 미치자 변
덕수는 난생 처음으로 '무름 요청'을 눌렀다. 그런데, 이럴 수가 있는
가. 돌아온 대답은 '불허'였다.

〔장면 2도〕

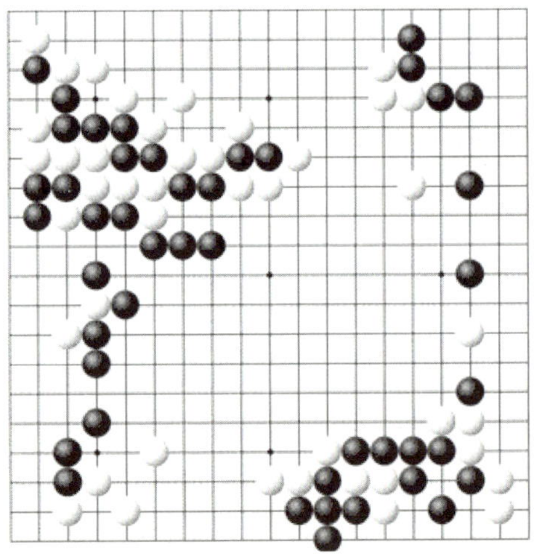

　그러나 세상사 사필귀정(事必歸正)이요, 떼는 떼대로 가는 법이
다. 녀석이 막판 기어코 실족을 했다. 그는 차마 또 한 번 물러달라는
소리는 못했다. 대신 잠시 뜸을 들이더니, 이번엔 '대국 중단'을 요청
해 왔다. 다 둔 바둑 이제와서 무효로 처리하자는 제안이다. 변덕수가

매몰차게 거절한 것은 물론이다.

변덕수를 정작 미치게 만든 것은 계가 무렵이었다. 흑을 쥔 변덕수가 사석(死石)을 찍어서 보냈다. 백은 남은 사석을 지정한 뒤 '지정마침'을 눌러 집 차를 확인하게 돼 있다. 헌데 상대는 4분 가까이를 그냥 버티고 있더니 나가버렸다. 비겁한 자식. 5분이 지나면 자동 시간승이다. 그런데 이 악질이 20여초를 남기고 되돌아오는 것이 아닌가.

변덕수는 다시 계가 절차를 밟았고, 또 한참 동안 침묵하던 상대는 나갔다가 또 한 번 30초를 남기고 다시 돌아왔다. '대국 중단'을 받아들이지 않은 데 대한 의도적 심술이었다.

"내 이 자식을⋯."

이성을 잃은 변덕수는 더 이상 참지 못한 채 데스크탑 모니터를 향해 재떨이를 날렸다.

모니터에 제대로 맞았더라면 컴퓨터가 그 정도로 중상을 입는 일은 없었으리라. 하지만 그게 빗맞는 바람에 일이 커졌다. 사람도 바둑도 다 그렇지만 기계 역시 급소가 있는 모양이다. 컴퓨터는 그 길로 병원에, 아니 서비스센터로 실려갔다. 당황한 변덕수는 기원 사람들에게 "내추럴(natural)이 어떻고⋯" 하면서 변명하기 바빴다.

이 대목을 오만방 원장이 들은 모양이었다.

"옳거니, 그 괴물이 뇌출혈을 일으켰단 말이지? 하기사 컴퓨터는 바이러스에도 감염된다 카던데 까짓 뇌출혈쯤이야. 으하하, 통쾌

하다.”

　컴퓨터의 병명은 그날부터 ‘뇌출혈’이 돼 버렸다.

　두 번째 사건이 터진 것은 그로부터 꼭 사흘 뒤였다. 이따금 만방
기원을 찾는 손님 가운데 안공배(安恭培) 군이라고 있었다. 대학 1년생
인 그는 바둑을 엄청나게 좋아하면서도 기원엔 자주 나타나지 않는다.
주로 집에서 통신바둑을 즐기기 때문이다. 내성적 성격에 외로움이 짙
게 밴 모습이지만 어른들에겐 항상 예절바르던 학생. 그가 모처럼 만
방기원을 찾았다가 고막이 터지는 사고를 당했다. 당사자들의 증언을
재구성하면 이렇다.

　안군의 대국상대는 제갈길이었다. 다소 급한 성격에 의협심 강한
제갈길에 따르면 안군은 이날 아주 공손한 자세로 바둑을 시작했다.
40대 초반인 제갈길은 안군 나이의 두배 쯤 된다. 바둑 돌도 조심스럽
게 갖다놓는 품이, 요즘 세상에 이런 젊은이도 있었나하는 기분이었다
고 했다.

　그러나 바둑이 가열되기 시작하자 안군의 대국 태도에도 변화가
나타났다. 상대가 알아듣기 힘들게 혼자 군시렁대기도 하고, 축 모양
이 발생했을 때는 바둑판 위로 축 머리를 짚는 자세를 취하다가 깜짝
놀라 손을 거두기도 했다. 마지막 승부를 가릴 대형 수상전이 펼쳐졌
을 때 기어이 사고가 터졌다. 제갈길의 안형(眼形)을 옥집으로 조이면
서 안공배 군이 의기양양하게 외친 것이다.

"짜샤, 너는 유가무가 불상전도 모르냐!"

순간 공배 군의 왼쪽 뺨에 불이 번쩍 일었다. 이번에도 빗맞으면서 애꿎게 그의 고막이 파열됐다. 피를 흘리면서도 공배 군은 즉시 사과했고, 당황한 제갈길은 그를 부축해 병원으로 데려갔다. 만방기원 식구들이 정작 놀란 것은 그날의 결과가 아니라 원인이었다. 도대체 그토록 온순하고 예절바른 청년에게서 어떻게 그런 행동이 나올 수 있단 말인가.

비밀은 안공배 군의 실토로 밝혀졌다. 그는 하룻밤에 열 판을 넘기는 건 보통인 통신바둑광이었다. 그런 사람들이 수없이 많은 세상이다. 문제는 그의 대국습관이었다. 축 머리는 모니터 화면 위로 손을 짚어 두 칸씩 죽죽 그어서 확인하는 것이 몸에 밴 지 오래 됐다. 게다가 그는 심야대국 때 마구 떠들었다. 상대방이 듣지 못하는데 무슨 말인들 못하겠는가.

"야, 그걸 수라고 두냐" 하는 건 기본이고, "어쭈, 용을 쓰네 용을 써…" 어쩌구 하는 식이었다.

심야 통신바둑을 통해 안 군은 인간적 외로움, 그리고 일상사의 스트레스를 다스려왔다. 바둑은 그에게 단순한 취미 이상이었던 셈이다. 그런 그에게 모처럼의 대인(對人) 대국은 엄청나게 부자유스러웠으리라. 처음엔 조심했으나 무심결에 욕설이 튀어나오려고 해서 혼이 났다고 했다. 컴퓨터 대국 때마다 애용했던 '놓아보기'도, '형세분석'도

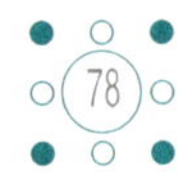

이용할 수 없자 안 군의 짜증도 극에 달해 있었던 모양이었다.

안 군이 빠른 속도로 회복한 데 반해 컴퓨터는 다음 주나 돼야 만방기원에 귀환할 모양이다. 사고 나흘 만에 안 군이 만방기원에 나타나자 아이스크림 파티가 열렸다. 짠돌이 제갈길이 마련한 자리다. 생각해 보면 참으로 끔찍한 한 주일이었다.

"부상 1명에 대포 1문 파손. 원장님, 아군의 피해가 적지 않습니다." (성희룡)

"아니지. 아군 사병 부상 1명, 적군 대포 1문 파손이니까 1대 1이야. 인간과 기계문명 간의 대결은 비긴 셈이라구." (오만방 원장)

"기계문명이 초래한 비인간성에 초점을 맞춘다면, 두 사건 모두 피해를 본 것은 우리들이니 기계 쪽의 2전 2승이라고 봐야 하지 않을까요?" (구경만 선생)

"허허. 그런 셈인가. 어쨌거나 그놈의 괴물이 눈앞에서 보이지 않으니 살 것 같소. 나는 내가 전승한 기분이오." (오 원장)

그 순간 기원 출입문이 열리면서 오나랑 양이 들어섰다. 그리곤 대짜고짜 빽 하고 소리를 질렀다.

"아이 참, 아빠. 컴퓨터 언제나 다 고친대요? 밥은 안먹어도 살지만 통신 안하니까 허전해서 죽을 것 같아. 적금부었던 내 돈 찾아서 새 걸로 한 대 살까요?"

6

모기의 꿈

‘주 7일 휴무제’는 편하긴 해도 역시 좀 따분하다. 아침 나절엔 컴퓨터로 통신바둑을 즐기는 게 변덕수의 유일한 낙이었는데, 한 대뿐인 컴퓨터가 부상을 입고 병원에 실려간 뒤부터 할 일이 없어졌다. 성희룡 등 대국 상대들은 오후나 돼야 나타날 것이다.

변덕수는 하릴없이 전날밤 모기에게 뜯긴 다리와 엉덩짝 쪽으로 손을 가져간다. 긁을수록 더 가렵다. 그러고 보니 어제처럼 모기로부터 시달림을 받은 날도 없었던 것 같다. 한여름 다 지나서 웬 모기들이 그렇게 극성일까. 도처에 벌겋게 솟아오른 상처를 바라보면서 그는 혀를 끌끌 찼다.

이를 박박 갈면서 두 시간을 뒤져 찾아낸 살충제로 모기떼는 퇴치됐고, 변덕수는 새벽 3시가 넘어서야 잠을 이룰 수 있었다. 아침 청소 때 쓰레받기 위에 굳은 자세로 죽어있던 서너 마리 모기의 유해들. 죽어 마땅한 놈들이었지만 자신이 살생을 저질렀다는 사실이 찜찜하지 않은 것도 아니었다. 어쨌거나 자신과 하룻밤이나마 피를 나누었던

혈족이 아닌가. 변덕수는 언젠가 읽었던 법정 스님 수상록의 한 대목을 떠올리며 피식 웃었다.

땅거미가 지고 사위가 어두워지자 시아버지 모기가 외출을 준비한다. 문 밖으로 발을 내디디면서 그는 며느리 모기에게 이렇게 말했다.

"애야, 내 저녁밥은 짓지 말거라."

"무슨 잔칫집에라도 가시는지요, 아버님."

시아버지 모기는 먼 산을 바라보면서 힘없이 중얼거렸다.

"마음씨 좋은 사람 만나면 저녁 한 상 잘 얻어먹겠지. 하지만 모진 놈을 만난다면 맞아죽는 수밖에 없지 않겠느냐. 어느 쪽이든 오늘 저녁 내 밥 준비는 필요 없겠다."

변덕수가 상념에 빠져 있는 사이 기원 출입문이 조용히 열린다. 구경만(具敬晩) 선생이었다. 50대 중반의 노신사 구경만 선생은 인격으로나 학식으로나 존경할 만한 어른이다. 만방기원 멤버들의 인생상담 역도 종종 맡는다. 소규모 건설업체를 경영해 먹고 살 만큼 돈을 벌었지만, 뜻한 바 있어 사업을 접은 뒤 10년 가까이 기원을 직장삼아 출근해 온 것으로 알려져 있다.

하지만 그의 정확한 기력(棋力)을 아는 사람은 아무도 없다. 그 누구도 구 선생이 대국하는 모습을 본 적이 없기 때문이다. 허구한 날, 줄창, 애오라지 그는 남의 바둑을 구경만 한다.

　구경만 선생의 시선이 변덕수의 손을 따라 그의 털 수북한 다리 위에 꽂혔다. 하도 긁어대서 시뻘개진 다리. 구 선생은 짐작이 간다는 듯 빙그레 웃더니 말한다.

　"미스터 변이 모기들한테 좋은 일 많이 했군. 사람을 무는 모기는 모조리 암컷 뿐이야. 여성들한테 폭발적으로 인기가 있는 걸 보니 장가들 날이 머지 않은 모양이네."

　그는 모기에 대해서도 엄청난 지식을 갖고 있었다. 인류의 역사가 고작 250만 년 남짓인데 지구상에 모기가 처음 등장한 것은 2억 년 전으로 추정된다는 것, 모기가 사람 또는 동물의 피부에 한 번 빨대를 꽂으면 최고 90초 동안 자기 몸 크기의 2, 3배에 달하는 피를 빨아먹는다는 것, 수컷 모기의 수명이 1주일에 불과한 데 비해 암컷은 최고 6개월까지 생존한다는 것. 지구상 모기의 종류는 무려 2,500종이나 된다는 것….

　그러더니 구경만 선생은 조금은 엉뚱한 얘기를 끄집어냈다. 지난 여름 무더위가 극성을 부리던 어느날 겪은 일이라고 했다. 자택의 그리 넓지 않은 서재에서 책을 읽고 있었는데, 모기 한 마리가 앵앵거리며 달려들더란다.

　"별로 잽싸지도 않은 게, 좀 영양실조같이 보이더라구. 처음엔 신문지 몽둥이라도 만들어 쳐죽이려고 했는데, 왠지 좀 불쌍한 생각이 들어 그냥 놔두었지."

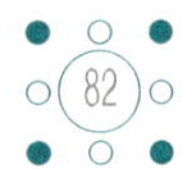

하지만 방심하던 구경만 선생은 기어이 팔목 부근을 한 방 물리고 말았다. 순식간에 붉게 솟아오르면서 가려움증이 엄습하자 선생은 불쑥 기분이 상하더란다. 그래도 제 목숨을 아깝게 여겨 먼저 공격하지 않았었는데…. 그는 이 배은망덕한 모기를 향해 손바닥을 날렸다. 하지만 그 일타가 빗맞으면서 모기는 한쪽 날갯죽지가 떨어져 나갔을 뿐, 목숨은 아직 붙어 있었다.

구 선생은 내친 김에 사형을 집행하기 위해 한쪽 손을 높이 치켜 들었다. 바로 그 순간에, 아 글쎄 모기가 말을 하더란다. 그야말로 모기만한 소리로.

변덕수는 그의 말을 제지하는 대신 입가에 미소를 머금은 채 구 선생의 다음 이야기를 기다렸다. 팔목의 가려움증이 극에 달해있던 구경만 선생은, 눈가에 눈물까지 글썽이던 모기의 애절한 호소를 들었다. 지구역사상 최초의 인간과 모기 사이의 단독회담이었다.

"만물의 영장님, 님이 저같이 하찮은 미물의 목숨을 불쌍히 여겨 살려두셨던 걸 저는 알고 있습니다. 진심으로 감사하게 생각하고 있습니다."

"그걸 안다는 녀석이 내 피를 빨았다구? 아무리 미미한 곤충이라지만 괘씸해서 더 이상은 살려둘 수 없다."

"영장님, 하지만 저희 모기들에겐 동물의 피가 주식(主食)입니다. 영양보충을 안하면 죽는 것은 사람이나 우리 모기들이나 마찬가지입니다."

"그렇다고 하필 내 피같은… 아니 진짜로 피를 빨다니 용서할 수 없어."

"이 방안에 영장님과 저 외에 누가 또 있습니까. 저로선 영장님의 피를 빨아먹지 못하면 살지 못합니다. 아무것도 못 먹고 굶어죽으나, 식사 도중 영장님의 손바닥에 맞아서 죽으나 죽는 건 마찬가지입니다. 가만히 앉아 굶어죽을 수는 없는 노릇 아닙니까?"

변덕수는 "에이, 선생님 소설도 참 잘쓰시네요" 하며 껄껄거렸지만 그는 웃지 않았다. 구경만 선생과의 대화는 그걸로 중단됐다. 점심 시간을 맞아 근처 샐러리맨 손님들이 기원에 밀어닥친 것이다.

변덕수가 식사를 마치고 돌아오니 성희룡이 도착해 있었다.

"음, 저 웬수를 오늘은 기필코."

둘은 누가 먼저라기 무섭게 바둑판을 경계삼아 마주 앉았다. 두 사람은 요즘 왕년의 오청원과 기다니 뺨칠 만큼 뜨거운 라이벌 혈전을 계속중이다.

바둑은 종반으로 접어들었다. 오늘따라 흑을 쥔 변덕수에게서 변덕스런 떡수가 속출한다. 이 바둑 역시 아무리 살펴봐도 집이 모자란다. [장면도] 성희룡이 막 ⬣에 백돌을 내려친 장면. 좌우의 흑을 연결하려면 [1도] 흑 1이지만 4까지 아랫쪽 흑 석 점이 들어가게 된다면 승패는 보나마나가 된다. 그거야말로 굶어죽는 꼴인데, 그럴 바엔 장렬히 싸워나봐야 하지 않겠는가.…

〔장면도〕

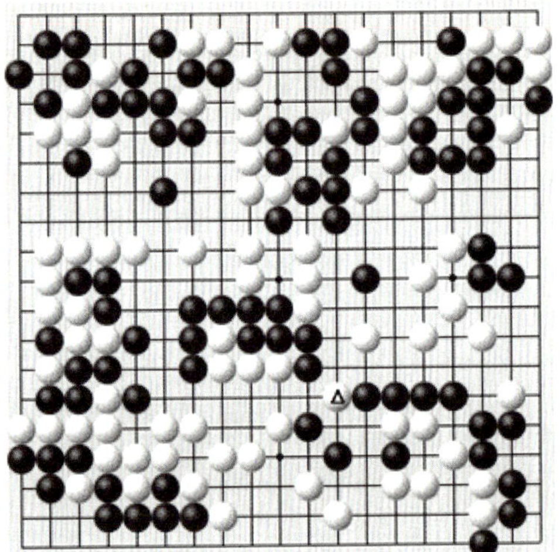

〔1도〕

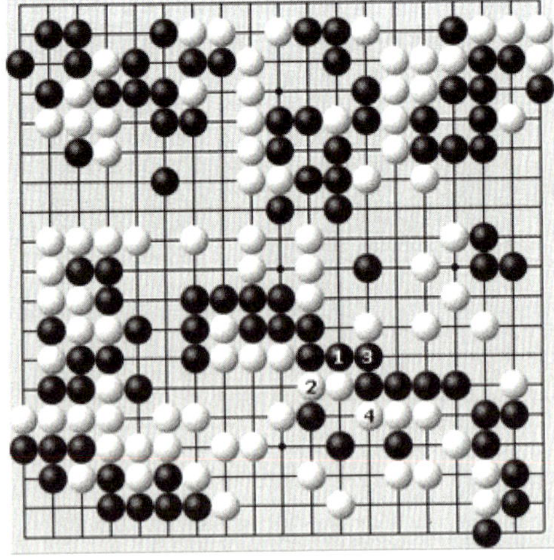

꽃님이와 벼락부자

결심을 굳힌 변덕수는 두 눈 딱 감고 [2도] 흑 1로 이었다. 하지만 그 순간 백 4까지 좌우가 양단됐다. 백 8을 맞는 순간 눈앞이 아찔하다. 우하귀 흑도 백 A때 흑 B면 백 C로 빈사상태에 처한다. 흑 D의 건너붙임엔 백 E로 받아 그만이다. 흑은 이 후에도 10여 수를 더 발버둥 쳤으나 양쪽 대마를 모두 구출할 묘수는 없었다.

굶어죽지 않으려다가 기어이 맞아죽은 셈이었다.

〔2도〕

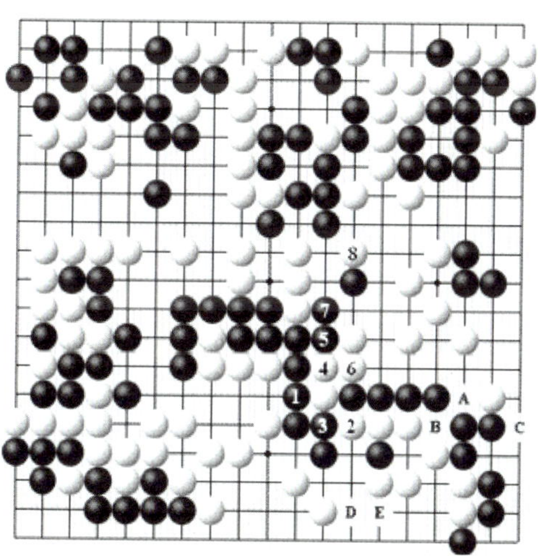

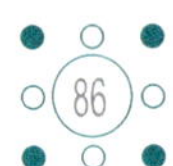

이것으로 변덕수의 4연패. 요즘들어 성희룡에 대한 승률이 매우 좋지 않다. 덕수는 씁쓸한 기분으로 일어섰다. 기원 한쪽에선 김치찌개 냄비를 놓고 둘러앉아 몇 명이 저녁식사를 하고 있었다.

오늘도 오만방 원장의 '박학다식' 이 풀가동중이다. 동서양 철학을 주제로 종횡무진, 한창 박식함을 과시하던 오만방 원장이 화룡(畵龍)에 점정(點睛)하는 순간이었다. 오 원장이 중학교사인 제갈길을 향해 물었다.

"제 선생, '모기의 꿈' 이란 고사 들어봤소?"

"글쎄요. 처음 듣습니다만."

"중국 전국시대 사상가 장자(莊子)가 어느 날 꿈속에서 모기가 됐어요. 꿈을 깨고 생각하니 자신이 꿈속에서 모기가 된 것인지, 아니면 모기가 꿈에 장자가 된 것인지를 구분할 수 없었던 겁니다."

"?"

"이거 무서운 철학이에요. 꿈이 현실인지, 현실이 꿈인지, 물아(物我)의 구별이 없는 만물일체의 경지에서 보면 꿈과 현실의 구분은 무의미하며 보이는 것은 만물의 변화에 불과할 뿐이란 얘기입니다. 허허 참."

소주까지 몇 잔 걸친 오 원장은 그런 고사도 모르다니 한심하다는 듯 혀를 찼다. 그때 숙적 변덕수를 연파해 기분이 썩 좋아있던 성희룡이 나섰다.

"장인 어른, 아니 참 원장님. 그거 모기가 아니라 혹시 나비 아닙

니까?"

"엉?"

"호접지몽(胡蝶之夢)이라고, 장자의 제물론편(齊物論篇)에 나오는 이야기지요. 원장님이 착각하신 것 같습니다."

"아니 모기가 언제부터 나비로 바뀌었을까. 옛날엔 분명 모기였는데?"

"바뀐 게 아니라 원장님이 바꾸셨어요. 우하하."

그 시간 구경만 선생은 조금 떨어진 곳에 혼자 앉아 석간신문을 뒤적이고 있었다. 연패로 입맛이 썼던 변덕수는 구 선생 맞은편 자리에 다가가 앉았다. 그리곤 정색을 하고 물었다.

"구 선생님, 아까 얘기 마저 끝내시지요. 그래 그 모기는 살려 주셨습니까, 원래 생각하셨던 대로 내리쳐 죽이셨습니까?"

구경만 선생은 읽던 신문을 내려놓았다. 돋보기 안경 너머 변덕수의 얼굴을 지긋한 눈길로 응시하더니, 한 차례 빙긋 웃었다. 그 뿐이었다. 변덕수는 절실한 표정으로 대답을 기다렸지만, 선생은 가타부타한 마디 말도 없이 어느새 시선을 신문으로 옮겨간 채 다시는 고개를 들지 않았다.

변덕수는 다시 성희룡과 마주 앉았으나 도대체 바둑판이 낯설었다. 그리곤 온갖 상념이 머리를 어지럽혔다. 모기의 역사가 인류의 그 것보다 훨씬 오래된다는데, 그렇다면 인류 등장 이전 모기는 사람의 피

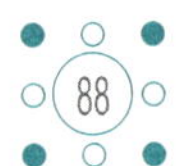

를 먹고싶어 어떻게 견뎠을까. 모기가 여러 사람의 피를 동시에 섭취했을 경우 모기 내장에서 서로 다른 혈액형들이 엉겨 응고되지는 않을까. 자기 몸의 2,3배나 되는 피를 빨아먹는다는데 왜 그놈들은 과식으로 체하지도 않을까. 그나저나 구경만 선생이 모기와 대화를 했다는 게 사실일까. 선생은 그 모기를 죽였을까, 살려 주었을까.…

갈팡질팡하던 변덕수는 결국 성희룡에게 3연패를 추가한 뒤 어깨를 축 늘어뜨린 채 기원 문을 나섰다. 맞아죽은 모기처럼 얼터진 지난 몇 시간의 나와, 모기를 박살내버렸던 간밤의 나 둘 중 어느 쪽이 진짜 나의 실체일까. 집에 들어와서도 한참을 헷갈리던 변덕수는 그날밤 기어이 모기로 변한 꿈을 꾸었다. 그는 성희룡의 피를 배가 터지도록 포식했다. 잠에 빠져 고스란히 몸을 내맡긴 녀석의 피맛은 참으로 꿀맛이었다.

7

옥집에도 별들 날 있다

오나가나 그놈의 집이 문제였다. 인생살이도, 바둑판 위에서도 집 없는 것 이상의 설움은 없다. 운동장 크기 평수(坪數)의 아파트를 몇 채씩 가진 채 거들먹거리는 자들도 많지만, 대다수 서민들은 평생 허리가 휘도록 고생해도 '내집 마련' 이 꿈으로만 머문 채 헉헉대며 살고 있다.

집의 불평등은 바둑판 위에서 더욱 실감난다. 상대방의 토실토실한 대가(大家)에 뼈다귀처럼 달라붙은 채 내 집만 말라버린 경우, 대마가 덩치에 어울리지 않게 딱 두 눈을 냈는데 그 중 하나는 옥집이어서 생명이 위독한 경우를 어디 한두 번 당해 보았던가.

오늘 만방기원 분위기는 우울하다. 제갈길(諸葛吉)이 자칫 거리에 나앉게 될지도 모른다는 소식 때문이다. 교편생활을 하면서 40여년 평생을 남에게 해 끼치지 않고 착실하게 살아온 우리 시대 소시민의 전형. 줄기차게 실리만을 파는 기풍처럼 인생도 제 갈길만 묵묵히 걸어온 제갈길이다. 그런 그에게 찾아온 횡액도 바로 내집 마련의 꿈에서

출발했던 모양이다. 오만방 원장이 한숨 섞어 전한 사태의 전말은 이
랬다.

　　"경매에 나온 집을 잘 고르면 반값에 살 수 있다"는 누군가의 귀
띔이 발단이었다. 귀가 번쩍 뜨인 제갈길은 앞뒤 가리지 않고 생전 처
음 경매란 것에 참여했다. 낙찰 금액은 4,200만 원. 제갈길은 계약기간
이 많이 남아있었지만, 집주인과 싸우다시피 해서 전세금 3천만 원을
뽑았다. 몇 해 전 믿었던 친구 빚보증을 잘못 선 이후 그가 쥐고 있는
전 재산이다. 그리곤 급하게 몇 곳으로부터 고리(高利)로 융자를 얻어
냈다. 15평에 방 2개짜리 연립주택은 그런대로 마음에 들었다. 제갈길
은 '내집'을 갖게 된 데 감격했다.

　　그러나 문제가 발생했다. 먼저 살던 세입자가 입찰 전날 이른바
선순위(先順位) 채권액을 대위변제(代位辨濟)하고 저당권 말소등기를
신청한 것이 밝혀진 것이다. 원 세입자 임차인에게 2천만 원의 전세금
을 물어주고 입주하거나, 아니면 낙찰가의 10%인 입찰보증금 420만원
을 포기하는 두 가지 길뿐이었다. 하지만 이미 살던 전셋집엔 돌아갈
수 없게 돼버렸고, 생돈 420만 원을 포기한다 해도 융자금을 변제할 길
이 막막해 오도가도 못하게 됐다는 얘기였다.

　　"내집은 집이되 내집이 아니라…. 바둑으로 말하자면 딱 옥집인
셈이군." 구경만 선생이 허탈한 목소리로 말했다.
　　허기진은 심각한 표정으로, 갑자기 니코틴에 허기져서 못 견디겠

다는 듯 내쳐 담배만 빨아댔다.

"거 사람 그렇게 안 봤는데 왜 그렇게 순진하지?" 하며 원통해 한 것은 천하의 승부사 김노박이었다.

변덕수와 성희룡은 말없이 두던 바둑을 계속했다. 사실 집이라면 둘 모두 누구보다 할 얘기가 많은 사람들이다. 선친의 노름벽으로 몇 차례나 집문서가 넘어가 어머니와 어린 동생들이 울면서 짐을 싸던 기억을 갖고 있는 성희룡은 지금도 하숙집 신세를 지고 있다.

변덕수는 지난 늦여름 한반도 동쪽 절반을 강타한 태풍 때 가공스런 피해를 입었던 수재민 중 하나다. 지난 추석 때 고향에 내려갔을 때 받았던 엄청난 충격. 몇 대에 걸쳐 지켜온 고향 집터는 쑥밭이 됐고, 인근에 모셨던 선영마저 제 위치를 찾기 어려울 정도로 훼손돼 있었다.

바둑은 흑을 쥔 성희룡의 우세로 흘러갔다. [1도] 상대가 계속 밑으로 파고들자 백돌들은 어쩔 수 없이 중앙을 향했으나 별로 공격 대상이 보이지 않은 채 집 부족상태가 됐다. 세력이란 이렇게 허망한 것일까. 하지만 자신이 실리를 취할 때면 번번이 상대의 거대한 세력 그물에 걸려 허우적거리곤 하니 별 일이었다.

〔1도〕

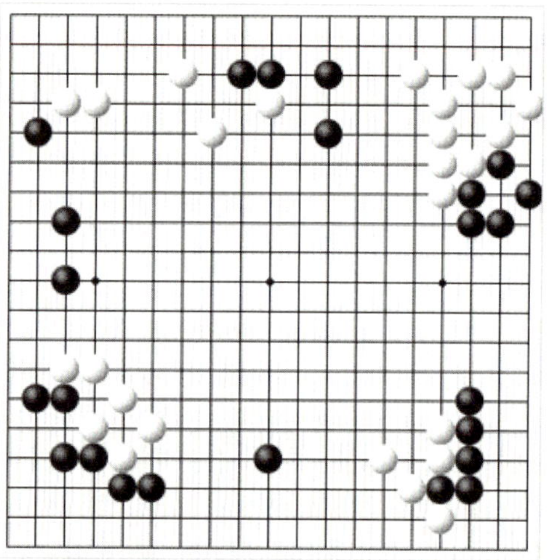

"누가 '집이란 무엇이냐' 고 묻는다면 뭐라고 대답해야 할까요?"

허기진이 구경만 선생을 향해 뜬금없는 질문을 던졌다.

"'인간을 자연적 피해와 사회적 침해로부터 보호하기 위한 건물' 이란게 사전적인 정의지요."

"바둑 또한 자기 돌들로 둘러싼 점령공간을 집이라고 부르는 걸 보면 인간생활과 매우 흡사해 보입니다. 선생님의 지금 그 정의가 바둑에서도 적용될 수 있을까요?"

"그게 참 묘해요. 인간의 주택은 공동적 취락(聚落)을 통한 적절한 사회적 관계가 필수라고 돼 있지. 하지만 바둑에선 한 곳에 붙어 있는 두 집은 오히려 잡히고 따로 분리된 두 집이라야만 살 수 있지

않소?"

　"그러고보니 2집이 아니라 3집이나 4집도 붙어있으면 못 사는군요. 심지어는 5궁도화나 매화 6궁에 이르기까지…. 바둑이 인간사회의 축소판이라고들 하지만, 그 투쟁의 대상으로 집약되는 집의 기능은 다소 다르다는 점이 꽤 흥미롭습니다."

　출입문 입구 쪽에선 좀더 현실적이고도 즉물적인 대화가 한창 오가고 있었다.

　"인간사회에서 집이라면 재력의 가장 큰 척도인데, 쌍방 수십 집씩 나는 바둑의 계산단위를 하필 '집'이라고 붙인 건 암만 봐도 좀 과하단 말씀이야. '칸(間)'이나 '눈(眼)' 정도가 적당하지 않았을까."

　돈과 '한탕'에 언제나 관심이 많은 킴노박의 주장이었다. 게다가 아무리 무승부 방지용이라지만 '반 집'은 또 뭐냐고 그는 흥분했다.

　"바둑판 위의 집도 무시할 게 아니던데요. 몇 년 전 일본 천원전에서 류시훈 7단이 고바야시 천원에 3대 0으로 이겨 타이틀을 빼앗은 적이 있지요? 그때 세 판 모두 반집 차로 이겨서 1,300만 엔의 우승 상금을 받았는데, 우리 돈으로 한 집에 1억원 꼴이더라구요."

　마침 놀러와 있던 아래층 바둑교실 강수만 사범이었다. 꼭 결정적일 때는 그가 나서게 되니 김대박에겐 이래저래 천적인 모양이다.

　바둑 한 집이 사람 사는 집 한 채 값과 맞먹는다면 기막힌 일이 아닐 수 없다. 김대박이 머쓱해 있는 사이 우리의 박학다식 원장이 대

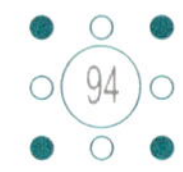

미를 장식하러 나섰다.

"그보다 더한 이야기 들려줄까? 1978년 제 2기 일본 기성전 도전기 때 얘기로, 후지사와(藤澤秀行) 9단에게 가토(加藤正夫) 9단이 도전했지. 7번기가 3대 3으로 마지막 7국까지 갔는데, 그 바둑이 어느쪽 반집 승인지 판단이 안 설 만큼 미세했어. 검토 기사들이 '만약 1집을 1천만 엔에 사고 팔 수 있다면 두 기사 모두 사고싶은 심정일 것' 이라고 했을 정도였지. 결국 그 판은 후지사와가 반 집을 이겨 4대 3으로 우승했고, 4,200만 엔이란 엄청난 우승 상금을 획득했어. 킴노박 선생, 이래도 바둑의 한 집이 사람 사회의 집 한 채에 비해 보잘 것이 없소?"

성희룡과 변덕수는 여전히 입을 꾹 다문 채 대국에 열중하고 있다. [2도] 종반을 향해 치닫고 있는 장면.

좌상귀가 이렇게 들어가선 백이 집 부족에 허덕이는 형세다. 이대로라면 도저히 역전은 불가능하고, 이 바둑의 승자는 성희룡이 확실해 보인다. 고심을 거듭하던 변덕수의 뇌리에, 반파(半破)된 채 흙탕물로 온통 뒤덮인 고향집의 모습이 떠올랐다 사라졌다. 그건 도저히 집이라곤 말할 수 없는, 그야말로 옥집이란 표현이 딱 어울리는 몰골이었더랬다.

〔2도〕

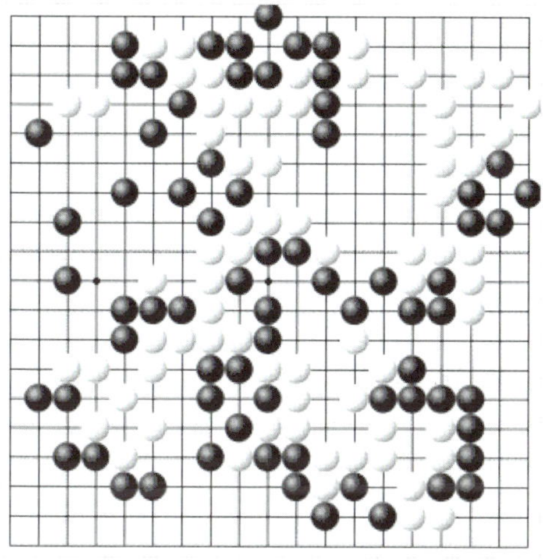

그나저나 역경에 처한 제갈길을 도울 길은 없을까. 오만방 원장을 비롯힌 나머지 사람들이 다시 심각한 표성으로 돌아갔다. 각자 형편에 따라 조금씩이라도 모금을 좀 하자는 얘기, 우선 몇 명이서 제갈길을 찾아가 위로하고 도울 방법을 모색해 보자는 얘기가 나오던 참이었다.

출입문이 열리고 황천길(黃泉吉)이 들어섰다. 제갈길과 같은 중학에 재직중인 그는 제갈길을 따라 바둑을 배우겠다며 몇 차례 만방기원을 찾아온 적이 있었다.

이미 제갈길의 직장 동료들은 모금을 시작했단다. 일부 학생들도 나선 모양이었다.

"임시 거처(居處)로 우리집 건넛방을 쓰기로 했습니다. 제갈 선생 가족들이 많이 불편하겠지만 당분간 참아야지 어떡하겠습니까?"

지난 봄 타계한 선친이 쓰시던 방이라고 했다. 두 집안은 워낙 가깝게 지내와 아내와 초등학생 딸들끼리도 스스럼없는 사이란다. 제갈 길은 만방기원 사람들이 걱정할 것을 우려해 황천길에게 만방기원에 들러줄 것을 부탁했던 모양이었다.

"황 선생은 이 담에 늙어 죽더라도 저승 가는 길이 심심치 않겠 소. 제갈길 같은 친구가 있으니. 뭣하면 함께 가는 것도 괜찮겠는데?"

황천의 순 우리말은 저승이다. 그의 이름을 빗댄 우스개에 황천 길이 지지 않고 받는다.

"저도 데리고 가고 싶지만 암만해도 힘들 것 같네요. 살아서도 자기 이름처럼 저렇게 자기 갈 길대로만 살아온 사람이 저승길 간다고 절 따라나서겠습니까. 하하."

그 순간 성희룡과 변덕수의 바둑이 벌어지고 있던 한쪽 구석에서 환성이 일었다. 백이 돌 던지기 일보 직전이던데 무슨 변고가 생긴 것일까. 좌상 백이 용케 중앙으로 연결은 해갔지만 전체가 살기 어려운 모습이었는데…. 뜨내기 기객들을 포함해 십수 명이 우루루 그 바둑을 향해 달려갔다. 바둑 판에는 [3도]가 펼쳐져 있었고, 흑이 B의 곳을 먹여쳐 백이 막 △로 한 점을 따낸 상황이었다.

흑을 쥔 성희룡은 기가 막히다는 표정을 짓고 있었다. 문제는 좌변에서 중앙을 거쳐 좌상에 이르는 엄청난 백 대마의 목숨이었다.

〔3도〕

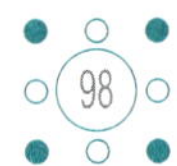

확실한 눈은 A의 한 곳뿐, 나머지 B, C는 모두 옥집이다. 백 D에 놓는 것 역시 집이 안된다. 그렇다면 교과서에서 배운 바대로라면, 돌 수만 53개에 이르는 이 거대한 공룡은 죽어 마땅한 일이었다. 그러나 어떻게 잡는단 말인가. 공배를 다 메우더라도 혹은 어느 한쪽도 단수를 부를 수 없다. 그렇다면 이 백은 온전한 집 한 개에다 2개의 옥집뿐인데도 떵떵거리며 살았다는 결론이었다. 이 백이 살아선 혹은 더 해볼 데가 없다.

"우와! 세상에 별 일도 다 있네"라며 허기진이 감탄사를 연발하자 김대박이 "아깝군. 방내기였더라면 백이 무조건 열 방은 건진 셈인데…"라며 혀를 찼다. 강수만 사범은 기보를 떠놓겠다며 설쳐댔고, 언제 소문을 들었는지 이쇠돌 소년까지 쫓아 올라왔다. 아직 10급의 벽을 허물지 못한 황천길은 몇 번이고 공배를 채워가며 정말 살았는지를 확인했다.

허기진이 말했다.
"온전한 집 여섯 채로도 잡히는 판인데, 집 한 채에다 불완전한 집 2개만으로 살 수 있다면 바둑에 대한 기본 개념부터 바꿔야 하는 것 아닐까요?"
구경만 선생이 그 말을 받았다.
"그럴지도 모르지. 어쨌거나 툭 하면 바둑과 인간사회를 놓고 견강부회(牽强附會)하는 짓은 이제 삼가야 할 것 같아요. 인생에선 절대 그런 일이 없으니까."

잠시 침묵하던 오만방 원장이 나섰다. 지금까지 한 번도 들어본 적이 없는 낮고 엄숙한 목소리였다.

"젊은 시절 우리집은 바둑으로 말하자면 반 집도 못됐지만 아쉬움없이 살았었고, 옥집이나 마찬가지인 지금 집에서도 전혀 불편함이 없소. 바둑 또한 오늘 보았듯 옥집만으로 거뜬히 살 수 있지. 심지어는 단 1집도 없는 바둑에서도 지지 않는 경우도 있어요. 증거를 보여줄까? 바둑이 인생의 축소판이란 말은 계속 유효해."

그는 선반에서 케케묵은 옛날 바둑 소설책 한 권을 빼내 '증거'를 펼쳐보였다. 바로 [4도]다. 흑백의 돌들이 빼곡하게 들어찬 최종결과는 이른바 '판 빅'.

〔4도〕

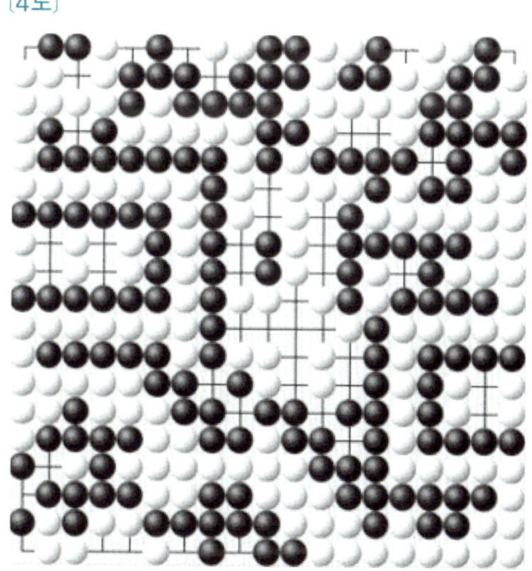

전 판의 흑 백이 모조리 비긴 상태이니 쌍방 모두 단 1집도 없는 셈이다. 만방 씨 말대로 이 바둑에 패자는 없다.

"바둑이건 인생살이건 집 없다고 좌절할 필요가 전혀 없는 셈이지. 고래등 같은 호화주택 짊어메고 저승가는 부자놈들 하나도 못봤으니까… 그렇지 않소?"

황천길을 향해 눈을 찡긋하는 오만방 원장의 표정은 어떤 부동산 재벌의 그것보다도 여유가 넘쳐 흘렀다.

8

날 책임지겠다구요?

파도야 어쩌란 말이냐.

파도야 어쩌란 말이냐.

임은 뭍같이 까딱 않는데,

파도야 어쩌란 말이냐.

날 어쩌란 말이냐.

〈유치환 '파도' 전문〉

노총각 변덕수와 성희룡은 요즘 입술이 바짝바짝 타들어가고 있는 중이다. 한달 남짓 뒤면 똑같이 우리 나이로 서른 셋. 나이야 아무래도 좋았다. 나랑 양의 마음만 얻을 수 있다면, 그녀를 내 삼촌의 조카며느리로 삼을 수만 있다면, 까짓 40이 넘으면 어떻고 50이 넘은들 어떠랴. 하지만 이 신체건장한 두 대한민국 건아들의 끈덕진 쌍갈래 파도에도 그녀는 무슨 거대한 대륙인 양 여전히 꿈쩍도 않고 있었다.

만방기원 오만방 원장의 외동딸 오나랑 양을 둘러싼 둘 간의 투

쟁사(史)는 벌써 1년도 넘는다. 나랑이 고것이 속마음을 열어 보이지 않는 통에 형세는 아직도 오리무중이지만, 덕수와 희룡은 피차 한 가지 점에서만은 암묵적으로 의견통일을 보고 있다. 나랑에게 자신들을 물 먹일 제3의 남자는 없다는 확신이 그것이다. 그럴수록 둘은 서로 무슨 수를 써서라도 상대를 격침시켜야 한다는 시대적 사명감에 몸부림치곤 했다.

돌이켜보면 둘의 사랑 쟁탈전은 온갖 묘수와 악수, 역전과 반전, 그리고 기기묘묘한 바둑의 전략이 총동원되다시피 한 싸움이었다. 한 판의 바둑에 비유한다면 초반은 완전히 변덕수의 페이스였다. 아니, 뭐 페이스랄 것도 없겠다. 지난 해 봄, 그는 성희룡보다 석 달이나 먼저 만방기원에 첫발을 들여놓았었으니까. 성희룡으로선 사실 몇 점을 접어준 접바둑만큼이나 핸디캡을 안고 출발한 셈이었다.

당시 변덕수는 만방기원에 들어설 때마다 천국의 계단을 오르는 기분이었다. 아흐! 눈길이 마주칠 때마다 상큼히 미소지어주던 나랑의 그 뇌쇄적 미소. 그녀는 더없이 싹싹했고 친절했다. 그때만 해도 덕수는 신용금고회사에 근무하던 전도유망한 샐러리맨이었다. 되먹지 않은 상사와 대판 싸우고 나오지만 않았더라면 지금처럼 기업자(棄業者) 신세도 아니었을 것이다. 어쨌거나 그는 자신의 바둑을 전면 포기하고, 갓 입문한 나랑 양에게 헌신적으로 바둑을 가르쳤더랬다.

그로부터 석달 뒤 만방기원에 처음 모습을 드러낸 성희룡이야말로 변덕수의 입장에선 사탄이요, 악령이며, 훼방꾼이고, 새치기족이었다. 녀석은 누가 첨단기업 사원 아니랄까봐서 와이셔츠깃도, 멋지게 벗어넘긴 머리칼도 모두가 빳빳했다. 심지어 기료 계산할 때 지갑에서 꺼내는 1만 원권조차 빳빳할 때가 많았다.

"짜식이, 그딴 거 빳빳해봐야 무슨 소용이 있나."

변덕수는 속으로 중얼거리곤 했으나 성희룡은 무서운 속도로 오나랑 양에 접근해 갔다.

불과 한 달이 못돼 형세가 역전됐다. 성희룡이 먼저 나랑 양과 함께 영화도 보고 저녁도 같이 하는 데 성공한 것이다. 무릇 여성이란 선심과 분위기에 약한 법. 그는 봉급을 박박 긁다시피 해서 나랑에게 물량공세를 폈다. 잔잔한 음악이 온몸을 휘감는 고급 레스토랑에서 목소리 깐 채 썰도 풀었다. 바둑으로 말하자면 두터운 포석이었다. 그 무렵부터 나랑이 두르고 다니기 시작한 옥색 스카프, 멋진 장식이 달린 명품 손지갑도 성희룡의 진상품으로 알려져 있다.

이거야말로 선작오십가자필패(先作五十家者必敗) 꼴이었다. 역전을 감지하고도 구경만 하고 있을 변덕수가 아니다. 그는 호시침침 기회를 엿보는 한편 후방을 치기로 했다. 오만방 원장과 나죽자 여사, 즉 나랑 양이 세상을 구경하는 데 절대적으로 기여했던 양친 공략에 나선 것이다. 아무리 민주화에다 서구화까지 이룬 세상이라지만 이 땅의 부모들은 아직도 사윗감 선택에 있어 막강한 지분을 쥐고 있다. 덕수로선 가위 성동격서(聲東擊西)에다 도남의재북(圖南意在北) 전법을 택한 셈이었다.

　바둑은 강한데 연애론엔 기초가 쑥맥인 사람들을 위해 준비된 그림이 [장면 1도]다. 고단자들의 실전 기보로, 흑이 ▲로 끊어온 것은 이 쪽 처리여하에 따라 흑 ■를 둘러싼 중앙 공방에서 주도권을 잡겠다는 뜻이다.

　백의 입장에서도 [1도]는 우변이 엷어 중원에서 힘을 쓰기 힘들다. [2도]가 실전 진행. 우하귀를 버린 손해가 크지만 대신 중앙 빵때림을 얻었다. 놀기는 오른쪽에서 놀았으되 마음은 어복에 있더라… 하는 게 바로 성동격서 아닌가.

〔장면 1도〕

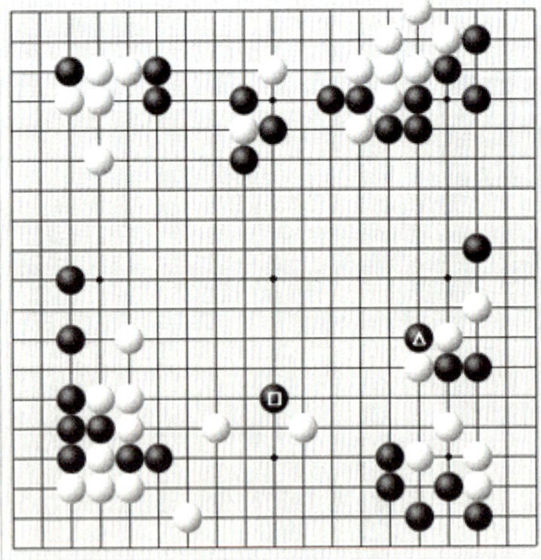

꽃 님 이 와　벼 락 부 자

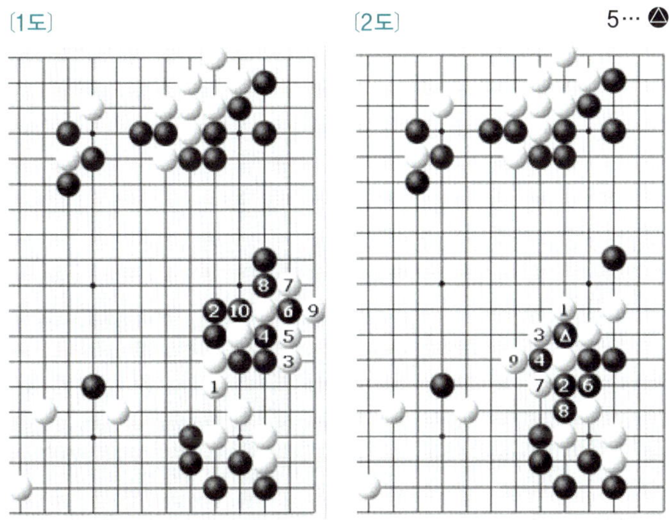

덕수는 그닐부터 기원에 들어설 때는 하다못해 군밤 보따리라도 사다가 생불여사에게 안겨드리곤 했다. 손님이 입장하면 벌떡 일어나 "어서 오세요"를 외쳐댔고, 뜨내기들은 자리를 뜰 때 변덕수를 원장으로 알고 기료(棋料)를 지불하기 일쑤였다. '입'도 풀가동하기 시작했다. 사람의 환심을 사는 데는 립 서비스만큼 효과적인 것도 드물다. 뻔히 아부성 발언이란 걸 알면서도 듣는 사람 입장에선 기분이 좋아지는 법이다.

지난 달 벌어졌던 길 건너 헛수기원과의 친선교류전 때 변덕수와 오만방 원장 간의 대화 녹취록 일부만 소개하자.

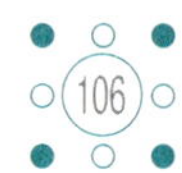

“원장님, 우리쪽 선수들이 잘 싸우고 있습니다. 저쪽에 강자가 훨씬 많은데 이것 참 희한한 일이네요.” (변덕수)

“까짓 헛수만 놓는 놈들, 만방으로 보내버리는 거지 뭐. 헛헛.” (오원장)

“맹장(猛將)밑에 약졸(弱卒) 없다는 말은 역시 만고의 진리인 것 같습니다. 원장님의 탁월하신 영도력이 기적을 만들어 낸 모양이에요.” (변덕수)

“허허. 자네 생긴 것에 비해 판단력은 제법이군. 그런데 원래부터 맹장(盲腸) 밑에 약졸이란 건 없다네. 맹장 아래쪽에 있는 건 항문하고 대변뿐이지. 자넨 곱창 배치도(配置圖)에 관해 공부 좀더 해야겠네.” (오원장)

어쨌건 변덕수와 성희룡의 사랑 쟁탈전은 확전일로였다. 그것은 마치 인생이란 이름의 한 판 바둑에 승부 패(覇)가 벌어진 형국이었다. 이를테면 [장면 2도] ‘가’ 의 곳과 같은 대형 패다. 산지사방 흑백 돌들의 운명이 이 패의 결과에 따라 판가름난다. 두 남자는 충실하게 팻감을 쓰듯, 연심을 호소하는 편지와 E-mail을 매일밤 눈에 핏발을 세운 채 경쟁적으로 발송했다. 휴대폰과 컴퓨터 속에 밤사이 수북이 쌓인 두 사람의 음성녹음과 이메일을 지우는 게 매일 아침 일과가 돼버린 나랑은 행복감과 부담감 사이에서 곤혹스러워하곤 했다.

〔장면 2도〕

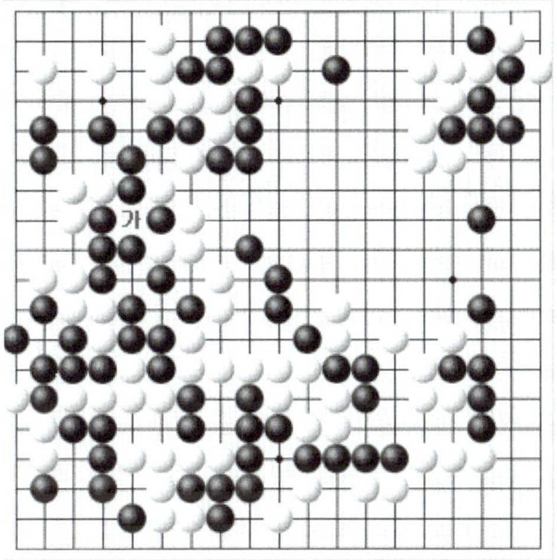

　　물론 둘 모두에게서 악수(惡手) 팻감도 심심치 않게 등장했다. 털털하고 저돌직 싱격의 딕수는 지난 봄 하마터면 몰수패를 선언당할 위기에 빠지기도 했다. 모름지기 바둑이나 여자나 선치중(先置中) 후행마(後行馬)가 승리의 지름길이라 믿고 있는 그는 치밀한 거사계획까지 세웠으나, ‘안면치중(顔面置中)’ 단계에서 엄중경고를 받고 물러선 일이 있다. 깔끔한 타입인 희룡이 지난 여름 월드컵 대회 때 멋진 팻감을 쓰려다가, 본의 아니게 바람둥이로 오해받아 두 달 이상 ‘대화금지’의 형벌을 감수했던 얘기는 앞서 소개했다.

　　추석과 추분 다 지나고 찬바람이 돌면서 두 사람은 더욱 조급해

졌다. 잠시라도 방심하다 이 천지대패(天地大覇)를 진다면 만사가 끝나면서 천사는 악마의 품에 안겨버릴 것이다. 둘은 상대방에게 감시의 눈초리를 번뜩이며 웬만한 곳은 붙어다니다시피 했다. 가위 '미생마는 동행하라' 였던 셈이다. 누군지는 몰라도 그 기훈(棋訓)을 만든 사람은 바둑 못지 않게 연애에도 깊은 조예를 지녔었음이 분명했다.

초조한 것으로 말하자면 변덕수 쪽이 더했다. 자격지심이었을까. 나랑도, 나랑의 부모님도 자신보다는 성희룡에게 더 살갑게 대하는 것 같았다. 하긴 그렇다. 남들 다 직장에 출근하는 아침 시간에 기원으로 직행해 하루종일 죽치는 자신에게 점수를 더 줄 사람이 어디 있겠는가. 변덕수는 아무래도 자신이 패를 써야 할 차례라고 느끼고 있었다. 뭔가 비상 팻감이 필요한 시점이었다. 한 팻감, 결정적인 딱 한 개의 팻감이 문제였다.

그녀가 만방기원에 등장한 것은 바로 그 무렵이었다. 한 판의 바둑이 그렇듯 인생에서도 종종 뜻밖의 변수가 등장한다. 스물서너 살쯤 됐을까. 세련된 미모는 아니었어도 한국적 구수함을 풍기는 복스런 인상이었다. 서봉숙이라고 했다. 그러고보니 저 유명한 '진로배의 사나이' 서봉수 9단의 분위기와 닮은 데가 있었다. 뜨내기려니 했는데, 뜻밖에도 오후 서너 시경이면 어김없이 나와 어느덧 단골손님이 돼가고 있었다.

그리곤 1주일쯤 지났을까, 하루는 서봉숙이 변덕수에게 지도바둑

한 판을 요청해 왔다. 남는 게 시간밖에 없는 사람인데 그거야 뭐 어려우랴. 오직 '사랑의 팻감' 생각만이 머리 속에 꽉 차있던 덕수는 덤덤한 마음으로 응했다. 첫수는 다섯 점. 그녀는 생김새와는 딴판으로 야무지게 파고들어왔다. 나랑 양을 석 점은 접을 수 있는 5급 실력이었다.

60여 수가 넘어설 무렵, 섬광같은 아이디어가 변덕수의 머리를 때리고 지나갔다. 맞아. 이 여자를 이용하면 결정적인 팻감 하나를 마련할 수 있을지 모른다. 미인계(美人計)일 수도 있고, 연환계(連環計)일 수도 있는 전략. 덕수는 속으로 무릎을 쳤다. 설렁설렁 판을 메우고 나니 열일곱 집이나 지고 있었다.

"잘 두시네요. 졌으니 제가 차 한 잔 대접할까요?"

덕수의 말에 봉숙은 빙긋이 웃으며 커피 자판기가 놓인 복도 쪽으로 따라나섰다.

덕수는 그것이 어디까지나 친구인 성희룡을 위한 자극요법임을 거듭 강조했다. 변덕수에 의해 성희룡은 변덕수의 둘도 없는 죽마고우로 치장되고 있었다. "그 녀석은 집안 어른들의 독촉으로 빨리 장가를 들어야 할 입장이다. 이 기원 원장 딸을 짝사랑해 온 모양인데, 그녀에겐 장래를 약속한 남자가 따로 있다. 그러니 그 녀석이 빨리 현실을 깨닫고 딴 길을 찾게 해줄 자극이 필요하다…."

봉숙은 꽤 충격을 받은 표정이었다.

"세상에! 그렇담 제가 어떤 역할을 해주길 원하시나요?"

“눈 딱 감고, 오나랑 양이 함께 있는 자리에서 성희룡이에게 한마디만 해주세요.”

“뭐라구 말하죠?”

“‘지난 번에 저를 책임지겠다고 하셨는데 그 말이 무슨 뜻이지요? 라고. 그러면 정신이 번쩍 들어 진짜 이루어질 배필감을 찾아나서게 될 겁니다.”

잠시 침묵하던 봉숙이 무겁게 입을 열었다.

“저도 앞날이 구만리같은 처녀의 몸입니다. 변 선생님은 친구를 살려서 좋겠지만, 저는 뭐가 되지요?”

“어려운 부탁인 줄 압니다. 하지만 어쩝니까. 저 친구 그냥 뒀다간 폐인이 될지도 몰라요.”

변덕수는 자신의 기막힌 친구 사랑에 도취된 채 눈물까지 찔끔 나왔다.

또 한 번 뜸을 들이던 봉숙이 작심한 듯, 낮지만 힘이 실린 목소리로 물어왔다.

“좋아요. 해볼께요. 그런데, 제겐 어떤 보상을 해주실 작정이세요?”

덕수는 입이 찢어진 채로 말했다.

“아, 그거야… 봉숙 씨 신랑감은 내가 책임지고 해결하면 되지 않겠습니까. 크흐흐.”

이튿날. 변덕수와 성희룡은 나랑과 봉숙이 대결중인 옆자리에서

한 판 벌이고 있었다. 여자끼리의 바둑이 막 끝난 참이었다. 서봉숙 양이 갑자기 생각났다는 듯 대각선 자리에 앉은 변덕수를 향해 물었다.

"참, 어제 저를 책임지겠다고 하셨지요? 그게 무슨 뜻인가요?"

정말 환장할 노릇이었다. 대사(臺詞)는 정확한데, 무슨 놈의 배우가 번지수를 저렇게도…. 덕수는 못 들은 척, 바둑판에서 시선을 떼지 않았다.

봉숙이 다시 말했다.

"변 선생님, 안들리세요?"

"옛? 제가 어제 뭐라고 했다구요?"

"제가 앞날이 구만리같은 처녀의 몸이라고 했더니 걱정 말라고, 변 선생님이 책임을 지시겠다고 하지 않았어요?"

한 자리 건너편에서 바둑을 두고있던 허기진이 쿡쿡 웃었다. 그걸 신호삼아 기원 내 모든 사람의 얼굴에 미소가 번졌다. 이런 낭패할 데가. 덕수는 얼굴이 시뻘개진 채 반박할 기력조차 잃었다.

"내가 아니고 성희룡씨일 텐데요" 하고 훈수할 수도 없는 노릇이었다. 아아, 남녀간 사랑의 감정만큼 미묘한 게 세상에 또 있을까. 서봉숙 그녀야말로 변덕수에게 사랑을 호소할 기회만 노리고 있던 참이었다. 그녀로선 아생연후살타(我生然後殺他)였겠지.

하지만 덕수는 천하의 악수 팻감으로 코끼리보다 더 큰 인생 대마가 몰살하는 느낌에 혼절하기 일보 직전이었다.

9

가지 않은 길

절친한 친구이자 동창생인 최 박사의 부음(訃音)은 허기진(許基鎭)에겐 큰 충격이었다. 내과의사로 특히 결핵 방면에 권위를 인정받던 최 박사는 아이러니컬하게도 말기 결핵에 시달려 왔었다. 많은 환자들을 진료해 온 그가 감염사실을 발견했을 때는 이미 병세가 상당히 진척된 상태였다고 했다. 설마하니 평생 다스려 온 결핵균에 자신이 당하리라고는 생각지 못했을 것이다. 건장한 자신의 몸을 지나치게 과신한 것이야말로 인생의 패착이었다.

허기진은 진료실 책상 위에 놓인 자신의 명패(名牌)를 새삼스런 느낌으로 바라보았다. '피부비뇨기과 전문의(專門醫) 허기진'. 그 옛날 의과대학을 졸업할 무렵 전공할 과(科)에 대한 선택을 놓고 얼마나 갈등했었던가. 내과는 가장 오소독스하지만, 그래서 오히려 내키지 않았다. 피부비뇨기과가 성병치료나 하는 곳으로 치부되는 일반의 인식을 바꾸겠다는 야심도 있었다. 최 박사는 최 박사대로 산부인과와 내과를 놓고 고심을 거듭했다. 둘은 전공 결정 바로 전날까지 사흘 밤, 사

흘 낮을 붙어 지내며 술을 펐더랬다.

　그 친구가 만약 내과를 택하지 않았더라면 오늘의 비극은 막을 수 있었을까. 그와 내가 전공을 바꿔 선택했다면 오늘의 결과 또한 거꾸로 되었을까. 그는 친구의 빈소를 향해 차를 몰면서 깊은 상념에 빠져들었다. 가보지 않은 길에 대한 의문은 항상 사람들을 미혹(迷惑)의 수렁으로 몰아넣는다. 잡힐 듯 잡힐 듯 잡히지 않는 해답으로 하여 사람들은 언제나 답답함과 무력감으로 몸을 떨곤 한다.

　결혼만 해도 그랬다. 아내의 그 낙천적 기질과 건강미를 허기진은 사랑한다. 집안이 항상 활기에 넘치고 2세가 튼튼한 것도 모두 아내의 덕이다. 하지만 과연 그 선택이 최선이었을까. 허기진은 자신있게 답하지 못한다. 결혼한 뒤에야 그는 가정주부에게 필요한 덕목이 낙천성과 건강함만이 아님을 깨달았던 것이다.
　딸 영심이가 두 돌이 갓 지난 무렵이었으니까 결혼 3년차쯤 됐을 때 이런 일이 있었다. 어느날 아침, 출근을 서둘던 허기진을 향해 아내가 갑자기 와이셔츠를 들이대며 소리를 질렀다.

　“당신 나 좀 봐요. 여기 묻은 루즈 이거 어디서 묻혀온 거예요?”
　“루즈가 거기 왜 묻어. 아, 어제 병원 결재서류 도장찍은 일이 있었는데 그때 인주(印朱)가 묻었구만.”
　“이게 루즈 아니라구요?”
　“허, 그 사람 참. 내가 히포크라테스에게 선서까지 한 사람이야.

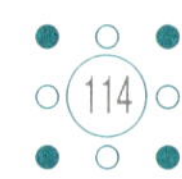

그러지 마."

"뭐? 히프 크다… 그년 어떤 년이야. 히프가 얼마나 크길래 선서까지 하고 다녀요. 나도 학교 다닐 때 〈테스〉 정도는 읽었다구. 뭐하는 년이에요, 도대체."

"그게 아니고, 의사라니까…."

"홍, 동업자군요. 병원에서 눈이 맞은 모양이네. 어쩜 세상에. 아유 분해."

당대의 의성(醫聖)이 느닷없이 히프 큰 아가씨로 둔갑한 것은 전혀 허기진의 죄가 아니었다. 그러고보니 히포크라테스 영감님 자신도 이런 경우를 예비했던 듯, 멋진 말을 남겼다. 흔히 인용되는 양생훈(養生訓)의 한 구절이다.

— 인생은 짧고 예술은 길다. 기회는 순식간에 사라지며, 실험은 불확실하고 판단은 언제나 어렵다.

(Life is short, art is long. Opportunity fleeting. Experiment uncertain, & judgement difficult.)

과연 죽마고우 최군은 짧은 인생이지만 훌륭한 인술(仁術)을 남기고 갔고, 세상사 모든 일 선택의 기로에서 찬스는 눈 깜짝할 사이에 사라지지 않던가. 인생도 바둑도 검증이란 불가능하고, 그래서 세상에 확실하다고 단정지을 수 있는 것은 아무것도 없었다. 허기진은 친구의 애석한 죽음, 그리고 미래의 안개 속 같은 불확실함에 전율하며 그날 상가(喪家)에서 밤새 통음했다.

바둑꾼들에게 바둑은 피로회복제 겸 진통제의 구실도 한다. 파김치가 된 상태에서도 허기진은 이튿날 오후 만방기원을 들렀다. 다시 상가를 찾기 전 울적한 기분을 추스리기 위함이었다. 기원은 언제나처럼 평온함 속에서도 와자지껄했다. 필생의 라이벌 변덕수와 성희룡이 막 한 판을 끝낸 듯, 열띤 복기(復棋)가 벌어지고 있었다. 사생결단의 사랑싸움 와중에서도 바둑은 그냥 바둑이란 뜻인가. 과연 기도(棋道)정신에 살고 죽는 젊은이들이었다.

"저 친구들 또 시작이군."
구경만 선생의 한마디에 모두가 미소를 머금는다.
"왜 사람들은 진 바둑에 대해선 단 한 번의 예외도 없이 후회하는 걸까요?" (제갈길)
"가보지 않은 길에 대한 미련, 동경, 뭐 그런 거겠지요." (허기진)
"인생살이하고 어쩌면 그렇게 똑같은지 몰라. 뒤돌아보면 내게도 꽤 여러 번의 기회가 있었는데…." (오 원장)
"그래도 인생의 길은 많아야 10개 미만 아닙니까? 주식이냐, 부동산이냐, 아니면 하다못해 내기 바둑이냐의 정도인데, 바둑은 흑이 제1착을 둘 수 있는 선택이 무려 361개나 되니…." (김대박)

허기진은 얼마 뒤 기원 문을 나섰다. 상가까지 가는 데 어느 길이 가장 덜 막힐까. 그는 차에 오르면서 올림픽대로와 강북강변로, 로컬도로 3가지를 놓고 잠시 고민했다. 저녁을 먹고 가는 것과 그냥 가는 것 중 어느 쪽이 좋을지, 내일 장지(葬地)엔 내 차와 장례차량 중 어느

가 지 않 은 길

것을 타고 가야 할지도 쉽게 결론이 안 섰다. 아무리 날고 뛰는 슈퍼맨일지라도 인간이 동시에 선택할 수 있는 길은 단 하나 뿐이란 사실에 허기진은 뜻모를 비애감에 빠져들었다.

빈소(殯所)는 어제와 달리 꽤 붐볐다. 의과대학 동창회라도 연 것 같았다. 실로 몇 년 만에 얼굴을 마주치는 옛 학우들. 친구는 죽어서 또 다른 친구들끼리의 만남의 자리를 마련해주고 있었다. 빈소야말로 참 묘한 곳이다. 죽은 사람의 영정 앞에서 살아있는 사람들은 서로의 건강을 걱정해주고, 우리는 무슨 일이 있어도 오래 오래 살자고 교감을 나누는 기묘한 현장이다. 내일 어찌될지라도 오늘 남의 불행은 나의 안전함을 확인시켜 주는 거울같은 것이다.

대화를 주고받는 패, 소주판을 벌린 패, 화투짝을 돌리는 패 등 영안실의 광경은 다양했다. 그 틈으로 바둑판의 한 모서리가 삐죽이 보였다. 그랬지. 허기진은 그 옛날 학창시절을 떠올리며 미소지었다. 바둑은 당시 그들의 중요한 경쟁과목 중 하나였다. 엘리트 의식으로 가득찼던 의대생들은 바둑으로도 남에게 지지 않으려 했다. 그들은 금쪽같은 수업시간을 빼먹는 아픔을 감수하며 오로지 이 나라의 기도(棋道) 발전을 위해 밤낮으로 헌신했다. 학교입구 기원이건, 교정 잔디 위건, 때로는 실험실까지도 그들의 숭고한 정신에 감읍한 듯 장소를 열어 주곤 했었다.

방귀봉(方貴奉)과 성기두(成耆斗)가 막 한 판 끝낸 모양이다. 방귀

소리가 항상 우렁찼던 귀봉은 운명이었던지 항문외과 개업의로 명성을 날리고 있고, 성기두(性器頭)의 순 우리말인 무슨 '대가리'로 통하던 기두는 확대술(擴大術)의 대가로 군림중이다. 한 판이 끝나면 진 쪽에서 군시렁거리고 불평하는 것이 이들 라이벌 커플의 오랜 습관이다. 과연 오늘도 꽤나 시끄럽다.

백을 쥔 귀봉이 이긴 모양이다. 허기진이 가까이 다가가 보니 [1도]가 놓여 있었다. 흑이 1로 뛰어들었다가 백 2의 공격을 당해 망한 모양이었다.

〔1도〕

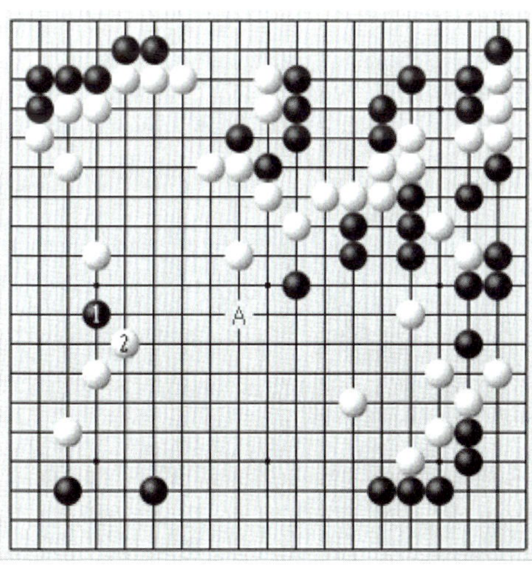

"흑 1로 'A'에 두어 삭감했으면 집이 많은 흑의 낙승이었어. 이 방귀 뽕같은 자식아."

"그 자식 참… 그럼 그렇게 두지 왜 딴전을 피웠냐, 이 X대가리야."

방귀봉이 지지 않고 이죽거린다.

순간 얌전히 앉아있던 방사선과 전문의 백광선(白光善)이 말없이 [2도]를 늘어놔 보인다. 백 2로 퇴로를 차단하면 7까지, 이건 백의 좌변 세력이 완전히 무너진 모습이다.

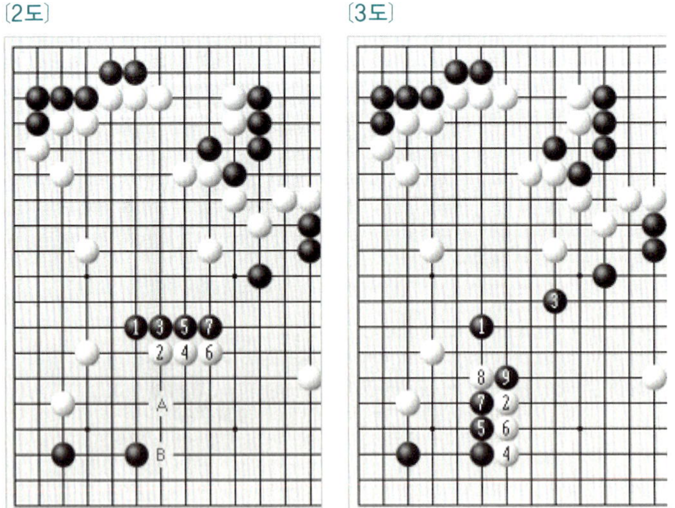

〔2도〕　　　　　〔3도〕

"햐! 그거 괜찮은 수네."

방귀봉이 탄성을 질렀지만, 사실 이 그림은 문제가 있다. 흑 1에 백이 2로 바짝 막아서지 않고 A쯤에 두어 B와 5의 씌움을 맞보면 어쩔 것인가.

허기진의 이같은 지적은 그러나 얼마 더 버티지 못했다. 대학시절 의과대학 대표선수를 지냈던 마취과의(醫) 최강수(崔强洙)가 [3도]를 늘어놓은 것이다. 백 2는 9까지 되끊겨서 한마디로 좀 위험하다는 것. 그는 [4도] 백 2에 붙여가는 변화를 보여준 뒤, 이건 흑도 진짜 곤란하므로 [5도] 3으로 물러나는 정도로 보인다고 결론지었다.

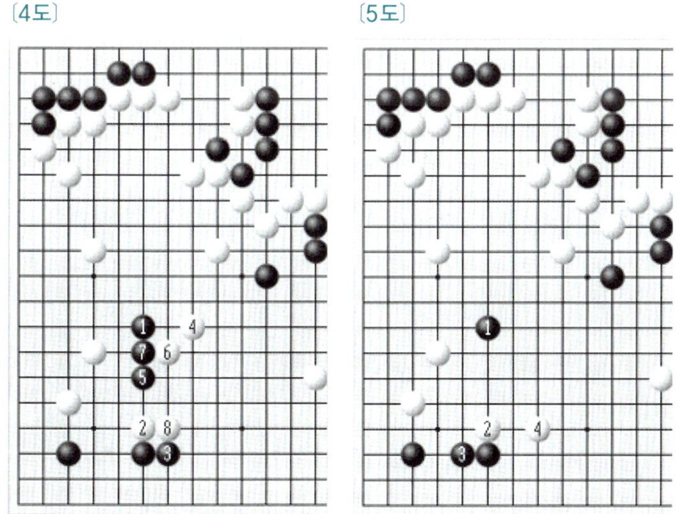

〔4도〕　　　　　〔5도〕

"붙임수가 결정판이겠군. 오청원 선생이 와도 다른 수는 없겠어."

모두가 감탄하자 최강수가 고개를 흔들었다.

"모르지. 더 좋은 수가 있을지도. 아니, 아마 분명히 있을 거야. 바둑에서 '이 한 수'라고 단언할 수 있는 장면은 제아무리 뛰어난 고수라 해도 드문 법이지."

아닌게 아니라 대마 수상전 같은 극히 제한된 경우를 빼면 '절대수'란 신(神)의 영역이다. 허기진은 갑자기 자신이 견딜 수 없도록 초라하게 느껴졌다. 산에 묻어둔 보물을 캐러 수십 명의 베테랑 형사들과 함께 나서 샅샅이 뒤졌는데도 끝내 찾지 못하고 빈 손으로 내려오는 기분이었다.

바둑이야 그래도 복기(復棋)를 통해 최선으로의 접근이 가능하다. 하지만 모든 순간 순간이 선택의 연속인 인간사회 세상사는 어떻게 헤쳐나가야 할까. 오직 한 가지 길 외엔 동시선택이 불가능하고, 그나마 그것이 최선이었는지의 여부 또한 훗날에도 알아낼 방법이 없다.

"그렇담 뭐야, 열심히 일한다는 것, 최선을 다해 산다는 것 모두가 의미 없다는 말이 되잖아."

소주잔을 털어넣으며 방귀봉이 투덜거리자 성기두가 빙글거리며 되받는다.

"아, 자네의 경우엔 정답이 나와있지. 이 순간 칵 죽어버리는 게 아마도 최선일거야."

허기진은 죽은 최 박사와 그 옛날 캠퍼스 언덕에서 바둑두던 추억을 되살렸다. 허기진보다 약 반 점쯤 약했던 그는 결정적 장면에서 삐끗할 때면 어김없이 한 수 물러달라고 떼를 쓰곤 했다.

"야, 너 앞으로 의사된 뒤에도 환자 죽여놓고 배 새로 쨀 거야?"

"제길. 히포크라테스 영감도 실험을 자주 하라고 했잖여."

"무르는 게 실험하고 무슨 관계가 있냐?"

"가보지 않은 길에 대한 반복 탐험이지. 인생은 무를 수 없지만 바둑은 그게 가능하잖아? 동시에 두 가지 이상의 길을 갈 수 있나 그걸 규명해보려고 그런다. 짜식 쫀쫀하기는….'

의사들이 종종 자신이 전공한 분야의 질병으로 죽는 아이러니는 사실 별반 이상할 게 없다. 병원체(病原體)에 항상 노출되기 때문이다. 최 박사가 지난날 내과 대신 외과를 택했더라면 오늘의 이 비극은 없었을지 모른다.

소주잔이 오가면서 떠들썩하던 테이블이 한순간 갑자기 조용해졌다. 허기진이 눈시울이 벌게진 채 속삭이듯, 뭐라고 중얼거리기 시작하면서부터다. 그것은 고인이 생전 애송하던 시(詩)였다. 검은 테 두른 영정(影幀) 속에서 최 박사는 정들었던 옛 동창생들을 향해 밝게 웃고 있었다. 방귀봉과 성기두와 최강수들은 하던 동작을 멈추고 숙연한 자세로 귀를 기울였다.

노란 숲 속에 길이 두 갈래로 났었습니다
나는 두 길을 다 가지 못하는 것을 안타깝게 생각하면서

가 지 않 은 길

오랫동안 서서 한 길이 굽어 꺾여 내려간 데까지
바라다볼 수 있는 데까지 멀리 바라다보았습니다

그리고, 똑같이 아름다운 다른 길을 택했습니다
그 길에는 풀이 더 있고 사람이 걸은 자취가 적어
아마 더 걸어야 될 길이라고 나는 생각했었던 게지요
그 길을 걸으므로, 그 길도 거의 같아질 것이지만

그날 아침 두 길에는
낙엽을 밟은 자취는 없었습니다
아, 나는 다음 날을 위하여 한 길은 남겨 두었습니다
길은 길에 연하여 끝없으므로
내가 다시 돌아올 것을 의심하면서…

훗날에 훗날에 나는 어디선가
한숨을 쉬며 이야기할 것입니다
숲 속에 두 갈래 길이 있었다고
나는 사람이 적게 간 길을 택했다고
그리고 그것 때문에 모든 것이 달라졌다고

— 로버트 프로스트(Robert Frost)
'가지 않은 길'(The Road not Taken) 전문

지하도의 허리케인

밝은 곳에서 보니 그의 행색은 더욱 초라했다. 누가 이 사람을 지난날 내기바둑계를 한손에 쥐고 흔들던 '지하 국수(國手)'로 알아보겠는가. 어느새 50 고개를 넘긴 그의 얼굴은 깊게 패인 주름살로 가득했고, 세월의 무게가 반백(半白)색으로 내려앉은 머리칼은 어지럽게 헝클어져 초췌함을 더해 주고 있었다. 강수만(姜守滿) 사범은 설렁탕 국물을 허겁지겁 들이켜는 허리케인 박을 바라보며 알 수 없는 비애감에 몸을 떨었다.

그날따라 날씨는 엄청 추웠다. 연말을 앞둔 거리는 벌써 크리스마스 캐롤로 넘쳐나고 있었다. 만방바둑교실 저녁강의를 끝낸 강수만은 길을 건너기 위해 지하도에 들어섰다. 구세군 자선냄비 틈으로 예닐곱 명의 노숙자들이 제각기 편한 자세로 누워 있었으나 강수만은 개의치 않았다. 매일밤 보는 풍경이었기 때문이었다.

하지만 시선을 잡아끄는 장면이 있었다. 무리 가운데서 며칠 지난 신문의 바둑난을 열심히 들여다보고 있는 사람. 남루한 행색이었지

만 분명 낯이 익은 얼굴이었다. 강수만의 시선을 느끼고 마주 바라보던 그가 먼저 빙그레 웃으며 침묵을 깼다.

"강군, 참 오래간만이군. 나 박형택일세. 혹시 완전히 잊어버린 건 아니겠지?"

아, 허리케인! 강수만은 자신도 모르게 꾀죄죄하기 그지없는 그의 손을 덥석 잡았다. 군(軍) 입대 직전에 본 것이 마지막이었으니까 무려 14년 만의 만남이었다.

지하 바둑계의 황제였던 그와는 몇 번의 잊을 수 없는 인연이 깔려 있었다. 둘은 1980년대 후반 어느 여관 골방에서 처음 대면했다. 스무 살도 못돼서 이미 청년 강자로 이름을 떨치기 시작한 강수만을 전주(錢主)들은 그냥 내버려두지 않았다. 강수만은 멋도 모른 채 황제 앞에 마주 앉았다. 첫수는 정선(定先)이었다.

접바둑에 관한 한 프로보다 더 접는다는 허리케인. 태풍처럼 몰아붙이는 공격력을 가졌다 해서 얻은 별명이었다. 그는 처음보는 애송이를 상대로 초반부터 살기등등하게 공격을 가해왔다.

[장면 1도] 백 ◎로 막 조여온 장면. [1도] 흑 1은 2로 조임당해 한 수 부족이다. 다행히 [2도] 흑 1의 붙임수를 발견해 패가 났고, [3도]의 교환이 이뤄졌던 기억이 난다.

뜻하지 않게 내기바둑에 동원된 강수만은 그 바둑서 허리케인과 시종 물고뜯는 난타전 끝에 간신히 3집을 남겼었다. 한창 생활비에 시달리는 터였던 강수만은 전주(錢主)로부터 받은 배당금을 요긴하게 잘

썼지만, 허리케인으로선 위명에 큰 오점을 남긴 한 판이었다.

〔장면 1도〕

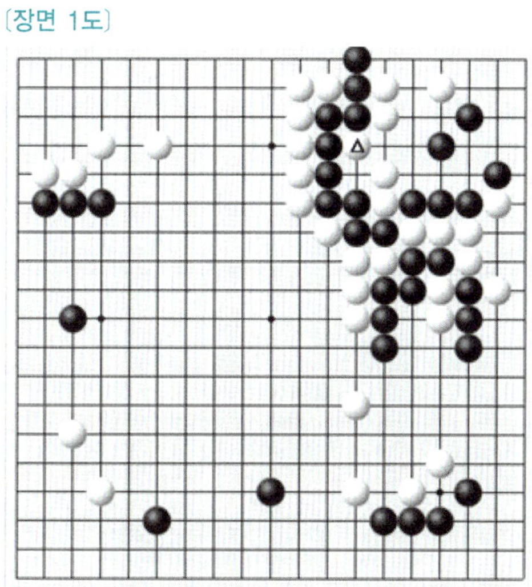

〔1도〕 〔2도〕 〔3도〕

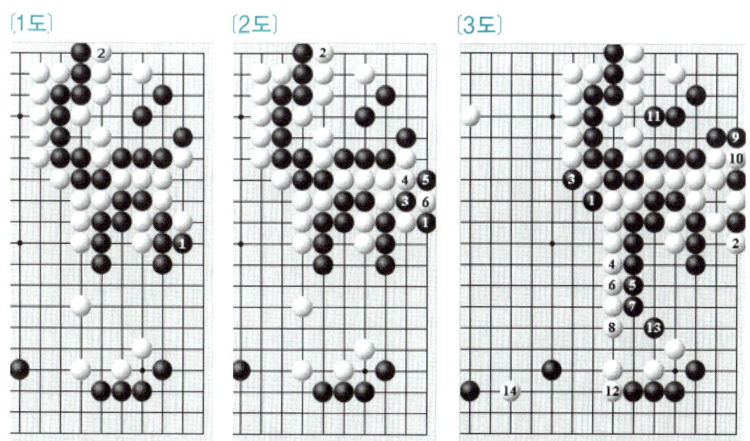

지 하 도 의 허 리 케 인

그 이듬해인 1989년, 강수만은 일반인 입단대회에 출전했다. 입단 여부와 관계없이 머지않아 군에 입대할 상황이어서 자신의 실력을 한 번 테스트나 해보자는 심산이었다. 그같은 여유 때문이었는지, 아니면 실력이 뒤를 받쳐 주었는지 강수만은 강자들의 숲을 뚫고 무난히 본선에 올랐다. 40을 바라보는 나이의 허리케인은 전년도 시드 멤버로 본선에 직행해 있었다. 매스컴은 이 아마 바둑계의 고참이 각종 신화에 어울리게 프로입단을 이룰 것인가에 대해 큰 관심을 보이고 있었다.

리그 첫날 대국을 마치고 하숙집에 돌아온 수만은 시골의 어머니로부터 언짢은 연락을 받았다. 중학 다니는 막내가 등록기한을 여러 번 넘겨 곧 퇴교당할 것 같다는 거였다. 한숨이 절반인 어머니의 전화 목소리엔 온통 힘이 다 빠져 있었다. 이튿날 대국 오전판을 강수만은 제정신이 아닌 채 패했다. 점심 휴식시간 골똘히 혼자 생각에 빠져있을 때였다. 지나가던 허리케인이 되돌아와 강수만에게 무슨 걱정이 있느냐고 물었고, 수만은 앞뒤 생각없이 사실을 털어놓았다.

허리케인은 그때 자신의 양복 주머니 이곳 저곳을 뒤지더니 "이 정도면 될까?" 하며 적지 않은 액수를 털어주었다. 내기 세계에서의 스케일로 보아 허리케인에게 큰 부담은 아니었을 것이다. 강수만이 당황하자 허리케인은 "나중에 갚으면 되지 않는가. 오후 바둑이나 잘 두게" 하며 사라졌더랬다.

그날 저녁 등록금을 우송했다는 연락에, 전화선 저편의 어머니는 무슨 돈인지 따져묻지도 않은 채 기쁨에 찬 비명을 질렀었다.

입단대회는 본선 멤버들의 풀 리그로 펼쳐진다. 그 이틀 후 두 사람은 리그 최종국에서 마주 앉았다. 강수만 4승 4패, 허리케인 박 5승 3패. 강수만은 남은 한 판을 이겨봤자 시드 확보가 안된다. 시드를 준다고 해도 곧 군 입대할 몸이라 의미가 없다. 반면 허리케인은 마지막 한 판을 이기면 내년 시드가 보장된다. 군웅할거(群雄割據)의 입단대회에서 시드를 확보해 본선에 직행하는 것과, 시드없이 예선부터 고생을 바가지로 하는 것과는 하늘과 땅 차이였다.

대국이 시작되면서 강수만은 혼란을 느꼈다. 오늘 바둑이 내겐 별 것 없지만 상대에겐 엄청 중요한 판이다. 혹시 허리케인은 이 바둑에 대비해 이틀 전 내게 은혜를 베푼 것일까. 그런지도 모른다. 하지만 곰곰 생각해보면 그럴 사람 같지는 않다. 까짓것 이 판을 져 줄까. 그러나 그건 떳떳한 일이 아니다. 사실 최선을 다한다 해도 내가 꼭 이긴다는 보장도 없지 않은가. 마음을 결정한 강수만은 담담해진 상태에서 한 수씩 놓아갔고, 결국 1집 반을 이겼다. 마음 초조한 쪽이 평온한 쪽을 이길 수 없는 것은 당연한 이치였다.

지하도 속엔 좌우 양방향에서 찬바람이 씽씽 몰아닥치고 있었다.
"오늘밤 이곳서 주무실 작정이십니까?"
"그럼. 이젠 정든 내 집이라구. 대충 300평도 넘겠지? 대문도 네 곳에나 있다네."
"그래도 좀…."
"여기가 왜 어때. 냉방장치는 또 얼마나 완벽한지 아는가? 그 어떤 고성능 에어컨 시설도 이곳을 당할 수는 없지. 내년 여름에 피서하러 꼭 오게. 크크."

강수만은 허리케인의 등을 떠밀다시피 해서 간신히 지하도를 벗어났다. 설렁탕집을 거쳐, 만방기원 아래층 이곳 어린이 바둑교실에 들어서면서부터 허리케인은 갑자기 말수가 적어졌다. 조금 전 지하도에서의 쾌활한 모습은 일종의 위장(僞裝)이었던 셈이다. 난로를 켜고 실내에 훈기가 감돌 무렵 그는 강수만이 가리키는 대로 샤워실에 들어가 오랜 만에 물을 끼얹었다. 수만으로부터 안전 면도기를 건네받아 잡초같이 얼굴을 덮었던 수염까지 밀어내자, 찌들긴 했어도 예전의 그 강인했던 모습이 고스란히 되살아나고 있었다.

내기바둑에만 빠져들어 가정을 돌보지 않았던 자신의 업보라고 했다. 전국 각지를 떠돌다가 언젠가 집에 돌아와 보니 아내는 집을 나간 지 오래였다. 누군가와 눈이 맞아 지방 어딘가에서 살고 있다느니, 무슨 요양원에 취업해서 잡역부 생활중이라느니 하는 소리가 들렸지만 그는 알아보려 하지 않았다. 그녀가 자신을 버리고 떠난 게 분명한 바에야 소재파악은 부질없는 일이란 생각이 든 때문이었다.

때맞춰 자신의 천직으로 알고 있던 내기 바둑도 여의치 않아졌다. 경제파탄의 여파로 대형 전주(錢主)들도 서리를 맞은데다, 나이가 먹어가면서 스스로의 상품가치 또한 절하되기 시작한 것이다. 어쩌다 큰 판이 형성돼도 예전만큼 성적을 내지 못했다. 하다못해 용돈벌이라도 하고 싶었지만, 소문난 꾼인 그에게 푼돈이라도 걸고 덤비는 하수는 좀체 드물었다. 그렇다고 젊었을 때의 큰 씀씀이가 어디 갔겠는가. 경마에 손을 대면서 빚이 쌓이더니 눈덩이처럼 불어갔다. 기어이 전세 돈마저 빼내 쓴 결과가 지하도로 이어진 모양이었다.

"쓰잘데 없는 소리 집어치우고 오랜 만에 바둑이나 한 판 둠세." 허리케인이 짐짓 쾌활한 목청으로 되돌아왔다. 하긴 어떤 역경 속에서도 바둑꾼들은 바둑판과 라이벌만 만나면 즐거워지는 법이다. 두 시간 후에 죽을 운명의 말기암(癌) 환자도, 경찰에 포위된 은행강도도 바둑돌이 눈앞에 보이면 우선 한 판 두어치우고 본다. 게다가 나이 차는 있지만 둘에겐 서로 질 수 없다는 의식이 깔려 있었다.

"칫수는 호선입니까?"
"아, 그거야 당연하지. 그런데 뭘 걸까."
"그냥 명예만 담보로 잡아두는 게 어떨까요?"
"이 사람아 그따위 내기는 없어. 내기세계엔 명예와 실리가 반드시 한 세트로 따라다니게 돼 있어. 일단 한 판당 2천만 원짜리로 하지."
"옛?"
"사람이 놀라기는. 그렇게 스케일이 작아서야…. 하하. 좋아 그러면 그냥 2천 원짜리로 하자구."
대국에 들어가면서부터 허리케인의 얼굴은 딴사람이라도 된 듯 진지해졌다. 그 옛날 여관서 처음 만나 내기를 두었을 때, 그리고 입단 대회 시드가 걸린 리그 마지막판 때 보았던 그 눈빛이었다. 번개같은

속기(速棋) 솜씨도 그대로였고, 그 와중에 찔러오는 감각 역시 변한 게 없었다. 허리케인의 주머니에서 나왔던 처음의 2천 원이 계속 주인을 바꿨을 뿐, 쌍방 새 판돈은 나오질 않았다. 3승 3패. 어느 새 새벽 4시가 가까워오고 있었다.

'이제 고만하시고 한숨 주무시는게…' 강수만이 입을 떼려는 순간 허리케인이 새로운 제안을 내 놓았다.

"여보게, 이거 판이 작아서 도대체 흥이 안나네. 우리 판을 조금만 키워서 딱 한 판만 하세."

"예?"

"내 수중에 일금 20만 원이 있네. 현재로선 전 재산이네만 부담 가질 필요는 없어. 내 한몸 그날그날 먹고사는 데 필요한 정도는 언제건 구할 데가 있으니까."

그는 품에서 때에 절은 명주수건을 꺼내 펼치더니, 누렇게 바랜 1만 원권 20장을 꺼내 바둑판 밑에 묻었다. 강수만은 잠시 고민에 빠졌다. 아이들을 가르치기 시작한 이후 내기바둑은 안 두기로 결심했던 강수만이다. 게다가 상대는 현재 노숙자 신분아닌가. 그의 요구대로 내기를 두어 만약 이긴다면 그의 전 재산을 빼앗는 결과가 된다. 그렇다고 바둑을 지는 것은 체질적으로 싫다. 난처했다.

잠시 고민하던 강수만은 결국 지갑에서 수표 2장을 꺼냈다. 그리곤 바둑판 밑 현금 위에 포갰다. 피할 수도 없고, 피해서도 안될 상황이

라고 판단한 것이다. 평생을 내기에 바쳐온 허리케인은 짜릿짜릿한 '진짜승부'에 굶주려 있다. 그런 허리케인에게 2천 원짜리로는 흥이 솟지 않을 게 당연하다. 이런 승부사에겐 승패 이전에, 승부행위를 함께 해주는것 자체가 그를 돕는 길이란 데 생각이 미친 것이다.

다시 돌을 가려 허리케인의 백번. 그는 왕년의 그 무시무시하던 철권을 마구 휘둘러왔다. 천하의 내기꾼다운 살수(殺手)가 초반부터 난무했다. 하지만 이미 판 수가 무려 일곱 판째다. 허리케인은 눈에 띄게 피곤한 모습을 보이기 시작했다. 제 아무리 내기바둑계에서 한평생을 보낸 허리케인이지만 그는 늙고 피폐해 있었다. 몇 년 만에 진한 승부 기회를 갖는 초로(初老)와, 바둑교실 사범을 맡아하면서 매일 바둑을 접하는 젊은이 간의 승부는 애당초 무리였는지 모른다. 엄동의 날씨가 무색하게 허리케인의 이마에 땀방울이 맺히기 시작했다.

백의 태풍같은 상변 공격이 일과(一過)하면서 싸움은 다시 중원으로 옮겨붙었다. [장면 2도] 우중앙 백 대마와 그 밑의 흑 일단이 얽혀 있는 장면. A의 곳이 급하지만 중앙쪽이 훨씬 더 크다. 흑이 1로 연결을 꾀하자 백은 2로 올라섰다. 이 수로 [1도] 2는 흑 9까지, A와 B를 맞봐 양쪽 흑이 각생하면 우중앙의 거대한 백 대마가 몰살하고 바둑도 끝난다. 흑으로서도 간단치 않다. 만약 [2도] 흑 1이면 4까지 오히려 중앙 흑 대마가 잡힌다.

〔장면 2도〕

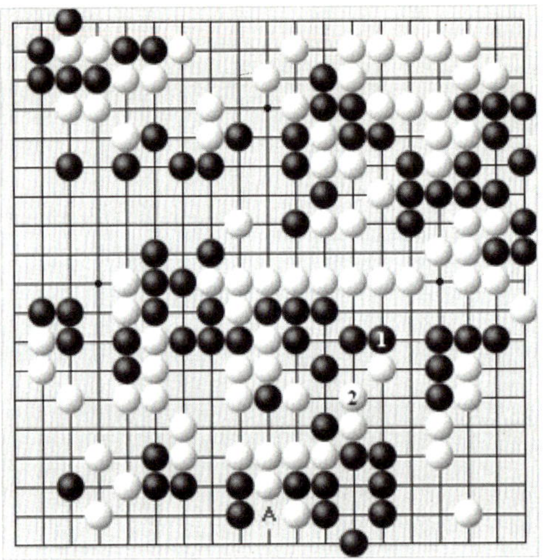

필살의 일격을 힘주어 내리친 직후, 허리케인이 돈을 묻은 바둑
판 밑을 흘낏 살피는 모습을 강수만은 짧은 순간에도 놓치지 않았다.
큰소리는 쳤지만 그는 역시 걸린 돈을 의식하고 있음이 분명했다. 풍
찬노숙하는 허리케인에게 20만 원은 참으로 소중한 '전 재산'임에 틀
림없었다.

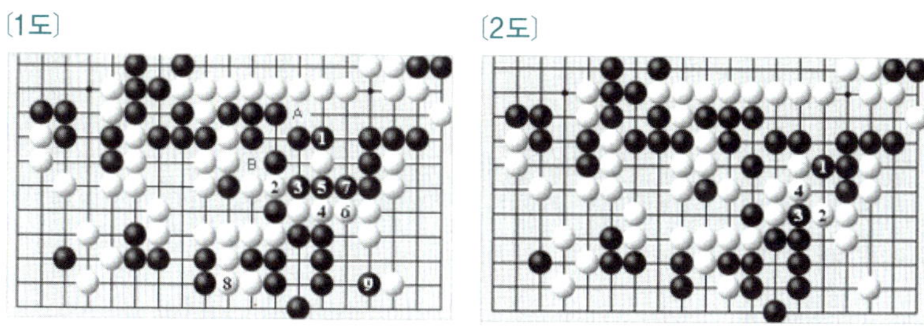

〔1도〕　　　　　　　　　　　　　〔2도〕

　　　여기서 흑은 어떻게 두어야 할까. [3도] 흑 1이 쉬우면서도 찾기 어려운 유일한 수습책이다. 강수만도 이 수를 보았다. 그것으로 바둑은 끝이다. 하지만 그는 차마 그 수를 놓치 못한 채 [4도] 흑 1로 이었다. 순간 허리케인은 굶주린 독수리가 병아리를 채 가는 듯한 동작으로 2의 빈삼각에 두었다. 6까지 순식간에 진행된 결과는 A와 B가 맞보기. 흑도 이런 결과까지는 예측하지 못했다.

　　　강수만은 더 버티지 못한 채 목례와 함께 돌을 거두었다.

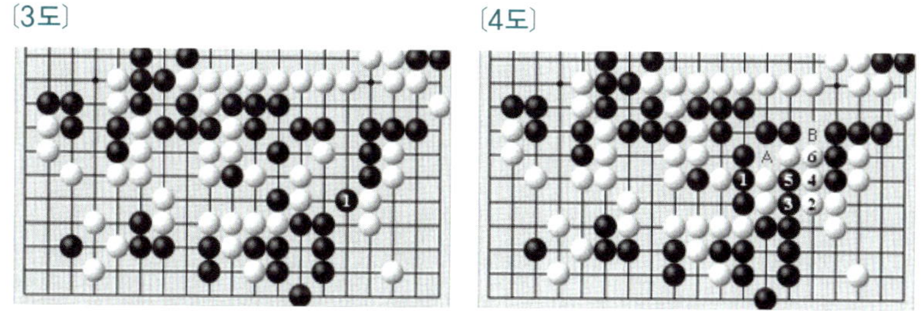

〔3도〕　　　　　　　　　　　　　〔4도〕

지 하 도 의　허 리 케 인

꼭 져주었다고 할 수는 없었다. 순간적으로 이렇게 두어도 연결이 된다고 본 게 불찰이었다. 어쨌거나 바둑은 강수만의 패배로 끝났다. 허리케인은 바둑판 밑에 손을 넣어 지폐 뭉치와 수표 2장을 꺼내더니 입을 맞췄다. 월급쟁이인 강수만에게도 20만 원은 적지 않은 돈이다. '그냥 숨을 끊어버릴 걸 그랬나…'

혼란에 빠진 강수만을 아랑곳 않고 허리케인은 통쾌한 웃음을 그칠 줄 몰랐다.

"그러고보니 자네한테 평생 처음 이겨보았네 그려."

시계는 어느덧 새벽 5시를 넘어서고 있었다. 소파 위에 몸을 눕히는 허리케인의 표정은 온갖 시름을 잊은 듯했다.

12월 초순의 한기(寒氣)와, 이른 아침부터 유리창을 때리는 크리스마스 캐롤 소리에 강수만은 잠에서 깼다. 7시 20분. 사위는 아직 어둠이 걷히지 않은 채였다. 강수만은 바둑교실 의자 3개를 붙이고 담요를 간 급조 침대에서 내려왔다. 입구쪽 소파에서 눈을 붙였던 허리케인의 모습은 보이지 않았다. 대신 그 위에 급하게 흘려쓴 필체의 메모한 장이 눈에 들어왔다.

강수만 군.

내기 바둑계를 떠났어도 자네의 연기력은 아직 여전하더군. 내
눈을 속이려고 하는가. 져 준다는 건 이 바닥에서 큰 실례야. 내
기 바둑은 최선을 다해서 조여주는 게 상대에 대한 예의지.
하지만 이 돈은 내가 챙기기로 했네. 기분 같아선 놓고 갈까 하는
생각도 했지만 마음을 바꾸기로 했어. 자네가 14년 전 빌려갔던
돈을 갚겠다는데, 그걸 거절할 만큼 내가 여유있는 입장이 아니
더라구.
모처럼 짜릿한 하루 밤을 선사해 줘 고마우이.
참, 내기를 안 두기로 한 자네의 결심을 깬 것에 대해선 미안하게
생각하네.

강수만에겐 그날 이후 만방 바둑교실 맞은편 지하도를 건널 때
마다 구석구석을 세심하게 살피는 습관이 생겼다. 그러나 그 300평
짜리 냉방 잘된 저택에 허리케인의 모습은 그 후 한 번도 눈에 띄지 않
았다.

벙거지와 면사포

찬 겨울바람이 차창(車窓)을 거칠게 두들기고 지나갔다. 출발할 때만 해도 청명했던 하늘이 어느새 몰려든 구름에 회색빛으로 변하기 시작했다. 변덕수는 스쳐 지나가는 겨울 농촌풍경을 찬찬히 새삼스런 기분으로 음미했다. 푸르름을 잃은 농촌이란 역시 요석(要石)이 잡혀버린 바둑만큼이나 을씨년스럽다. 그는 지금 고향에 다녀오는 길이다. 지난 여름 수해(水害)때 찾아본 이후 반 년 만의 귀향이었다.

집집마다 굴뚝에서 피워올리는 저녁밥 짓는 연기가 온마을을 휘감고 있었다. 설에나 내려올 것으로 알고 있던 부모님은 함박웃음으로 맞았고 아우들은 깡충깡충 뛰었다. 지치고 외로운 중생들에게 고향은 언제나 두 팔을 펼쳐 맞아준다. 이쪽 형편을 따지는 법은 단 한 번도 없었다. 실업자건, 무일푼 건달이건, 짝사랑하던 여인을 빼앗긴 사랑의 패배자였건 고향 마을은 언제나처럼 넓고 따스한 품을 내밀어 주었다.

오나랑 양이 마침내 면사포를 쓴단다. 결혼상대는 성희룡이라고 했다. 처음 이 소식을 들었을 때 변덕수는 하늘이 무너져 내리는 줄 알았다. 사흘 전 저녁무렵, 만방기원 지하 1층 다방으로 변덕수를 끌고 내려간 제갈길이 잠시 후 낯빛을 가다듬더니 이 청천벽력같은 뉴스를 귀띔해 주었다.

"2월 초순으로 날짜까지 잡았다더군."
제갈길의 목소리가 이명(耳鳴)처럼 아득하게 귓전을 울렸다. 마침내 최악의 시나리오가 펼쳐지고 있었다.

바둑을 두다보면 잡았다고 굳게 믿고 있던 적의 대마가 계가(計家) 직전 살아가는 황당한 경우가 종종 있다. 물론 그때까지의 형세판단은 엉망이 되고 바둑도 대패로 끝나버린다. 변덕수는 성희룡과 둔 수백 판의 바둑 가운데 [장면 1도]를 떠올렸다. 잔끝내기만 남은 상태에서 흑을 쥔 변덕수가 넉넉하게 이긴 모습. 우상귀가 문제인 듯하지만, [1도] 백 1엔 흑 4까지 백의 수 부족이라고 굳게 믿고 있었다.

〔장면 1도〕

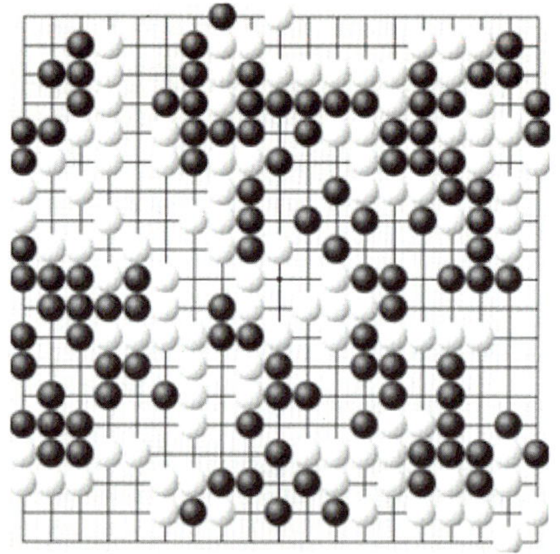

〔1도〕　〔2도〕　〔3도〕　〔4도〕　〔5도〕

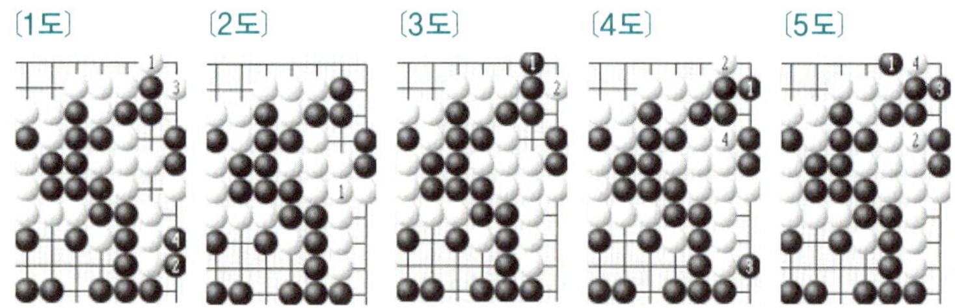

　　그래도 성희룡은 돌을 거두지 않았다. 성질 급한 변덕수가 폭발하기 직전, 성희룡은 그제서야 조용한 손길로 [2도] 1로 공배를 이어왔더랬다. 여기서 [3도] 흑 1이면 백 2의 치중으로 흑이 잡힌다. 당황한 덕수는 [4도] 흑 1로 2의 1을 차지했으나 4까지, 오히려 흑돌이 전멸하고 말았다. [5도] 흑 1 역시 4까지 안되는 진행.

　　덕수는 여기서 허망하게 돌을 쓸어담았었거니와, 상대가 [2도] 백 1의 묘수를 진작에 보고서도 속으로 키득거리며 수십 수나 잔끝내기를 진행했다는 생각에 진저리를 쳤었다. 이번 결혼사건과 어쩌면 그렇게도 똑같을 수 있는가.

　　만방기원 안에서만 통하는 은어가 몇 개 있다. 이기고 지는 것을 일컬어 '벙거지 장사'라고 하는 것도 그 중에 하나다.
　　"바둑 한 판 이기고 졌다고 일희일비(一喜一悲)할 일이 아니다. 승패는 그저 병가지상사(兵家之常事)일 뿐"이라고 구경만 선생이 설파했을 때, "그럼요. 기나긴 인생항로에서 모자 하나 더 팔고 덜 팔고에 일희일비해서 되겠습니까"하고 되물었던 것은 다른 사람아닌 변덕수 자신이었다.
　　하지만 청천벽력같은 그 소식 이후 그는 벙거지 공장이 아예 전소(全燒)된 듯한 비탄에 빠져있다. 인생승부에서 너무도 치명적인 1패를 당한 때문이었다.

　　비보를 접하던 날 밤, 덕수는 군대시절 이후 실로 10여 년 만에 확실한 장(腸) 세척을 경험했다. 김대박과 헤어진 뒤 하숙집에 돌아와서도 혼자서 소주병을 두 개나 더 눕혔으니, 그랬는데도 속이 요동치지 않았다면 그건 내장(內臟)의 직무유기에 해당한다. 몸도 마음도 파김치처럼 피폐해지자 덕수는 새벽의 칼바람을 뚫고 불문곡직 서울역으로 향했었다. 양력으로 섣달 그믐이 내일 모레였건만 대합실은 별로 붐비지 않았다.

김천(金泉)을 출발한 기차가 영동(永同)역에 들어섰다. 유리창은 바깥바람을 견디다 못해 부르르 몸을 떨며 비명을 질러댔다. 초저녁처럼 어두워진 들녘, 강풍에 대책없이 휘둘리고 있는 가로수들의 모습이 마치 산발한 광녀(狂女)의 춤사위를 떠올렸다.

오나랑 그녀가 한때나마 덕수에게 관심을 보였던 것만은 분명하다. 덕수는 고개를 떨군 채 아직도 자신의 왼손 무명지(無名指)를 두르고 있는 나무 반지(木環)를 응시했다. 언젠가 초여름날, 덕수는 그녀와 서울근교 유원지에서 데이트를 즐긴 적이 있다. 나랑은 그때 기념품 가게에서 그 반지를 사서 덕수의 손에 끼워준 뒤 장난기 가득한 표정으로 박장대소했었다. 아직 성희룡이 만방기원에 나타나지 않았던 시기였다. 비록 싸구려 기념품에 불과했지만 그날 이후 나무가락지는 단 하루도 덕수의 손가락을 벗어나지 않았다.

면사포 뒤집어쓴 나랑이 턱시도 차림의 성희룡과 결혼행진곡에 발을 맞춘다니. 세상 모두로부터 배신당했다는 생각이 가슴을 아프게 찔러왔다. 내 순정을 짓뭉개 마치 추첨발표가 끝나 휴지쪽으로 변해버린 복권신세로 만든 나랑은 그렇다 치자.

"자네가 직장만 잡으면 내 사윗감으로 한 표 던짐세" 하며 바람을 잡던 오만방 원장, "변덕수씨만큼 성격 무던한 사람 마누라될 사람은 복도 많지" 하며 헷갈리게 만들던 생불여사 모두 야속하기 그지없었다.

변덕수는 좌석을 뒤로 제쳐 두 다리를 길게 뻗어 누우며 사랑과 미움, 질시와 용서, 야속함과 이해에 대해 생각했다. 인간 애증(愛憎)의 감정만큼 미묘한 게 또 있으랴.

　시트에 기댄 채 갖가지 상념 속을 헤매던 덕수는 순간 스르르 잠에 빠져 들어갔다. 아! 숨이 멎을 만큼 수려한 경관이 펼쳐지고 있었다. 깊은 산 속, 이름 모를 새들이 지저귀는 울창한 숲 나무그늘 밑에 두 명의 동자(童子)가 바둑을 두고 있다. 17, 8세쯤 됐을까, 해맑은 눈동자와 전신에서 내뿜는 기품이 한치의 속진(俗塵)도 찾아볼 수 없었다. 이곳이 말로만 듣던 선계(仙界)로구나. 덕수는 동자들이 펼쳐놓은 바둑 판 옆 한쪽 덤불을 헤치고 퍼질러 앉았다.

　바둑은 곧바로 시작되지 않았다. 10분 가까이나 뜸을 들이던 동자가 첫 점으로 천원을 차지한 뒤 혼자 중얼거린다.
　"돌이 놓여지면 뒷맛이 없어져 항상 망설여진단 말이야. 아깝지만 어쩔 수 없지…."
　덕수는 자신이 마치 중국 고서(古書) 술이기(述異記)에 등장하는 나무꾼 왕질(王質)이 된 것 같다고 생각했다. 그렇다면 이곳이 석실산(石室山)이란 말인가. 하지만 지금이 진(晉)나라 시대도 아니고, 나는 나무하러 온 것도 아니다. 비록 실연은 했지만 나는 어엿한 대한민국의 건실한 청년 변덕수다. 그 순간 동자 하나가 품속에서 무언가를 꺼내더니 덕수에게 건넨다. 대추 같기도 하고 귤 같기도 한 환약이었다. 향긋한 것이 맛도 기가 막혔고 시장기도 단숨에 사라졌다.

　동자들의 바둑이 중반의 고비로 넘어서고 있었다. [장면 2도] 흑이 ●로 파호해 온 장면이다. 이 한 수로 우하쪽 백 일단은 도저히 두 눈을 내기 어려워졌다. 변덕수는 바둑이 여기서 끝났다고 단정했다. 시커먼 흑진에서 도저히 또 한 집을 낼 곳이 없기 때문이다. 그러나 백동자는 별 망설임없이 [1도] 4까지 선수하더니 [2도] 10까지의 수순을 밟았다. 그리고 11.

여기서 잠시 생각하던 흑동자, 빙긋 웃더니 패국을 선언하는 게 아닌가.

〔장면 2도〕

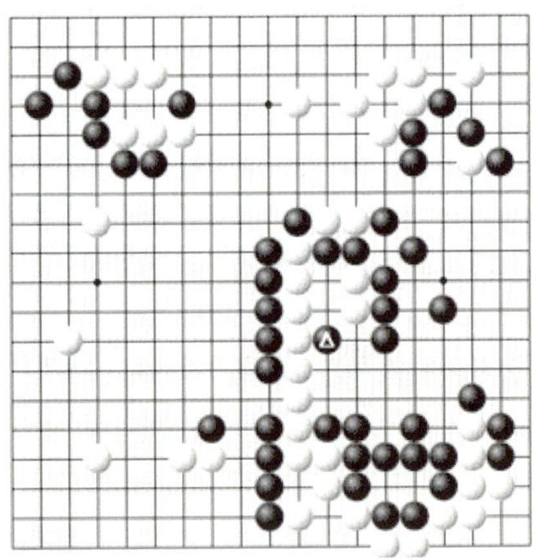

〔1도〕　〔2도〕　〔3도〕

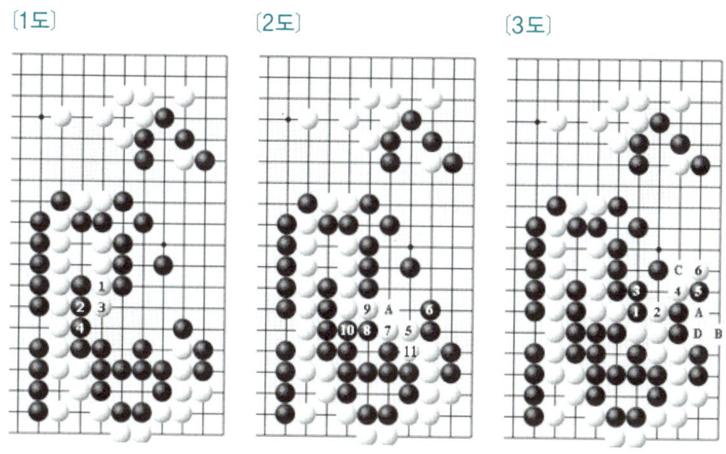

　　변덕수가 정신을 수습해 자세히 보니, [2도] A의 곳에 백돌이 놓이면 전체 백은 산다. 그 연결로 하변쪽 옥집이 한 눈 구실을 하는 것이다. 이른바 '옥집 활'의 형태. 옥집 활이라면 변덕수도 일가견이 있다. 언젠가 성희룡과의 대국서 절망적인 곤마를 이 수법으로 뒤집어 만방 기원의 영웅이 됐었다. 그러나 흑이 [2도] A의 곳을 끊으면 어쩌겠다는 것인가. 변덕수는 참지 못하고 동자들을 향해 손가락을 뻗어 A의 곳을 가리켰다.

　　백동자가 덕수를 힐끗 바라보더니 "아저씨, 손 좀 자주 씻으세요"하며 농담을 건넨다. 그리곤 [3도]의 수순을 늘어놓아 보였다. 4까지는 필연. 여기서 5때 백 6의 2단 젖힘이 절묘하다. 이 뒤 흑 A면 백 B

의 치중으로 최소한 흑 두 점은 못 살아간다. 또 흑 C면 백 D에 끊은 뒤 흑 A, 백 B로 양자충. 우와! 덕수는 벌린 입을 다물지 못했다. 아무리 신선들의 바둑이라지만 이렇게 신묘할 수가!

흑동자가 덕수를 향해 말했다.
"어느 한쪽이 안된다고 절망할 필요는 없습니다. 다른 쪽에 더 좋은 수단이 있는 경우가 많거든요. 인생살이도 이와 똑같은 거죠."
그리곤 고개를 들어 덕수의 손가락을 가리켰다. 이게 웬일인가. 왼손 무명지에 끼고 있던 가락지가 썩어 있었다. 놀란 덕수가 손을 갖다대자, 나무반지는 수십 년간 온갖 풍상에 시달려 온 서까래처럼 풀썩거리며 부서져 나갔다.

덕수는 땀에 절은 채 꿈에서 깨어났다. 내가 지금 어딜 갔다 온 것일까. 신선들의 바둑 한판을 구경하는 동안 수백 년이 흘러 도끼자루가 썩었더라는 난가(爛柯) 전설. 왕질(王質)이 자루없는 도끼만을 든 채 마을로 귀환했을 때는 마을 사람들도, 세상도 수백 년 후의 모습이더라고 했다. 그러고보니 열차 내 승객들의 얼굴도 모조리 바뀌어 있었다. 아뿔싸! 당황한 덕수는 황급히 유리창에 제 머리를 비춰보았다. 천만다행으로 아직 백발로 변하지는 않은 모양이다.

열차가 평택(平澤)역에 들어서고 있었다. 잠깐 눈을 붙인 것 같은데 그새 대전(大田) 신탄진(新灘津) 조치원(鳥致院) 천안(天安)을 지났으니 왕질이 따로 없는 셈인가. 흘낏 옆자리를 돌아보니 노인 두 명이 태

평스럽게 바둑을 두고 있다. 꿈 속의 그 동자들도 어느새 되게 늙었군. 덕수는 입이 찢어질 듯 선하품을 내뿜었다.

화장실에 가 찬물로 얼굴을 씻고 왔건만 현실과 꿈 간의 간격은 아직도 모호했다. 단아한 모습으로 대국중인 노인들의 모습에서 심산유곡(深山幽谷)의 환상은 덕수의 뇌리를 떠나지 않았다. 그 미몽(迷夢)을 대국중이던 노인이 깨웠다. 상대의 장고에 진이 빠진 듯, 흑돌을 쥔 영감님이 말을 건네온 것이다.
"젊은이 결혼했나, 아직 총각인가?"
"예, 아직 미혼입니다."
"관상이 꽤 좋군."
"아, 그런가요? 감사합니다."
"처복(妻福)이 있겠어. 하지만 색씨를 잘 고르지 못하면 말짱 헛일이지."
"어떤 여자가 좋겠습니까?"
"화려함보다 수더분한 부인을 만나야 사주가 잘 풀릴 상이야. 자네가 좋아하는 여자보다, 자네를 따르는 처녀를 택하란 뜻이지."

바둑이 계속되면서 대화가 중단됐다. 나를 따르는 처녀라고? 그런 여자가 어디 있어. 쓴웃음을 짓던 덕수는 문득 서봉숙을 떠올렸다. 언젠가 맡긴 대사(臺詞)를 의도적으로 악용해 자신의 대사(大事)를 그르쳐 버렸던 여자. 하지만 그 사건 이후에도 그녀는 덕수 앞에서 전혀 기죽지 않고 당당했다. 그녀는 한 번도 요란하게 화장하는 법이 없는 대신 항상 여유넘친 미소로 사람들을 대했다. 내 휴대전화 번호를 물어왔을 때, 대답을 듣지 못하고서도 무안해하기는커녕 그저 빙긋이 웃었던 여자.

열차가 수원(水原)을 지나 영등포(永登浦) 역에 섰다. 이제 하늘은 온통 먹물을 풀어놓은 듯 시커멓다. 사흘 전 귀향 때와 달리 차창 밖으로 지나쳐가는 풍경이 정겹게 느껴진다. 덕수는 많은 사람들의 얼굴을 떠올렸다. 어느덧 기동도 자유스럽지 않은 어머니, 어른티가 나기 시작한 동생들, 고향의 여러 벗들, 그리고 오나랑과 성희룡과 오만방 씨와 생불여사…. 그리고 동자와 영감님들에 이르기까지 숱한 사람들을 만났다.

사흘이 아니라 30년은 족히 흐른 느낌이다. 복잡하게 생각하면 한없이 복잡한 삶. 그러나 그것은 어떻게 변화한들 역시 '벙거지 장사' 이상도 이하도 아니었다.

영등포를 출발하는 순간 변덕수의 허리춤이 찌리리 요동쳤다. 진동으로 해놓은 휴대전화가 주인을 찾고 있었다. 덕수는 소리를 낮춘 채 자신의 이름을 댔다. 잠시 뜸을 들이더니 여자 목소리가 전해져온다.

"저 봉숙이에요."

"어, 어쩐 일이오?"

"지금 기차타고 올라오는 길이죠?"

"헉!"

"전화번호 안 알려줘도 다 알아내는 수가 있어요. 그간 어디갔다

오는 건지, 몇 시에 도착하는지까지도. 호호. 서울역 정문 앞에서 기다리고 있을께요."

열차에서 내렸을 때 천지는 탐스럽게 쏟아지는 함박눈으로 인해 전혀 딴 나라같은 분위기가 펼쳐지고 있었다. 덕수는 자신이 왕질(王質)보다는 미국 작가 W.어빙의 단편집에 나오는 립밴윙클(Rip Van Winkle) 같다고 생각했다.

그만큼 낯선 세계에 첫발을 들여놓는 기분이었다. 쓰린 속을 움켜잡고 탈출하듯 새벽에 떠났던 사흘 전의 서울땅이 아니었다. 덕수의 오른손이 천천히 왼손 무명지를 향했다. 손가락을 빠져나온 나무가락지는 썩기는커녕 윤을 내며 반질거리고 있었다. 그리곤 아직 온기가 남은 채, 멀리 허공을 날아 어느덧 수북이 쌓인 눈더미에 힘차게 처 박혔다.

개찰구(改札口) 너머로, 웬 남자용 벙거지를 든 채 손을 흔들며 웃고 있는 서봉숙의 모습이 보였다.

12

저승사자의 시말서

염라대왕 노릇 3,794년 만에 이런 경우는 처음이었다. 과연 이놈들을 지옥에 입주(入住)시키는 게 합당할까, 만약 합당하다면 형량(刑量)은 얼마씩을 때려 어디다 배치해야 할까. 잽싸게 지옥판 인터넷 사이트를 다 뒤져 판례(判例)를 찾아보았건만 전혀 비슷한 게 없었다.

"제기랄!" 대왕은 투덜거리며 조금 전 끌려와 엎드려 있는 세 녀석의 몰골을 다시 한번 훑었다. 동양 한구석에 붙은 한국이란 나라에서 잡혀왔다는 세 놈은 공포감과 억울함으로 범벅이 된 채였다. 검은 망토를 휘날리며 그들을 내려놓은 저승사자는 한꺼번에 세 건이나 실적을 올렸다는 사실에 자못 의기양양해 있었다.

세 놈이 죽은 사연부터 희한했다. 그들은 같은 아파트에 살았다. 하지만 살던 층수는 7층과 8층, 9층으로 각각 달랐다. 그리고 같은 장소에 모여있지 않았었는데도 한날 한시에 목숨을 잃었다. 물론 아파트에 불이 났다거나 하면 '단체손님'을 받는 경우가 종종 있지만 이건 그런

케이스도 아니었다.

　염라대왕은 대청마루에 걸린 괘종시계를 힐끗 살폈다. 천상(天上) 골프대회 티 오프 시간이 다 돼가고 있었다. 요즘 캐디 아르바이트하러 나오는 예쁜 천사들이 많던데…. 그는 하필 이 중요한 시간에 골치 아픈 사자(死者)들을 셋이나 잡아온 저승사자를 잡아먹을 듯 째려보았다.

　708호 남자는 바둑광(狂)이었다. 그날 직장에 거짓말까지 하고 일찍 퇴근한 것은, 8강까지 진출해 있는 인터넷 바둑대회 시간에 맞추기 위해서였다. 도대체 사무실에선 눈치가 보여 바둑 한 판 오붓이 둘 수 없단 말이야. 708호 남자는 역도선수 출신답게 우람한 손길로 초인종을 눌렀다. 한참 만에 문을 열어준 마누라의 표정이 전에 없이 복잡했고, 그 밑으로 웬 낯선 남자신발이 눈에 들어왔다.

　아니, 우리집에 도둑이? 그는 집안을 샅샅이 뒤지다가 베란다 바깥쪽에 대롱대롱 매달려 있는 남자 손목 한 쌍을 발견했다. 그 임자가 도둑놈일 것이라고 확신한 708호 남자는 양쪽손 모두를 두 발로 질끈 밟아버렸다.

　그런 뒤 베란다 밑을 내려다보니, 비명소리와 함께 추락하던 그녀석이 1층 정원의 나뭇가지를 잡은 채 또 한 번 대롱거리고 있는 게 아닌가. 어두워서 누군지는 식별할 수 없었다. 화가 치민 7층 남자는 주위를 두리번거리다가 손에 잡히는 대로 냉장고를 번쩍 들어다 다시 그 녀석을 향해 내던졌다. 냉장고는 목표물에 명중했지만, 그걸 들어서 내던지는 순간 냉장고 줄에 엉켜 있던 전선에 자신의 발이 걸렸다. 중심을 잃은 708호 남자도 베란다 난간을 지나 1층으로 떨어져 즉사했다.

808호 남자는 더욱 극성스런 바둑광이었다. 앞으로 두 번만 더 지면 708호 남자에게 2점으로 올라갈 판이어서, 그는 그날 베란다 의자에 앉아 기를 쓰고 바둑책을 탐독중이었다. 일본 초일류 프로들의 실전보였는데 그 내용이 마침 서부활극보다도 흥미진진했다. [장면도] 백 1에 흑이 2로 갖다붙였다. 뭔가 짜릿하지 않은가! 평범하게 [1도] 흑 1로 받는 것은 백 2 다음 A, B 두 곳에 단점이 남아 흑 불만이다. 8층 남자는 자리에서 벌떡 일어났다. 그리고 신이 난 김에 난간을 넘어선 채 바둑책에 빨려들어갔다.

〔장면도〕

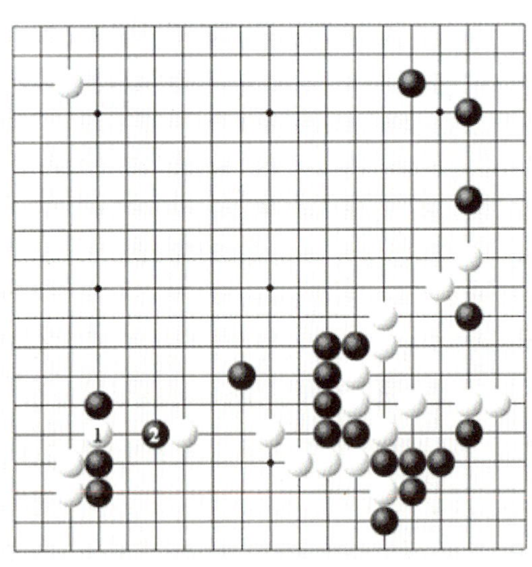

꽃님이와 벼락부자

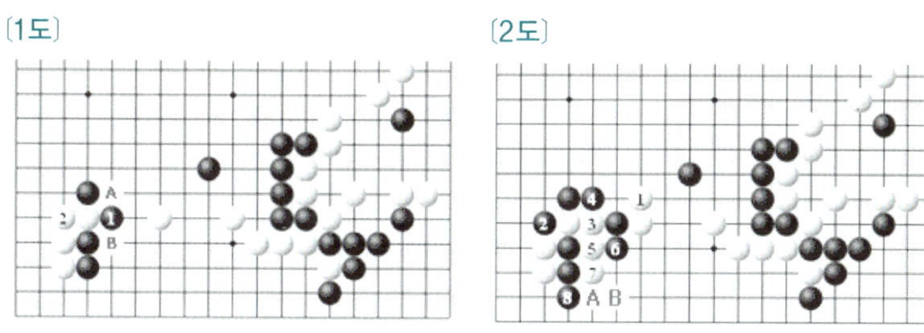

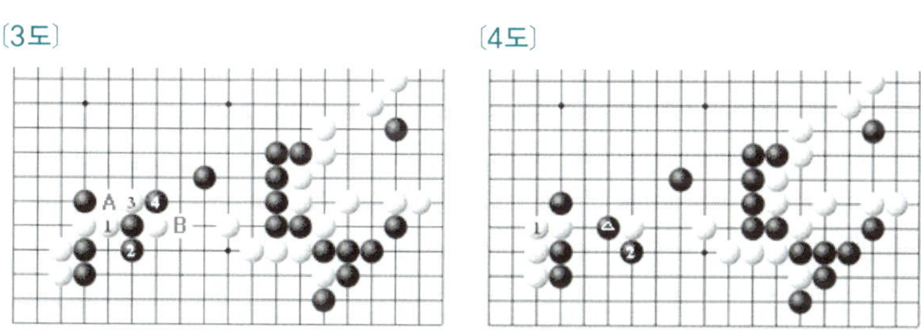

백은 어떻게 받아야 할까. [2도] 1은 흑 2이하 8까지 신나게 몰아친다. 백 A, 흑 B까지 싸바르니 이건 거의 환상적이다. 그렇다고 [3도] 백 1로 부딪는 것은 4까지 진행된 뒤 A의 절단과 B의 축을 맞봐 더욱 낭패. 백은 할 수 없이 [4도] 1로 이었지만 흑 2로 터를 잡으며 하변 백을 공격해 간다. 흑 ●와의 멋진 컴비블로다.

8층 남자는 멋진 장면을 보면 참지 못하고 몸을 흔들어야만 하는 열혈남아였다. 그는 자신의 현재 입지(立地)를 새카맣게 잊은 채 손뼉을 치며 발을 굴렀다. 아뿔싸!

　　실족한 808호 남자는 천행으로 7층 베란다 바깥벽을 잡았다. 왕년의 기계체조 선수다운 순발력이었다. 아, 이제는 살았다고 느끼는 순간, 간신히 지탱하던 양손을 누군가의 구둣발이 힘껏 밟아버렸다.
　　그는 어쩔 수 없이 한때 멈췄던 추락을 다시 계속했다. 기계체조 선수 출신의 순발력은 이번에도 빛을 발했다. 기적적으로 1층 정원수 나뭇가지 한 자락을 움켜쥔 것이다. 그런데 이건 또 무슨 횡액인가. 그 순간 무언가 엄청난 쇳덩어리가 위에서 떨어졌고, 그 순간 8층 남자는 즉사했다. 비록 피하지는 못했지만, 아마도 그 물체는 냉장고인 것 같다는 게 순발력 좋은 기계체조 선수의 마지막 기억이었다.

　　908호 남자는 바둑을 배운 지 반 년이 채 안됐건만 그 무렵 세상 만물이 온통 바둑돌로 보일 만큼 한창 빠져 있었다. 누구건 자신의 바둑상대만 돼 준다면 무슨 짓도 못할 게 없는 단계였다. 그날 엘리베이터에서 708호 아줌마를 만났을 때, 그는 앞뒤 재지 않고 물었다.
　　"윤형 들어오셨습니까?"
　　"아직 퇴근하려면 멀었어요."
　　"아, 네. 들어왔으면 바둑을 좀 배우려고 했는데….”
　　"저하고 비슷한 수준이시더군요."
　　그녀가 입을 가리고 웃었다. 언젠가 동네 주민들끼리의 바둑 모임 때 908호 남자의 바둑을 구경할 기회가 있었던 모양이었다.

　　사실 이건 문제가 있었다. 아무리 바둑이 좋기로서니 외간 남녀가 밀폐된 한공간에 단 둘이 마주 앉는다는 게 될 일인가. 하지만 그때

는, 특히 908호 사나이로선 바둑 외엔 세상에 보이는 게 없는 상황이었
다. 708호집 마루에서 908호 남자가 첫판을 져서 열을 좀 받은 채로 두
번째 판을 막 시작하려 할 때였다. 갑자기 초인종 소리가 났다. 순간
708호 여자가 "어머, 그이가 온 모양이에요" 하고 외쳤고, 908호 남자
는 뭐 큰 죄를 진 것도 없건만 당황한 나머지 숨을 데를 찾았다.

그가 찾아낸 피난처는 냉장고였다. 그 물체는 잠시 후 통채로 들
려지더니, 그 직후 정신없이 추락했고 그 뒤론 기억이 없다.

염라대왕 앞에서 세 명의 남자는 방방 떴다. 왜 자신이 죽어야 하
느냐는 거였다. 게다가 천당도 아닌 지옥이라니. 셋은 여차하면 지옥
이고 뭐고 확 뒤엎어 버리겠다는 기세였다.

대왕은 "이제 이짓도 못해먹겠군" 하는 심정으로 가만히 한숨을
쉬었다. 예전엔 아무리 억울하게 죽은 자라 해도 이런 식으로 대들지
는 않았었다. 은밀히 다가와서 봉투 내미는 놈, 묘한 몸짓과 웃음으로
애교떠는 년… 등만 보아온 염라대왕은 기가 막혔다. 이승에 만연된
말세스러운 풍조가 어느새 저승까지 전염되고 있었다.

염라대왕은 천천히 업경(業鏡)을 꺼냈다. 잡혀온 자를 비춰보면
그가 생전 인간사회에서 지은 죄가 모두 나타나는, 일종의 거울 같은
것이다. 백이면 아흔아홉 놈은 자기 죄를 다 털어놓지 않다가, 업경에
나타나면 그제서야 실토한다. 역시 인간세태의 반영인지 지옥까지 끌
려와서도 "기억에 없다" 며 끝까지 오리발 내미는 자들도 적지 않다.

심문은 더 이상 비춰지는 죄가 없을 때 끝난다. 그리곤 염라대왕

이 죄상을 적은 두루마리를 저울에 달고, 그 무게에 따라 죽은 자를 보낼 지옥을 정하게 돼 있다.

업경에 비춘 결과 708호 남자는 가벼운 사기(詐欺) 경력이 나왔다. 808호는 세컨드 소생의 아들을 숨겨 키우고 있음이 들통났고, 908호 남자는 곤드레로 취해서 운전을 하다가 멀쩡한 사람에게 중상을 입혔던 전과가 밝혀졌다. 하지만 그 정도라면 셋 모두 죽을 죄까지는 아니다.

저승사자 녀석이 실적부진을 추궁당한 뒤 마구잡이 입건에 나선 게 틀림없었다. 게다가 방(房)도 마땅치 않았다. 8열(八熱)·8한(八寒)에 16유증(遊增)의 넉넉한 수용시설을 자랑해온 지옥도 요즘은 초만원이다. 그래서 증축(增築)에 들어갔지만 아직은 이런 송사리들까지 받아들일 곳이 없다.

염라대왕은 다시 한번 시계를 보았다. 그리곤 결심한 표정으로 골프가방을 둘러메더니 서둘러 판결을 내렸다.

"708호, 808호, 908호 남자는 다시 인간세계로 복귀할 것을 명한다."

세 남자가 환호했다. 하지만 이런 경우엔 누군가(또는 무언가)에게 대신 죄를 물어야하는 것이 천상(天上)세계의 규칙이다. 지옥까지 잡혀갔던 사람을 되풀어 주는 건 일종의 행정실수이므로, 저승사자는 그 일련의 과정에서 대신 책임을 물을 대상을 찾아내 염라대왕에게 추후 보고토록 돼 있었다.

저승사자는 시커먼 입술이 댓발이나 나온 채, 휘파람 불며 필드로 나서는 염라대왕 등뒤에서 쉴새없이 투덜거렸다.

여기까지 이야기를 마친 서봉숙 양이 방긋 웃었다. 만방기원을 메운 기객들이 얘기를 계속하라고 아우성치자 봉숙이 말했다.

"저도 여기까지밖에 못 들었어요. 원래 이 이야기의 뼈대는 인터넷 유머난에 나왔던 거라던데… 어쨌든 세 명 모두 살아서 돌아왔으니 잘됐죠 뭐. 그나저나 저도 뒷얘기가 궁금해요. 저승사자는 세 남자를 살려보내는 대신 과연 어떤 대상을 새로운 범인으로 시말서에 올렸을까요?"

이렇게 해서 만방기원 사람들은 때아닌 '아파트 세 남자 연쇄추락 사건'의 배심원이 됐다.

"아, 그야 당연히 708호 여자가 책임을 져야지" 하고 앙칼지게 외진 것은 생불여사였다. 하긴 그녀가 908호 남자를 집안에 끌어들이면서 3명이 차례로 죽는 연쇄사건이 발생했다. 생불여사는 젊고 매력적인 여성들에겐 맹목적 적대감을 갖고 있다.

그 순간 김대박이 나섰다.

"어렵게 생각할 것 없어요. 바로 아파트가 문젭니다. 셋 모두 떨어져 죽었잖아요?"

그는 일반주택에 살았더라면 전혀 벌어지지 않을 사건임을 강조하면서 아파트 유죄론을 폈다. 김대박은 언젠가 서울 근교의 어느 아파트에 투자했다가 왕창 손해를 본 뒤부터 아파트에 영 감정이 좋지 않다.

"냉장고가 모든 책임을 뒤집어써야 한다"는 주장을 편 것은 평소 찬 음식은 입에도 대지 않는 현직 의사 허기진이었다. 그의 설명을 들어보면 사실 꽤 그럴듯하다. 냉장고만 아니었다면 9층 남자가 그 속에 숨어 들어가지도, 7층 남자가 그걸 던지다가 줄에 걸리지도 않았을 것이다. 8층 남자는 1층에서 정원수를 잡아 일단 살아났었으니, 엄밀히 말하자면 추락사가 아니라 냉장고에 의해 타살(打殺)된 것이다. 그 칼 같은(?) 논리에 감명받은 오나랑 양이 박수를 쳤다.

듣고만 있던 구경만 선생이 조심스럽게 입을 뗐다.

"내 생각엔, 바둑이 유죄 아닌가? 셋 모두 바둑을 몰랐더라면 황천 구경을 할 필요가 없었구만."

그것도 그렇다.

변덕수가 갑자기 코를 벌름거렸다. 자신의 입장에서도 바둑과 인생과는 떼어놓고 생각할 수가 없었다. 바둑 때문에 난생 처음 연애도 해봤고, 실연도 경험했고, 또 다른 만남도 얻은 것이다.

하지만 30년 이상 기원을 생활터전으로 지켜온 오만방 원장만은 바둑이 세 남자 사망사건의 발단이 될 수 없다며 혈압을 높였다.

끝으로 제갈길은 만유인력(萬有引力)을 주범으로 지목했다. 역시 학생들을 가르치는 교육자다운 학구적 분석이었다. 과연 이 사건의 모든 현상은 인력(引力)으로 설명될 수 있었다. 세 명의 남자를 죽음으로 이끌 정도로 인간을 매료시키는 바둑, 708호 여자의 908호 남자에 대한 유인, 그리고 세 남자와 냉장고가 대책없이 추락할 수밖에 없었던

뉴턴의 운동법칙까지.

끈덕진 접근끝에 이제는 약혼녀로 만든 오나랑 양을 힐끗 훔쳐보던 성희룡은 속으로 "이게 정답이다"라고 외쳤다.

그날 만방기원 배심원회의에선 어떤 결론도 얻지 못했다. 세 남자가 이승으로 다시 돌아올 때 그들은 어떤 저승 발(發) 교통편을 이용했을까. 셋은 한 층 간격의 같은 아파트 주민으로 되돌아갔을까. 그랬다면 예전처럼 또 다시 바둑 두고 어울렸을까. 그나저나 708호 아줌마는 어찌됐을까. 떼죽음 장례식 준비하다가 환생해 온 세 남자를 보고 기절하지는 않았을까.…

만방기원 사람들은 침묵한 채 제각기 상상(想像)의 날개를 폈다.

하지만 그중에 저승사자를 떠올리는 사람은 아무도 없었다. 죽어서 잡혀온 세 남자가 자해공갈단처럼 방방 뜨는 바람에, 그리고 그 어우같은 전사 캐니들에게 홀린 염라대왕이 깊은 숙고없이 그들을 풀어준 바람에, 모처럼 올린 세 건의 실적을 아쉽게 놓친 저승사자는 어둡고 음습한 지옥 구석방에서 혼자 투덜거리며 한창 시말서를 쓰고 있었다.

13

더플코트, 그리고 뽀뽀

장관(壯觀)이었다. 아이들 잔치라고 우습게 여겼더랬는데 그게 아니었다. 400조(組)도 넘는 바둑판이 일열로 도열한 광경은 군부대의 열병(閱兵)식장을 방불케 했다. 그 틈 사이로 꼬마선수들과 응원나온 가족, 각 바둑교실 관계자들이 어울려 한겨울이 무색할 만큼 뜨거운 열기를 뿜어내고 있었다. 제 6회 전국 어린이 기왕전.

허기진은 본부석쪽에 걸린 대형 플래카드를 다시 한 번 바라보며 고개를 절레절레 내저었다.

오늘 이 자리엔 허기진의 외동딸이시며, 장안 초등학교가 자랑하는 교내 최고수이시고, 장차 이 나라 여성 바둑계를 이끌어갈 것이 분명한 허영심 양이 출전했다. 영심이는 아마도 이번 대회에서 당당히 최강자조 우승 트로피를 가슴에 안을 것이다.

허기진은 그런 결과가 나올 것이란 데 대해 추호도 의심하지 않았다. 누가 영심이의 그 놀라운 실력을 초등학교 5학년 짜리라고 감히

상상이나 하겠는가.

허기진은 보름 전 어느날 하마터면 기절할 뻔했다. 그날 영심이는 아빠에게 모처럼 도전해 왔다. 흐흐 귀여운 녀석. 그래 얼마나 늘었는지 한 번 보자. 허기진이 외동딸 영심이와 가장 마지막으로 대국했던 것은 열 달쯤 전이었다. 그 사이 제까짓게 늘면 얼마나 늘었겠는가. 그때처럼 이번에도 당연히 3점을 깔 줄 알았다. 그런데 이 녀석이 당돌하게도 호선(互先)으로 둘 것을 제안해 온 것이다.

아연해진 허기진이 말했다.

"뭐, 맞바둑을 두자고? 너 아빠한테 대마 다 잡혔던 거 잊어버린 모양이구나."

"아빠 몇 급이라고 했지?"

"이래 뵈도 한국기원 공인 아마 3단이시다. 이 녀석, 빨리 3점 깔아."

영심이는 금방 대꾸하지 않았다. 아무 말 없이 새카만 눈동자를 반짝이더니, 불쑥 말했다.

"그렇담 좋아. 그 대신 아빠, 우리 내기해."

"뭐야? 그놈 참…. 그래 뭘 걸래?"

영심이가 내건 조건은 이랬다. 첫째 2연승마다 한 점씩 칫수 고치기를 할 것, 둘째 만약 호선으로까지 올라가서도 자신이 이길 경우엔 번데기 단추 달린 분홍색 더플(duffle) 코트를 아빠가 사 줄 것.

기가 막힌 표정으로 허기진이 되물었었다.

“오냐. 정 자신이 있다면 그렇게 하자. 그런데 네가 칫수를 못 고치거나 오히려 더 올라가면 내게 뭘 해줄 거지?”

“아빠는 뭘 원해?”

“음, 이렇게 하자. 한 달동안 아빠 구두를 매일 닦아 놓기, 그리고 매일밤 잠자리에 들기 전 아빠 뺨에 뽀뽀해 주기. 어때?”

“글쎄? 그런 일이 있을까. 좋아. 그럼 내기 한 거다?”

이리하여 희대의 부녀(父女)간 내기바둑이 펼쳐졌더랬다.

자신감도 중요하지만 겸손을 배워야 해. 이 녀석 다시는 엉뚱한 소리 못하게 해야지─. 허기진은 내친 김에 1년여 전의 5점 칫수로 환원시킬 각오를 했다.

그런데… 막상 바둑이 시작되고 보니 천만의 말씀이었다. 열 달 전의 그 영심이가 아니었다. 꼬박꼬박 손따라 두던 버릇은 간 데 없어졌고, 가는 곳마다 선수를 잡아 백 대마를 곤경에 몰아넣었다. 수읽기는 또 얼마나 밝은지, 수상전이 벌어질 때마다 백이 꼭 한 수씩 부족한 게 아닌가.

3점으로 순식간에 2연패, 그 중 한 판은 만방. 2점으로도 매번 40여 집 이상 모자란 끝에 다시 2연패.

허기진의 등골에 진땀이 솟았다. 아무리 그래도 맞바둑이라면 질 소냐. 영심이의 정선(定先)으로 바둑이 속개되자, 허기진은 이를 앙 다문 채 속으로 외쳤다. 딸년이고 뭐고 없다. 그는 인정 사정없이 몰아쳤으나 결국 몰리는 건 자신이었다. 합이 6연패.

저녁 상 물리고 시작한 바둑이 어느새 밤 12시를 지나고 있었다.

마침내 치욕의 호선 차례가 됐을 때 영심이는 3가지 계약조건을 다시 상기시키는 걸 잊지 않았다. 환장할 노릇이, 어찌된 꼬마가 무려 여섯 판이나 애비 망신을 시키고서도 즐겁다는 표정 한 번 짓지 않는 거다. 호박에다 침 꽂았다고, 살충제 뿌려 모기잡았다고 자랑스러울 게 있느냐는 식이었다. 오히려 약간은 경멸 또는 비웃음의 기미까지 감지됐다. 이런 불효막심한….

호선으로는 어떻게 됐을까. 짐작하는 대로다. 역시 두 판 모두 딸이 아비를 이겼다. 이거야말로 오셀로나 맥베스, 말괄량이 길들이기… 같은 셰익스피어의 비극에 결코 뒤지지 않는 불상사라고 허기진은 생각했다. 아 참, 말괄량이 길들이기는 희극이지. 하지만 그런 걸 따지고 있을 계제가 못됐다. 특히 흑으로 둔 두 번째 판은 수모(受侮)에 가까웠다.

[장면 1도] 우상귀 흑 대마가 잡혀 비관적인 형세.

허기진은 중앙 백 대마를 노려보다가 [1도] 흑 1로 단수쳤다. 4까지 백 대마는 살았지만 A로 끊어먹는 맛을 남겨 소득이 짭짤하다. 그러나 그런 정도로 대세를 뒤엎을 수는 없었다.

첫수가 또 한 번 바뀌면서 허망하게 앉아있는데, 영심이는 깔깔대면서 [2도]를 늘어놓아 보였다. 반대쪽 흑 1로 단수를 쳤으면 그 백이 다 죽었다는 것이다.

"이 녀석이 아빠를 가지고 놀아?"

허기진은 비로소 분명한 실력차를 인정할 수밖에 없었다.

〔장면 1도〕

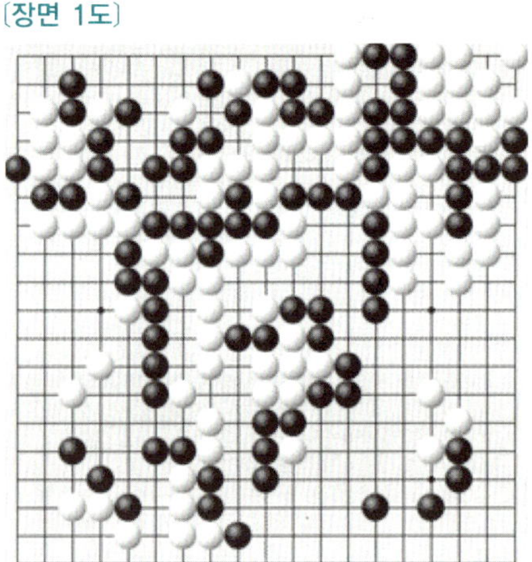

〔1도〕   〔2도〕

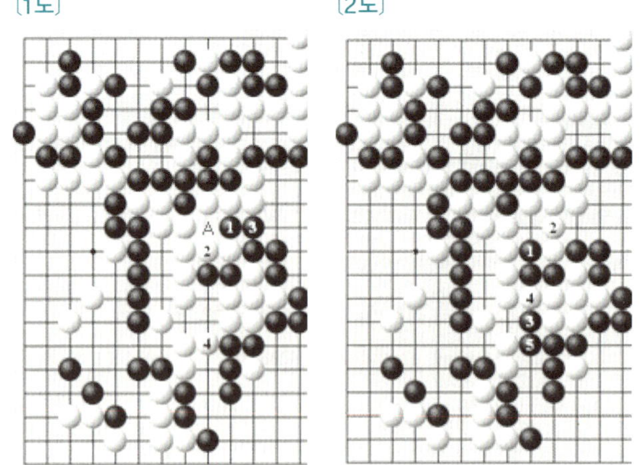

꽃 님 이 와   벼 락 부 자

무려 8연승으로 애비를 정선(定先)으로 주저앉힌 영심이는 그제서야 빙긋 웃더니 어른처럼 말했었다.

"누구나 수가 잘 안보이는 날이 있는 법이야. 언제든지 또 도전해, 아빠."

휘청거리며 침실로 향하는 허기진의 등 뒤에서 영심이가 쐐기를 박았다.

"더플코트는 이번 주말까지만 사주면 돼. 아빠 시간 날 때 아무 때나."

스탠드에서 대국장을 내려다보며 허기진은 실성한 사람처럼 웃음을 흘렸다. 저거 내 외동딸년 맞는감? 새로 사 입힌 분홍색 더플코트 덕분에 식별이 썩 잘된다. 도대체 언제 바둑이 저토록 늘었단 말인가. 괘씸하긴커녕 대견해서 못 살 지경이다.

3년 전에 처음 만방 어린이 교실에 등록했던 날, 제 돌이 모조리 잡혀버리사 밥노 안먹고 하루종일 울었던 영심이였다. 어린이 기왕전은 어느새 2회전이 끝나가고 있었다.

영심이는 무난히 8강에 진출했다. 오후에 3판만 더 이기면 대망의 우승이다. 제자들을 인솔해 온 만방교실 강수만 사범은 물론이고 허기진의 아내와 처남 모두 입이 함박만큼 벌어져 있다. 영심이 엄마 노상자(盧相子) 여사야 말할 것도 없고 그의 세 살 아래 남동생 노상술(盧相述) 또한 조카 허영심 양의 열렬한 지원자다.

이들 노(盧)씨 집안 형제들을 간단히 소개하고 넘어가자. 3남매 중 장녀이자 고명딸인 노상자 여사의 유일한 흠은 잠이 너무 많다는 것이다. 이름 그대로 어딜 가든 틈만 나면 노상 잔다. 부부가 어딜 다녀오려고 함께 나섰던 지난 일요일만 해도 그랬다. 장갑을 놓고 왔다며 다시 병원에 들어가더니, 그 사이 소파에 엎어져 잠드는 바람에 밖에서 기다리던 허기진이 동태가 될 뻔했었다.

노상술은 수호지에 나오는 노지심이 형님이라고 부를 정도로 천하의 술고래다. 대개 주량(酒量)이 많으면 주사(酒邪)는 없는 법이건만 그에겐 말썽도 꼬리를 문다.

막내인 노상서(盧相瑞)는 절륜한 정력의 보유자로, 피부비뇨기과 의사인 허기진이 목하 연구대상으로 관찰중이다.

오늘 이곳을 함께 찾은 노상술은 조카 영심이와는 바둑입문 동기생이기도 하다. 그는 영심이가 초등학교 2학년 때 누님집에 놀러왔다가, 조카와 함께 매형으로부터 함께 바둑의 기본 룰을 배웠다. 하지만 지난 3년간 영심이가 전국대회에 출전할 만큼 발전하는 동안 노상술은 5급 수준을 벗어나지 못했다. 아직 노총각인 그는 그래도 영심이를 끔찍이 귀여워한다. 노상술이 세상에서 가장 좋아하는 것 중 1순위가 술, 2순위가 바둑이라면 조카 영심이는 단연 0순위였다.

어른들은 착각 속에서 산다. 실수나 판단착오란 언제나 어린이들 몫이라고 그들은 단정한다. 허기진 일가 어른들도 그랬다. 아직 미숙한 허영심 양은 항상 쫓아다니며 보호해 줄 대상이다. 바둑으로 어른들을 추월했다지만 그것이 분별력을 대신해 주는 것은 아니다.… 하지만 영심이네 가족들은 잠시 후 평생 잊지못할 사건과 맞닥뜨리게 될 줄 이때까지는 상상도 못하고 있었다.

오후 1시부터 대회가 재개됐다. 영심이를 다시 대국장으로 들여보낸 어른들은 체육관 구내 커피숍에 둘러앉았다. 강수만 사범의 표정이 간절하다. 영심이 외엔 모조리 탈락한 것이다.

핸드백에서 묵주를 꺼내 쉴새없이 굴리던 노상자 여사, 갑자기 입이 찢어질 듯 크게 하품을 한다. 저 깊은 곳 어금니 틈새로 시커먼 충치까지 또렷이 보인다. 또 졸린 모양이군. 혀를 끌끌 차던 허기진은 체육관 건물을 벗어나 담배 한 대를 피워 물었다.

그 시간 노상술은 어느새 길 건너 대폿집에 앉아 막걸리를 들이켜고 있었다. 식사 후 산책을 나섰다가 목로주점 간판에 눈이 번쩍 뜨인 것이다. 방앗간을 그냥 지나치면 그건 참새가 아니다.

사실 노상술을 나무랄 수만은 없었다. 대국자 외의 사람들에게 바둑대회장이란 곳은 첫째 무료했고, 둘째 추웠으며, 셋째 다리가 아팠다. 그는 추위를 녹이기 위해 딱 한 잔만을 다짐하며 문을 밀고 들어갔더랬다. 알코올을 맞이한 노상술의 밥통(胃)은 거국적인 환영물결에 파묻혀 허파와 심장 등 이웃나라까지 들썩이고 있었다.

허영심 양은 3회전도 승리했다. 대망의 준결승에 진출한 것이다. 이제 두 판만 더 이기면 대망의 우승이다. 4강전에서 마주 앉은 남학생은 6학년이라는데, 키가 영심이보다도 한 뼘은 작았다. 소년은 도수 높은 안경을 연방 치켜올리며 만만치않게 부딪쳐왔다.

　　영심이의 백번이다.

　　[장면 2도] 우변서 치열한 패싸움이 계속되는 중이다. 흑이 막 로 따낸 장면. 영심이가 [1도] 백 1 마늘모의 팻감을 쓰자 잠시 생각하던 소년이 흑 2로 따내 패를 해소해 버렸다. 그것으로 우하 방면 백이 모두 잡힌 모습.

　　이제 백은 그 대가를 찾아야 한다. 이를 앙다문 허영심 양은 7까지 상변 흑을 빈사상태로 몰아넣었다.

〔장면 2도〕　　　　　　　　　　　〔1도〕

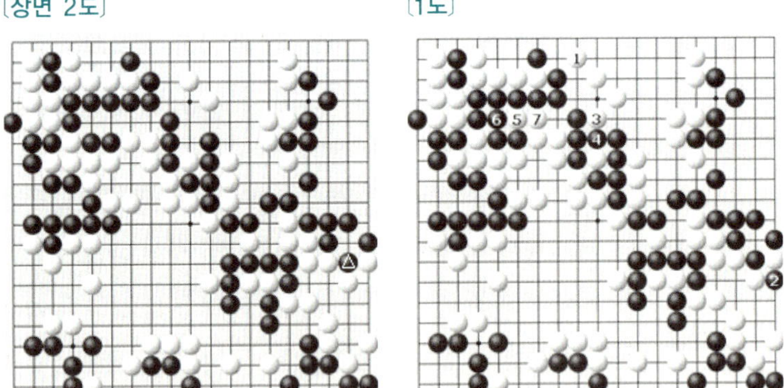

그러나 흑에게도 반격수단이 있었다. 소년은 [2도] 흑 1이하 백 4까지를 선수한 뒤, 5와 6을 교환하곤 7로 뛰었다. 이렇게 되니 포위했던 백도 자체로는 두 눈이 없다. 고심하던 영심이는 [3도] 백 1의 붙임수를 찾아냈다. 2가 불가피할 때 3이하 6까지.

문제는 그 다음이었다. 이곳은 [4도] 백 1이하 흑 4까지의 수순으로 패가 되는 게 정답이다. 쌍방 팻감을 둘러싼 변수가 많아서 바둑은 이제부터였다. 그런데 흑 소년이 [4도] 백 1때 무엇을 착각했는지, 3의 곳에 이었다가 돌을 다시 들어내 2로 따낸 것이다. 백 1때 흑 3은 A부터 차례로 조여들어가 두 수 이상 늘지 않는다.

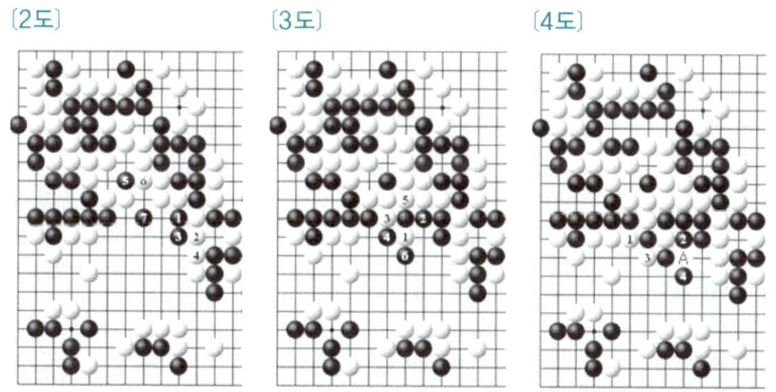

영심이가 보기엔 분명 돌이 손에서 떨어졌다. 그 경우엔 당연히 반칙패다. 영심이는 즉각 기록자를 향해 이의를 제기했다. 기록자는 대답 대신 소년을 바라보았고, 소년은 손을 떼지 않은 채 옮겨놓았다고 시뻘개진 얼굴로 말했다. 스무살 남짓의 젊은 기록자도 난처한 모양이었다. 어찌할 것인가.

순간 황당한 일이 일어났다. 누군가가 다가오더니, "손에서 돌을 안 떼었다잖아? 그건 반칙이 아니니까 계속해서 두라구" 하는 것이 아닌가. 소년이 속한 바둑교실의 사범인 듯했다.

바로 그때였다. 벽력같은 소리가 체육관을 진동시켰다. 동시에 그 사범의 몸뚱이가 잠시 허공에 떴다. 멱살을 잡아채 들어올린 사람은, 아! 허영심 양의 외삼촌 노상술이었다. 기습을 당한 상대방 남자가 캐캐거렸다. 그러나 노상술은 대취해 있었다. 상대가 혼신의 힘으로 밀어제끼자, 그는 짚단처럼 밀려나더니 하필이면 한창 열전중이던 바둑판 위로 나뒹굴었다. 그리곤 수십 개의 흑백 바둑돌들이 마치 우박이 떨어지듯 굉음을 내며 우르르 판 밑으로 굴렀다.

순식간의 일이었다. 소식을 듣고 허기진과 강수만이 급히 현장에 도착했으나 미처 손을 쓸 틈도 없었다. 대회가 중단됐다. 무슨 일부터 수습해야 할지 몰라 우왕좌왕하던 강수만은 노상술을 우선 들쳐업었다. 인사불성인 채 쓰러져 코피를 흘리고 있는 노상술은 물에 불은 시체처럼 무거웠다.

강수만이 낑낑대며 대기실 문을 밀치고 들어서자 한구석에 노상자 여사의 모습이 보였다. 의자 2개를 한데 붙여 누운 채, 그녀는 잠꼬대까지 해대며 꿈나라를 헤매고 있었다.

같은 내용의 실랑이가 30여 분째 반복되고 있다.

"손을 뗐느냐의 여부가 판정기준이 돼야 한다"는 허기진의 주장에 대회본부 관계자도 단호했다.

"그 점이 명확하지 않으므로 대국은 계속될 수밖에 없다. 하지만 판이 엉망이 돼 속행이 불가능해졌고, 그같은 사태는 허영심 양측 학부형의 난입에 이은 폭력사태에 기인한 것"이라며 몰수패를 선언해 버린 것이다. "토너먼트인 관계로 승패를 가를 수밖에 없으니 다음 진행에 협조해 달라"며 몸을 밀쳐내기까지 했다.

만방 바둑교실 승합버스에 올라탄 일행은 아무도 입을 열지 않았다. 술에서 깨난 외삼촌, 꿈나라에서 돌아온 엄마 모두 무슨 말을 할 수 있으랴.

"그래 노상 술이나 퍼마시고, 퍼질러 잠이나 자라!"

허기진은 앞쪽에 앉은 아내와 처남의 뒤통수를 향해 그렇게 외치려다 참았다. 강수만 사범은 화난 사람처럼 입을 꾹 다문 채 차창(車窓)밖만 바라보고 있었다. 버스 한구석에서 얼굴을 감싼 채 울먹이고 있는 영심이에겐 차마 아무도 말을 붙이지 못했다. 이럴 땐 서툰 위로보다는 차라리 침묵이 오만팔천 배는 나은 법이다.

영심이는 그날 이후 제 방문을 걸어 잠근 채 두문불출했다. 밥먹을 때도 식구들과 눈조차 마주치지 않았다. 허기진과 노상자 부부는 딸의 눈치를 살피며 설설 기었다.

그러기를 사흘째 되던 날. 저녁 9시쯤 됐을까, 허기진의 서재

문을 두들기는 소리가 났다. 영심이였다. 그녀는 컴퓨터로 서류를 정리중이던 허기진을 향해 "아빠, 우리 칫수고치기 계속해"하며 들이닥쳤다.

새로 확립된 칫수에 따라 허기진의 정선(定先)이다. 그날의 성적은 피차 1승 1패. 두 번째 판에서 백이 헛패만 안 썼다면 꼼짝없이 두 점으로 추락할 뻔했다. 영심이가 빙그레 웃으며 말했다.

"아빠, 9연패 만에 이긴 거 축하해. 나도 그럴 때가 있었는데, 한 판 이긴 뒤부터는 다시 잘 되더라구."

그는 딸이 마치 오청원 선생처럼 위대해 보였다. 문을 열고 나가려던 영심이는 갑자기 되돌아오더니, 허기진의 볼에 불쑥 자신의 입을 갖다대는 게 아닌가. 3학년 때 이후엔 2년간 구경도 못해봤던 영심이의 뽀뽀였다.

이튿날 새벽, 조간신문을 챙기러 거실로 나서던 허기진은 현관 앞에서 눈부시게 반짝이는 물체를 발견했다. 자신의 구두였다. 그것은 잠꾸러기 마누라나 술주정뱅이 처남들로선 죽었다 깨어나도 만들어낼 수 없는, 태어나서 처음보는 휘황찬란한 광택이었다.

꽃님이와 벼락부자

노상술(盧相述)은 요즘 인터넷 바둑에 푹 빠졌다. 본업인 액세서리 가게를 아예 점원에게 맡겨놓은 채 낮에는 만방기원에서, 밤에는 집안에서 컴퓨터 앞에 붙어 살다시피 한다. 노상술은 단순하면서도 터프하고, 남성적이면서도 명랑쾌활한 성격이다. 그런 그가 컴퓨터 앞에 얌전히 정좌한 채, 칠면조처럼 다양한 표정으로 대국에 열중하는 모습은 만방기원의 새로운 명물로 자리잡기 시작했다.

직선적이고 저돌적 성격의 소유자들이 대개 그렇듯 노상술도 앞뒤 재는 걸 체질적으로 싫어한다. 커피 마시는 자리에서 툭하면 "원샷"을 외치는 그의 버릇만 해도 그렇다. 하루도 빠짐없이 술 마시는 게 생활이 됐는데, 바쁜 세상에 손에 든 게 술잔인지 커피잔인지 어느 세월에 따지란 말인가. 이렇게 우직한 그가 종종 악의 없는 장난을 펼칠 때 보면 이건 아무도 말리기 힘든 개구쟁이다.

이런 일도 있었다. 언젠가 길을 지나다가 멋진 아가씨가 눈에 들어오자 노상술은 불문곡직 그녀에게 다가갔다. 그런데 뭐라고 말을 건담? 노상술은 머리에 떠오르는 대로 수작을 붙였다.

"아가씨, 지금 몇 시쯤 됐지요?"

"10시 10분이에요."

(노상술, 자기 시계를 보며) "아이구, 내 시계도 10시 10분이네. 이렇게 신기할 수가…. 우리 차나 한 잔 할까요?"

"뭐라구요?"

"엄청난 인연 아닙니까? 히히."

"그럼 아저씨, 어느 동네에 사세요?"

(일이 잘 되나 보다 싶어 흥분에 들뜬 채) "네, 저 잠실 삽니다."

"안되겠네요. 인연이 아니에요. 저는 돈암동 살거든요. 안녕히 가세요. 호호."

뭐 이런 식이었다.

하지만 그토록 명랑한 노상술로서도 요즘엔 무언가 허전하다. 해가 바뀌면서 29세. 어느새 노총각 대열에 들어선 노상술은 만방기원의 양대 주역으로 군림해 온 성희룡과 변덕수가 너무도 부러웠다. 성희룡은 지난 주 오나랑 양과 결혼식을 올렸고, 보름 뒤엔 변덕수와 서봉숙도 웨딩마치에 함께 발을 맞출 모양이다.

알 수 없는 허전함에 휩싸일 때마다 의존한 것이 술이었지만 그것만으론 아직도 부족했다. 그 '모자라는 2%'를 채워준 것이 바로 인터넷 대국이었다. 컴퓨터 속엔 사람이, 대화가, 그리고 얼굴 모르는 인간끼리의 교감이 있었다. 그는 차가운 모니터 속의 저류(底流)를 흐르는 더운 피에 몸을 담그며 새로운 환상의 세계를 비행하곤 했다.

그렇다면 노상술은 인터넷 바둑 ID로 어떤 이름을 쓸까. 이게 또 상식의 허를 찌른다. 이 투박한 사나이의 대화명은 '꽃님이'다. 참 이것이야말로 인터넷 익명성의 횡포 중에서도 최고 수준이다. 대화명이 암시하듯 그는 사이버상에서 여자 행세를 하고 있다.

이유는 간단하다. 남자 아이디를 쓰는 것보다 훨씬 재미있기 때문이다. 그 전에 애용했던 '술집사위'로는 하루종일 앉아 있어봐야 대국신청이 5건을 넘지 않았었는데, 아이디를 바꾼 즉시 수십 명이 떼거리로 몰려드는 쾌감이 꽤나 쏠쏠했다.

통신바둑을 수백 판 소화하면서 노상술은 자기처럼 여성행세를 하는 접속자가 적지 않음을 간파했다. 여성적 아이디로 들어오는 사람의 비율은 전체의 약 1할쯤 될까. 하지만 나를 속일 수는 없지. 노상술은 그들의 기력과 대화기법, 말투 등을 종합할 때 진짜 여성은 다시 그중의 1할 정도에 불과한 것으로 짐작하고 있다.

어차피 대국 틈틈이 심심풀이 삼아 잡담을 곁들일 뿐이니 남자건 여자건 무슨 상관이랴. 또 상대가 이쪽을 진짜 여자로 알건 말건 그 역시 전혀 문제될 게 없다. 그래서 노상술은 밤 11시가 넘으면 분단장하고, 입술연지 바르고, 예쁜 한복 차려입고 다소곳하게, 약간은 들뜨기까지 한 기분으로 사이버 공간에 사뿐히 버선발을 들여놓곤 했다.

꽃 님 이 와 벼 락 부 자

노상술, 아니 '꽃님이'가 입장하기만 하면 귀신같이 알고 부리나케 달려오는 녀석도 있다. '벼락부자'인가 뭔가 하는 아이디를 쓰는 얼빠진 놈이다. 이 녀석은 정말 노골적이다. 바둑은 두는 둥 마는 둥, 그저 만나달라고 어떻게나 매달리는지 치마폭이 다 찢어질 지경이다. 지가 무슨 로또 복권이라도 당첨됐는지, 그래서 얼마나 떼돈을 횡재했는지 모르지만 참 한심한 녀석 아닌가.

노상술은 종종 막걸리를 병째로 나발 불면서 컴퓨터 대국에 임하기도 한다. 그로선 천하의 두 가지 취미를 동시에 만족시키는 절묘한 앙상블이다. 벼락부자 그놈이 만나달라고 치마폭에 매달릴 때마다 노상술은 김치 한 점을 쭉 찢어 입에 넣고 어적어적 씹다가, 수염에 묻은 술을 손으로 쓱 한 번 닦고는 긴 트림과 함께 답변을 보내곤 했다.

"아이, 벼락부자님. 모르는 남자분을 바깥에서 어떻게 만나요. 저는 아직 그런 거 모를 나이에요. 호호."

그러던 어느날이었다. 처음 보는 대화명으로부터 대국제의가 왔다. '은하수류'. 급수는 4급. 그렇다면 이쪽의 정선(定先)이다.

바둑 두자는데 마다 할 이유가 없지. 노상술은 각자 10분에 30초 3회로 대국신청을 수락했다. 초반 몇 수를 교환하면서 노상술은 상대방이 어떤 사람일까 궁금해졌다.

'은하수류'? 참 예쁜 대화명이다. 아이디만 봐선 여자일지도 모른다. 우주류가 있는데 '태양계류'나 '안드로메다류', '블랙홀류' 같은 게 왜 없는지 궁금하던 차였다. 하다못해 '별똥별류' 정도는 등장할 때가 되지 않았는가.

　바둑은 이렇다 할 큰 싸움없이 서로 모양 대 모양 바둑으로 흘러갔다. [장면 1도] 흑을 쥔 노상술의 우세 속에 종반에 돌입한 모습.
　흑 ▲의 곳에 놓으며 노상술은 이 바둑을 무난히 이겼다고 생각했다. 백은 아마도 [1도] 1로 뛸 텐데, 계속해서 [2도]의 수순으로 촉촉수에 걸린다. [3도] 흑이 자칫 1에 먼저 단수치는 것은 2로 이어서 패(覇). 이런 실수를 범할 정도로 내가 약한 바둑은 아니지.
　노상술이 의기양양해 있는 순간 [4도] 백 1이 놓였다. 자세히 보니 이건 백을 차단하는 수가 없다. 속단한 것이다. 좌상귀쪽 흑이 몽땅 잡혀선 바둑은 백의 승리로 끝났다.

〔장면 1도〕

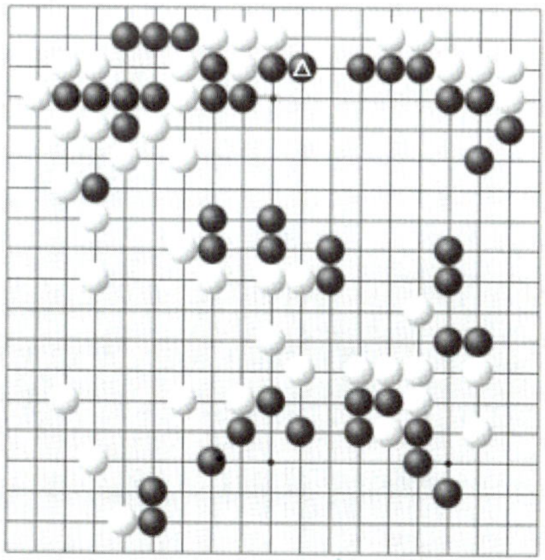

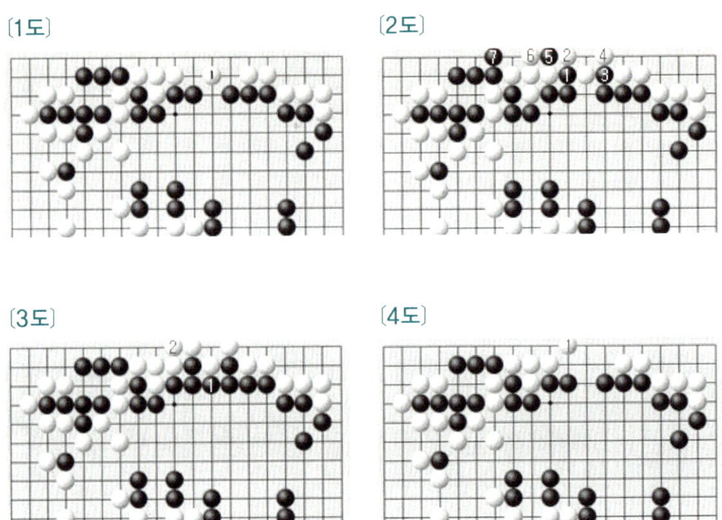

〔1도〕 〔2도〕

〔3도〕 〔4도〕

　행마의 운석(運石)이 부드러운 걸로 봐서는 진짜 여자일지도 모른다. 하지만 여성의 바둑이 남자들 뺨치게 거칠다는 게 정설이니 그것만 봐선 알 수 없다. 전체 접속자의 1할이 여자 ID, 다시 그 중의 1할만이 진짜 여성이란 노상술의 계산법은 아직 변하지 않았다.

　부쩍 호기심이 생긴 그는 대화를 통해 '성 감별'을 실시키로 했다. 단, 여기서 주의할 것은 노상술 자신의 현재 신분이 어디까지나 그 이름도 아름다운 '꽃님이'임을 잊어선 안된다는 것이다. 이걸 깜빡했다간 몽창 산통이 깨져버린다.

“은하수류님. 바둑이 참 강하시네요.”

“아이, 아니에요. 꽃님이님이 실수하시는 바람에….”

“은하수류님, 혹시 여자?”

“네. 꽃님이님도?”

“맞아요. 1년 넘게 이 사이트에 들어왔지만 같은 여성끼리 둔 건 처음이네요.”

“저도 그래요. 너무 반가워요.”

“우리 종종 대국해요. 은하수류님 바둑 너무너무 멋지다!”

그날은 그걸로 일단 끝났다. 컴퓨터를 끄면서 노상술은 피식 웃었다. 웃기는 놈, 여자 좋아하네. ‘은하수류’ 그 친구는 남자임이 분명했다. 나같은 미모의(!) 여성 접속자를 사냥하러 들어온 것만 봐도 알 수 있다. 제가 진짜 여자라면 숱한 남자들을 놔두고 같은 여성에게 대국을 신청할 리 있겠는가. 노상술은 그 ‘녀석’을 인터넷에서 또 만나면 확실한 증거를 잡아재꼈다고 혼자 다짐했다.

이튿날, 노상술은 가게도 들르지 않고 아침 일찍 만방기원으로 직행했다. 이른 시간이면 터줏대감 노릇을 해온 변덕수도 결혼준비로 바쁜지 안보인다. 노상술은 컴퓨터를 켰다. 숱한 바둑꾼들이 아침부터 허공 이곳 저곳서 박터지게 싸움판을 벌이고 있다. 자신의 대화명 ‘꽃님이’가 뜨기 무섭게 ‘벼락부자’가 달려왔다.

이그 지겨운 놈. 노상술은 꼼짝없이 사로잡힌 몸이 됐다.

“꽃님 씨, 안녕하세요?”

“아, 안녕하세요. 벼락부자님.”

“꽃님 씨, 우리 내기 한 번 해요.”

“어머, 전 내기라곤 안 해봤는데… 무슨 내기를 하죠?”

“무슨 소릴 해도 안만나 주시니…. 바둑 둬서 나한테 지면 한 번 만나줘요.”

“어머나!”(미친 녀석, 놀고 있네. 슬슬 본색을 드러내기 시작했군)

“그대신 제가 지면 앞으론 절대 보채지 않을게요. 할 거지요?”

꽃님이, 아니 노상술은 잠시 생각에 잠겼다. 상대인 벼락부자는 6급으로 자신보다 하수다. 이것은 매번 징그럽게 감겨오는 그와 절연(絶緣)할 수 있는 좋은 기회가 아닌가. 만에 하나 내가 져서 그를 만난다고 해도 크게 손해날 것은 없다. 저쪽이야 놀라 자빠지겠지만, 그건 제놈의 자업자득일 뿐이다. 꽃님이는 마침내 수락단추를 눌렀다.

바둑이 시작됐다. 백을 쥔 노상술은 외곽을 두텁게 쌓았다.

[장면 2도]의 모습인데, 중앙 흑 4점이 어디 가겠느냐고 생각하는 순간 흑 ◓가 놓였다. 그런 썩은 새끼줄 같은 수로 호랑이를 묶겠다고? 노상술은 비웃음과 함께 [1도] 백 1로 움직여 나갔다. 그러나 이게 웬 비극인가. 4까지, 순식간에 썩은 새끼줄에 걸리고 말았다. [2도] 백 1 역시 잡히는 건 마찬가지. 백의 유일한 탈출수단은 [장면 2도] 백 A의 곳으로, 그곳이 필쟁의 급소였다. 그걸 놓쳐선 백이 이 바둑을 이길 수 없었다.

꽃님이와 벼락부자

〔장면 2도〕

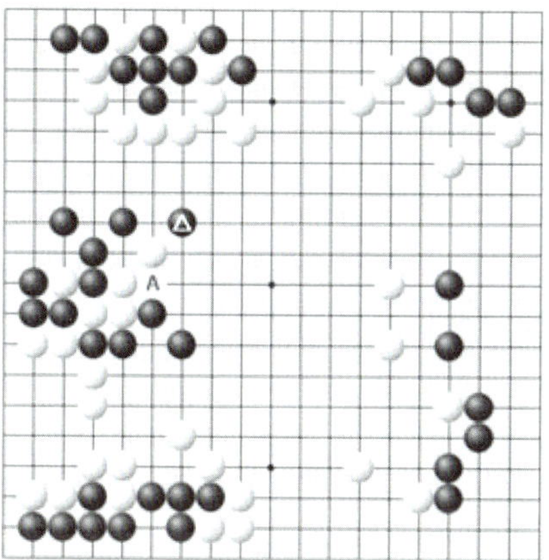

〔1도〕   〔2도〕

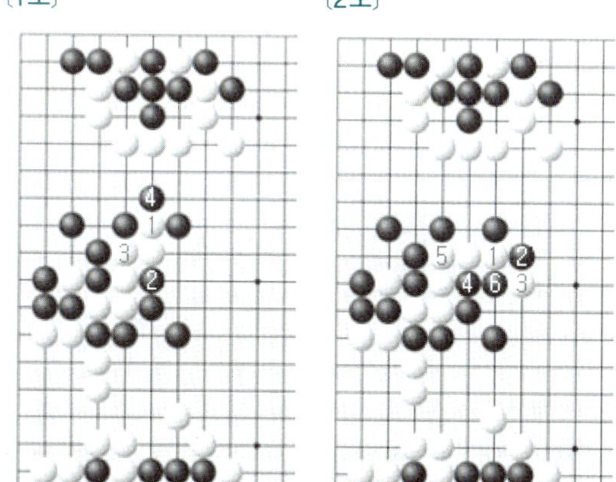

꽃 님 이 와   벼 락 부 자

"꽃님 씨, 고마워요. 만나뵐 기회를 허용해 해주셔서."

"헉!"

"언제 시간이 되시지요? 꽃님 씨 일정에 제가 맞출게요."

싫지만 약속은 약속이다. 까짓거, 돈푼깨나 있는 놈 같으니 술이나 진탕 얻어먹고 떼버리면 그만이다. 여자인 줄 알고 집적였었는데 남자란 걸 알면 너털웃음 한 번 웃고 털어버리겠지. 노상술은 벼락부자와 만날 시간과 장소를 정했다.

본업인 액세서리 가게를 잠시 다녀온 노상술은 다시 불이나케 컴퓨터를 켰다. 그리고 은하수류를 찾았다. 그는 대국중이었다. 끝나길 기다려 말을 걸어본다.

"은하수류 님, 빚 받으러 왔는데요?"

지난 번 패한 것을 설욕하겠다는 뜻이다.

이내 "아, 꽃님 씨!" 하고 뜨더니 "좋지요" 한다. 은하수류가 노상술의 도전을 받아들인 것이다.

바둑은 시종 일진일퇴. 마지막 순간 상대의 실수로 혹을 쥔 노상술이 2집을 남기는 것으로 끝났다.

"꽃님 씨, 축하해요 ·_·."

"네. 감사해요."

"빚도 갚았는데, 뭐 없어요?"

"?"

"하다못해 뭐 차라도 한 잔 대접하셔야….."

이 자식도 드디어 시커먼 털이 숭숭 달린 말 다리(馬脚)를 드러내는군. 은하수류라는 예쁜 이름으로 치장했지만 남자임이 분명해졌다. 튀어나온 목젖 위로 매일 턱주걱에 시퍼런 면도칼 공세를 면할 길 없는 녀석이, 꽃님이란 여자 이름으로 포장된 노상술의 정체도 모르고 유혹하고 있는 것이다. 까짓거 한 번 만나보는 거지 뭐. 노상술은 곧바로 O.K. 사인을 보냈다.

장난기가 발동한 김에 이번 주 토요일 오후 2시, 서초동의 G카페로 정해버렸다. 바로 벼락부자와 만나기로 한 같은 시간, 같은 장소다.

날 만나면 녀석들은 어떤 표정을 지을까. 주말이 다가오면서 노상술은 어린 시절 선생님들을 골려주던 악동(惡童)으로 돌아간 듯 유쾌한 기분에 빠졌다. 녀석들을 한자리에 모아놓고 말하리라. 내 장난이 지나쳤다면 용서하라고. 하지만 은하수류에겐 용서를 빌고 자시고 할 것도 없다. 그놈은 나와 똑같은 '여장남자' 일 테니. 그야말로 이것도 인연이니 우리 셋이 함께 좋은 친구가 되자고 제안해야지. 술은 아마도 벼락부자가 사지 않겠는가.

두 놈 모두 이쪽과는 일면식도 없다. 그런데도 만나기로 한 장소는 실내가 꽤 넓은 영업장이다. 노상술은 각자에게 접선방법(?)에 관한 지령까지 내려놓았다. 은하수류에겐 오청원 전집을 탁자 오른쪽에 놓으라고 했고, 벼락부자에겐 이창호의 신간 중 아무거나 가져나와 탁자 왼쪽 모서리에 놓아두라고 했다.

그리고 꽃님이 자신은 한 5분쯤 늦을 수도 있다는 양해도 구해놓

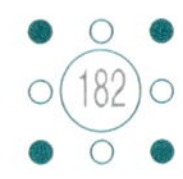

았다. 2중으로 약속을 한 자신이 두 사람보다 먼저 나가 대기하긴 곤란할 것 같아서였다.

약속한 날이 왔다. 노상술은 한껏 게으름을 부리다 부스스한 머리칼 그대로 수염도 안 깎은 채 약속장소로 향했다. G카페 안 넓은 홀엔 좌석이 절반쯤 차 있었다. 오후 2시 3분이다. 탁자 모서리에 바둑책을 놓고, 멋진 아가씨가 앞에 와 앉아줄 것을 기다리고 있는 얼빠진 놈팽이 두 놈을 찾아라. 노상술은 장내를 죽 훑었으나 그런 표정의 남자는 쉽게 눈에 띄지 않았다.

이것들이 아직 안왔나? 노상술은 다시 후문 쪽을 향하다가 멈칫했다. 한쪽 구석에 오청원 전집이 보였다. 그 바로 옆좌석 테이블에 '이창호의 신수' 도 눈에 들어온다. 이것들이 하필 붙어앉아 있군. 아! 그런데 이게 웬 일인가. 두 사람 모두 여자였다. 그것도 한눈에 호감을 주는 미인들이다. 오청원은 긴 생머리에 계란형 얼굴을 한 청순 가련형이고, 이창호는 또렷한 이목구비에 활동적인 인상을 주는 생기발랄형이었다. 노상술은 잠시 현기증을 느끼며 쓰러질 뻔했다. 이게 도대체 어떻게 된 노릇이람.

'다음수' 를 찾지 못한 채 괜히 화장실을 들락거리며 시간을 보내던 노상술은 끝내 카페에서 뛰쳐나왔다. 1명도 아니고 2명을 속인데다, 그 둘이 모두 미녀란 점이 순박하기 짝이 없는 그를 당황하게 만든 것이다. 그 판에 끼어들어 둘도 아닌 셋의 얽힌 관계를 어떻게 수습할지 도저히 자신이 없었다. 그나저나 기가 막힐 노릇이다. 은하수류가 여자인 거야 뭐 그럴 수도 있지만, 도대체 벼락부자처럼 '남장여자' 가 있는 줄은 꿈에도 몰랐었다.

노상술은 카페를 탈출하자마자 가게에 들러 인터넷으로 바둑사이트에 접속했다. 그리곤 대국실 게시판에 두 사람 앞으로 자신의 진짜신분을 밝힌 뒤, 사과편지와 함께 이메일 주소를 남겨 놓았었다. 답장은 그날밤 벼락부자로부터만 왔다. 여자라고 속이고, 바람까지 맞힌 노상술의 죄상에 비춰 그녀의 답장은 의외로 관대했다.
그 글은 이렇게 시작되고 있었다.

꽃님 씨. 아니 참 노상술 님이라고 하셨지요? ^ ^ 이젠 피차 의문이 풀려 후련하네요. 성별을 속인 것은 님이나 저나 마찬가지이니 너무 미안해하지 마세요. 다만 바람맞힌 죄는 언젠가 물을 테니 각오하세요 ;;.
제가 남자 대화명으로 행세한 것은, 아마도 님이 여자 대화명을 사용하시는 이유와 흡사할 것으로 짐작됩니다. 여자 아이디에 많은 남자들이 몰려드는 게 싫었어요 ㅜ_ㅜ. 거꾸로 남자 명을 쓰면서, 남자임이 거의 확실한 '여자' 들을 놀려먹는 게 훨씬 즐거웠습니다. 님도 제 그물에 걸려든 거죠 ^ ^;.
저는 그날 약속장소에서 은하수류님과 함께 맥주 한잔 같이하며 님을 안주삼아 즐거운 시간을 보냈습니다. 사실은 은하수류님도 원래 제 포로였거든요. '벼락부자' 란 제 대화명에 눈이 멀어 이번

의 우리처럼 만날 약속을 했었고, 만나서 자초지종을 알게 된 뒤
배꼽이 빠져라 웃곤 서로 친구가 됐던 겁니다. 세상은 참 재미있
지 않아요? ^O^

노상술은 그날밤 컴퓨터도 꺼 버린 채 빈 방에서 혼자 코가 비뚤
어지도록 술을 펐다. 이런 경우 술마저 안 마신다면, 노상술이란 그의
이름이 너무 아깝지 않았겠는가.

15

용궁에서 만난 소녀

도대체 요령부득이었다. 이기란 뜻인지, 이기면 절대 안된다는 얘기인지. 이쇠돌 소년은 아직도 오늘 자신이 해야 할 역할에 대한 감이 잡히지 않았다.

거대한 철제대문 앞에 함께 마주 선 오만방 원장은 벌써 몇 번째 "알았지? 잘해야 된다"만을 반복하고 있었다. 그의 훤한 이마는 매운 꽃샘바람이 무색하게도 땀으로 번들거렸다. 만방기원 안에선 대통령 부럽지 않은 오 원장이 이렇게 초조해 하는 모습은 처음 본다. 쇠돌은 자신도 모르게 짧은 한숨을 내뱉었다.

나흘 전이었다. 오만방 씨가 만방기원 사환 겸 보조사범인 쇠돌이를 불렀다. 비록 스무 살도 채 안된 나이지만 쇠돌이는 만방기원과 만방 어린이교실을 통틀어 최고수다. 한국기원 연구생 1, 2조를 오가는 소년 강자들과 호선으로 대등하게 맞서는 바둑이니, 웬만한 프로들과 견주어도 손색없는 실력이다. 땀을 뻘뻘 흘리며 물걸레로 바둑판을 닦고 있던 쇠돌이 뛰어올라 갔을 때 오 원장은 비장한 목소리로 말했었다.

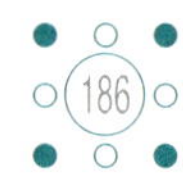

"네가 바둑을 좀 두어줘야겠다."

바둑 두는 게 뭐 그리 어려운 일이람? 하지만 그날 오 원장의 주문은 그렇게 간단치 않았다. 대여섯 점 정도 하수와의 지도바둑이라고 운을 떼더니, "상대는 어떤 게임이건 지면 못 견디는 성격인 만큼 절대로 자존심을 짓밟아선 안된다"고 했다. 그럼 져주란 말씀이군.

쇠돌은 그렇게 받아들였으나 곧바로 단서가 붙었다. 일부러 져주는 기미가 보이면 불벼락이 떨어지는 성격이니, 일단 자신의 실력을 최대한으로 발휘하라는 얘기였다. 표나게 져주려면 차라리 이기는 편이 낫다고도 했다.

쇠돌이는 혼란에 빠졌다. 최대한 실력을 발휘하는 건 뭐고, 표나게 지면 안되는 건 또 뭔가. 도대체 상대가 누구기에 원장님이 그렇게 쩔쩔 매실까. 그 궁금증은 어린이교실 강수만 사범에 의해 곧 풀렸다. 상대는 만방기원과 만방 바둑교실이 입주한 건물의 주인이라고 했다. 그가 수십억 원대의 엄청난 재력가란 소문은 쇠돌이도 들은 적이 있다.

"오 원장님이 난처해지셨다더라. 이 일대 임대료 시세가 얼마 전에 껑충 뛰었거든."

강수만 사범이 어두운 표정으로 말했다.

약속했던 날이 밝았다. 오원장은 버스 안에서 띄엄띄엄 저간의 사정을 털어놓았다.

"송 회장이 내게 프로기사 1명을 소개해 달라고 하기에, 프로 못지않은 실력자가 있다고 했지. 너를 떠올리면서."

송 회장은 "프로에게 여섯 점이면 진 적이 없으니 넉 점으로 두겠다"고 했고, 만방 씨는 불쑥 "아마 여섯 점으로도 못 이기실 겁니다"고 해버린 모양이었다. 그랬더니 송 회장은 언짢은 표정으로 "어떤 친구인지 얼굴이나 한 번 보자"고 하더란다. 오 원장으로선 쇠돌이의 뛰어난 솜씨도, 그리고 송 회장의 기분도 모두 소중해진 것이다.

"너와 네 주변 모든 사람들이 골고루 보람을 느끼도록 잘 두어야 해. 무슨 말인지 알겠지?"

알기는 무얼 아느냐. 쇠돌이는 골치가 지끈지끈 아파왔다. 인생을 많이 살아보지는 않았지만 이런 경우는 또 처음이었다.

상대가 누구건 작살내라는 주문은 언제건 환영이다. 이창호나 조훈현, 뭐 그런 사람인지 귀신인지 모를 초일류들만 빼놓곤 어지간한 강자들과는 죽기 살기로 뒹굴 자신이 있었다. 한데 이거야 무슨 퍼즐게임도 아니고, 도대체 어떻게 하라는 얘기인지 암만 생각해도 답이 안나왔다.

잠시 기다리고 있으려니 스르륵 소리와 함께 육중한 철문이 열렸다. 오만방 씨와 이쇠돌 군은 마치 무슨 죄를 짓고 연행당하고 있는 듯한 착각 속에 집 안으로 발을 들여놓았다. 집사인 듯한 남자의 안내를 받아 안채로 향하는 동안 두 사람은 거의 삶은 파쪽처럼 기가 죽었다.

그것은 하나의 성채(城砦)요, 요새였다. 풀장에다 테니스 코트도 보였다. 정원 이곳 저곳을 점령한 기암괴석들은 거대한 연못과 어울려

마치 금강산을 펼쳐놓은 듯 웅장한 위용을 자랑하고 있었다.

거실은 또 하나의 별세계였다. 넓은 홀은 아늑하면서도 장엄했다. 값비싼 미술품과 장식들이 벽면을 온통 뒤덮고 있었고 바닥은 휘황한 대리석으로 번쩍였다. 발을 들여놓던 오만방 씨가 미끄러지려는 걸 쇠돌이가 간신히 일으켜 세웠다. 그 순간 어떤 시선(視線)을 느낀 쇠돌이 흠칫 고개를 쳐들었다.

소녀였다. 쇠돌이보다 서너 살쯤 어릴까. 휠체어에 몸을 실은 채 그녀는 호기심 가득한 눈으로 방문객들을 응시하고 있었다. 그 새카만 눈동자에서 쇠돌은 언젠가 여름밤 동쪽 하늘에 박혀 숨막히게 반짝이던 샛별의 기억을 떠올렸다.

잠시 후 인기척과 함께 거구의 사나이가 성큼 들어섰다. 송 회장이었다. 70이 멀지 않아 보이는 나이. 그러나 피부는 윤기로 반질거렸고, 형형한 눈빛은 상대방을 빨아들일 듯 강렬했다.

오 원장이 황망히 일어나 허리를 깊이 꺾었으나 송 회장의 눈길은 쇠돌이를 향했다.

"자네가 말하던 프로급 실력자란 사람이 이 아이인가?"

입꼬리에 걸린 비웃음이 노골적인 경멸이란 걸, 쇠돌이라고 못 알아챌 리 없었다.

송 회장은 자리에 앉더니 일방적으로 대국규정을 선포했다. 칫수는 오원장의 체면을 보아 6점으로 하되, 지도료는 혹이 이길 경우엔 한

푼도 주지 않는다. 대신 백이 이길 경우엔 한 판당 100만 원을 지급한다. 그는 이의 있느냐는 듯 두 사람을 번갈아 노려보더니, 흑돌이 담긴 통을 당겨다 천천히 6점을 깔았다. 위압적인 자세였다.

100만 원이라면 제 아무리 대부호 소리를 듣는 송 회장으로서도 적은 액수가 아니다. 아직 스무 살도 안된 일개 아마추어에게 그것은 파격적 지도료였다. 그러나 6점을 접고도 자신을 이길 수 있다면 그 정도 포상은 받을 자격이 충분하고, 그 반대의 경우는 무리한 칫수로 헛수고를 시킨 셈이니 한푼도 줄 수 없다는 메시지였다.

송 회장의 속뜻을 읽은 오만방 씨는 소름이 오싹 끼쳤다.

흑은 초반부터 난전을 유도해 왔다. 6점이나 깔았으니 혼 좀 나 보라는 투였다. 아마추어 2단가량 될까. 이 정도 실력이면 쇠돌이로선 최고 9점까지 올려본 경험이 있다. 특히 하수가 난타전 초식으로 나오면 백의 입장에선 훨씬 편해지는 법이다. 송 회장은 거칠고 부정확하긴 해도 제법 힘이 실린 펀치를 던져왔다. 쇠돌이는 묵묵히 바둑돌을 판 위에 메워나갔다.

중반전. 좌상귀 일대 접근전에서 백은 숫적 열세를 극복하며 흑의 무리한 공격을 맞받아쳐 수상전 형태를 만들었다. 이제 패 아니면 빅 두 가지 길이 보인다. 어느쪽 수단을 택할까. 쇠돌이는 잠시 전판을 훑어보았다. 패가 되면 하변쪽에 절대 팻감이 많은 백이 단숨에 승기를 잡을 수 있다.

손을 뻗어 패를 막 집어넣으려 하는 순간이었다. 오만방 씨가 갑자기 해수병에라도 걸린 듯 큰소리로 기침을 해댔다. 놀란 쇠돌이가 손을 멈추고 그쪽을 바라보았을 때, 만방 씨의 동공은 알 수 없는 불안감과 초조함으로 흔들리고 있었다.

이런 바둑은 난생 처음이다. 쇠돌이는 극심한 혼란을 느끼며 끝내기에 착수했다. 종반 돌입 무렵 열댓 집은 앞서 있던 흑이 계속 손해를 보아 이젠 아주 미세해졌다. 좌상귀는 그냥 두어도 빅, 흑 한 점을 백이 따내도 빅이다. 후자의 경우 바둑은 백의 1집 승이다. 그러나 쇠돌이는 흑돌을 따내지 않은 채 종국을 선언했다. 만방 씨의 어두운 얼굴도 마음에 걸렸거니와, "백이 이길 때만 지도료를 준다"던 송 회장의 선언에 갑자기 반발심이 인 것이다. 집을 지어보니 바둑은 과연 무승부로 끝나 있었다.

돌을 쓸어담는 동안 만방 씨의 한숨소리가 쇠돌의 귀에까지 들린다. 안도의 한숨일까, 아니면 아쉬움 때문일까. 뭐가 석연치 않은지 연신 고개를 갸웃거리던 송 회장이 반상에 다시 흑돌 6점을 늘어놓는다. 마치 자신의 부하를 대하듯, 무언의 동작으로 또 한 판을 '지시' 한 것이다. 쇠돌이는 내키지 않았지만 송 회장의 재도전을 감히 거절할 수 없었다.

두 번째 판은 전혀 딴 스타일로 진행됐다. 송 회장은 싸움을 피하면서 외곽을 돌았다. 지키면 네가 6점의 위력을 어찌 당하겠냐는 투였

다. 이런 경우가 상수의 입장에선 약간 피곤한 게 사실이다. 그러나 쇠돌이에겐 그게 문제가 아니었다. 이 판은 또 어떻게 마무리지어야 하나. 이겨도 되는지, 그래선 안되는 것인지 여전한 혼란 속에서 쇠돌이는 그저 담담하게 판의 균형을 유지해 나갔다.

바둑을 두는 사람이면 누구건 상대 또는 상황에 따라 굳이 이기고 싶지 않았던 경험을 한두 번쯤 갖고 있다. 묘한 것은 그런 경우일수록 오히려 수가 더 잘 보인다는 점이다. 하지만 이쪽에서 아무리 승부차를 조정하려고 자비심을 베풀어도, 상대가 '각본' 과 다르게 자꾸 손해를 보면 뜻을 이루기 어렵다. 실력차가 크면 클수록 더 그렇다.
따라서 바둑의 승부조작이란, 일정 수준에 오른 두 사람이 빈틈없는 공조(共助) 아래 손발을 척척 맞추지 못하면 원칙적으로 성립할 수 없는 법이다.

바둑은 거의 끝나가고 있다. [장면 1도] 백이 △에 지킨 상황. 그렇게 당해왔으면서도 흑이 아직 10집은 족히 앞선 국면이다. 여기서 송 회장이 [1도] 1로 젖혀왔고, 백은 2로 늦췄다. 이곳을 [2도]처럼 처리했으면 흑은 넉넉히 이겼을 것이다. 이렇게되자 백에게도 희망이 보인다. 까짓거 바짝 졸라서 이겨버릴까. 아까부터 똥 마려운 강아지 모습인 오 원장을 보면서, 쇠돌은 좀 짜증스런 심정이 됐다.

꽃님이와 벼락부자

〔장면 1도〕

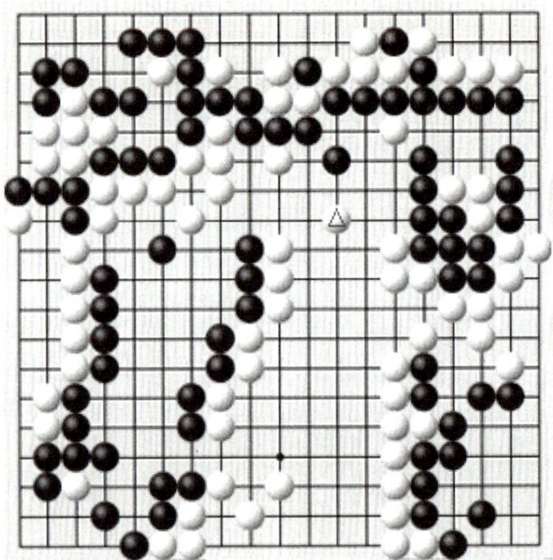

〔1도〕   〔2도〕

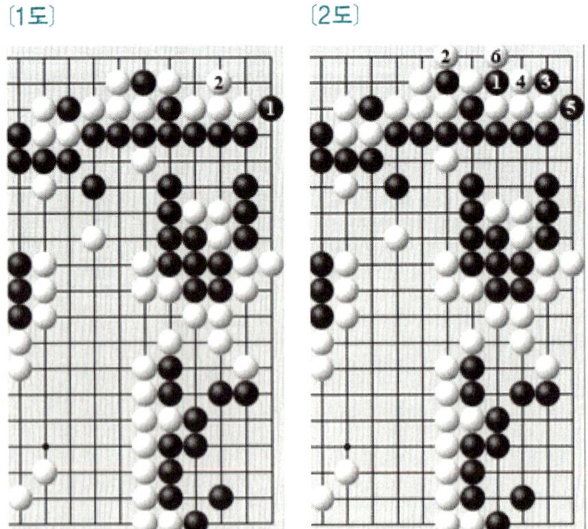

꽃 님 이 와   벼 락 부 자

　백이 [장면 2도] ◬ 에 끼우자 흑은 겁도 없이 1에 바로 받는다. 팽팽한 형세라는 걸 송 회장도 의식한 모양이다. 음, 여기서 끝내줘야겠군. 쇠돌이는 결단을 내렸다. [1도]처럼 요리조리 이용하면 흑이 이길 수 없다. 물론 패로 버티는 맛은 있지만 흑은 그만큼 부담스럽다.

　쇠돌이가 집행을 하러 손을 막 내미는 참이었다. 그 순간 방문이 열리고 휠체어 한 대가 미끄러져 들어왔다. 아까의 그 소녀였다.

　그녀의 새카만 눈동자와 시선이 마주친 순간, 쇠돌이는 갑자기 낙뢰라도 맞은 듯 뻗었던 손을 회수했다. 그리곤 [1도] 백 1의 단수 대신 A의 곳에 얌전히 이어 흑 B와 교환했다.

　알 수 없는 일이었다. 송 회장을 짓밟아 주겠다던 조금 전의 생각이 갑자기 봄눈처럼 사그라들고 있었다. 이 바둑을 이기면 죄를 짓는 것 같은 생각이 순간적으로 쇠돌이의 뇌리를 때린 것이다. 소녀와 노인이 어떤 관계인지조차 모르면서.

〔장면 2도〕　　　　　　　〔1도〕

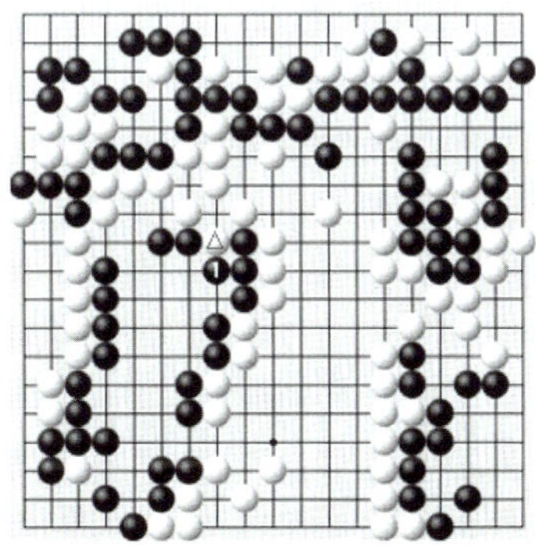
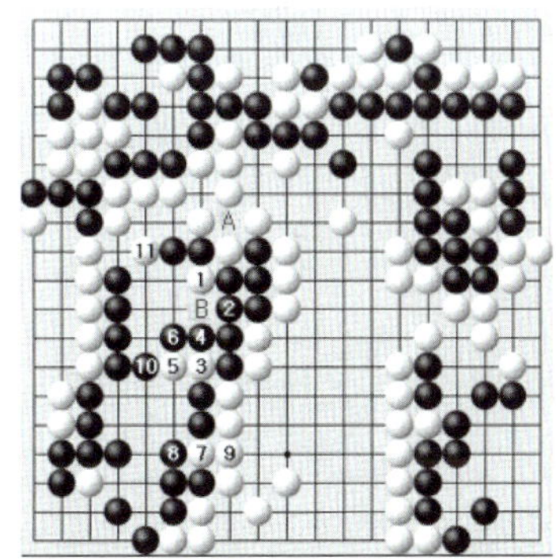

쇠돌이는 또 한 번 화국(和局·무승부)을 만들기로 결심했다.

[장면 3도] 1, 3의 두 집 끝내기를 짐짓 외면하고 A의 한 집짜리를 차지했다. 하지만 이런 눈물겨운 노력에도 불구하고, 앞서 흑의 거듭된 손해 때문에 아직도 백이 1집을 앞서 있다. 더 둘 데도 없으니 백 승도 확정됐다. 송 회장과 오만방 씨가 연신 고개를 갸웃거리고 있는 걸 보면 두 사람은 아직 누가 이겼는지 모르는 눈치다.

〔장면 3도〕

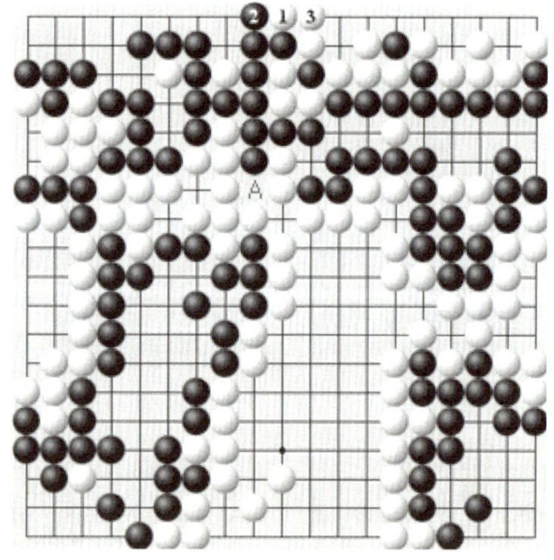

마침내 집이 다 지어졌다. 반면 빅. 백이 한 집 남는 것으로 생각했던 쇠돌이의 계산이 틀린 것이다. 그럴 리가…. 쇠돌이는 잠시 의아한 생각이 들었지만 차라리 잘 됐다고 생각했다. 그 바둑을 패하지 않

왔다는 사실에 송 회장은 매우 흡족한 표정이었다. 오만방 씨는 "연거 푼 무승부는 길조(吉兆)"라며 들뜬 목소리로 외치더니 필요 이상 큰소 리로 웃어댔다.

그때까지 구석에서 종국 장면을 죽 지켜보던 소녀가 휠체어를 밀 며 다가온 것은 바로 그 순간이었다. 바둑판 앞에 이른 소녀는 허리를 굽혀 방바닥에서 무언가를 집어들었다. 그녀의 눈동자만큼이나 새카 만 바둑돌 한 개. 소녀는 흑돌을 판 위에 내려놓으면서 자랑스럽게 말 했다.

"아까 바둑통 뚜껑에 밀려서 떨어진 거야."

수읽기에 열중하느라 아무도 못 봤던 모양이었다. 바닥은 양탄자 여서 쇳덩이가 떨어져도 소리가 안 날 구조다. 소녀는 한참을 깔깔거 리더니 송 회장을 향해 말했다.

"그럼 할아버지가 진 거야?"

100만 원의 '전리품'을 챙겨 돌아오는 길이었지만 만방 씨는 도 통 말이 없었다. 쇠돌이인들 무슨 말을 먼저 걸 수 있으랴. 큰 죄를 지 은 듯한 민망함 속에서 묵묵히 오 원장을 쫓아갈 뿐이었다.

만방 씨의 침묵은 그 다음날까지 계속됐고, 덩달아 쇠돌이도 하 루 온종일 침울했다. 손님들 사이에선 만방기원이 오른 월세를 쫓아가 지 못해 곧 문을 닫을지도 모른다는 소문이 돌기 시작했다.

이튿날 저녁 때 송 회장댁을 찾는 만방 씨의 마음은 비장했다. 그

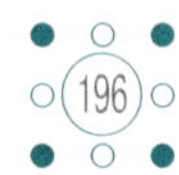

날 아침 비서를 통해 "회장님이 한 번 들르라고 하신다"는 전갈을 받았을 때 만방 씨는 눈앞이 갑자기 캄캄했었다. 올 것이 마침내 오고야 말았군. 스무 살도 안된 일개 아마추어에게 6점으로 한 판도 못이긴 그가, 평소 승벽(勝癖)에 비춰 이번 일을 그냥 넘어가지 않으리란 건 각오한 바였다.

송 회장은 이틀 전보다 더욱 근엄해져 있었다. 그는 만방 씨를 지긋이 꼬나보면서 입을 열었다.
"자네, 요즘 기원은 잘 되나?"
"아 네, 뭐 신통치는 못하지만…. 그런 대로 꾸려가고 있습니다."
"이쇠돌 군이라고 했지?"
"예? 예."
"그 친구를 내 집에 보내게. 1주일에 두 번 정도면 좋겠군."
"?"
"내 손녀딸년이 그 오빠한테 아니면 안 배우겠다는 거야. 올해 들어 바둑공부를 시작하기로 나와 약속했었거든. 허어, 참…."

저택 문을 나설 때 집사가 말했다. 손녀딸은 송 회장의 유일한 혈육이라고. 몇 년 전 교통사고로 외아들 내외를 잃을 때 혼자 기적적으로 목숨을 구했던 소녀는, 거의 외출을 못한 채 할아버지가 손님들과 매번 즐기는 바둑에 막 관심을 쏟기 시작한 참이라고 그는 설명했다.
쇠돌이에 대한 송 회장의 관심도 뜻밖이었다. 그의 주변환경을 시시콜콜 묻던 송 회장은 고개를 끄덕이더니, 앞으로 매달 얼마간의 장

학금을 지원하겠다고 했다. 그 쇠고집 노인이 자존심에 엄청난 손상을 입고도 이런 제안을 해왔다는 게 만방 씨는 좀체 믿어지지 않았다.

버스 좌석에 기대 눈을 감은 오만방 씨는 자신이 마치 용궁을 탈출하는 토끼 같다고 생각했다. 쇠돌이가 후원자를 얻고 재벌집 소녀를 가르치게 됐다는 사실 따위는 그에게 전혀 중요하지 않았다. 그 무서운 '용왕'이 집세 문제를 전혀 언급하지 않은 것이다. 아랫배를 가만히 쓰다듬어 자신의 간(肝)이 제자리에 단단히 붙어 있음을 확인한 오만방 씨는, 버스 승객들이 일제히 놀라 돌아볼 만큼 커다란 소리로 앙천대소(仰天大笑)했다.

16

신혼 변주곡(變奏曲)

왼쪽 볼때기가 다시 욱신거리기 시작하자 성희룡은 잔뜩 얼굴을 찡그렸다. 손거울 속에 드러난 자신의 몰골은 커다란 파스를 붙였음에도 주변에 퍼런 멍자국이 선명하다. 광대뼈 모서리 찢긴 부분은 암만해도 흉터자국을 남길 것 같다. 그나마 장가를 든 뒤니 망정이지, 결혼도 하기 전 얼굴 한복판에 조폭(組暴)처럼 상처가 자리잡았더라면 어쩔 뻔했는가.

사건이 터진 것은 이틀 전 저녁무렵이었다. 그날도 성희룡은 퇴근 후 술과 바둑의 유혹을 감연히 뿌리치고 집으로 직행했었다. 신혼살림을 차린 지 두 달밖에 안된 성희룡이 귀가를 서둘 때마다 주위 사람들은 당연하다는 표정으로 히죽히죽 웃었다. 하지만 그들은 모르고 있었다. 아내를 빨리 보고 싶어서가 아니라, 아내가 무서워서 총알처럼 귀가한다는 사실을.

성희룡이 퇴근길에 시장을 봐다 저녁을 지은 뒤 설거지와 빨래, 청소까지 해치우지 않으면 불벼락이 떨어지곤 했다. 오나랑 그녀는 정

말로 무서운 여자였다.

　여왕 폐하의 손짓에 따라 몸종 성희룡이 커피 포트에 물을 붓던 순간이었으니까 둘이 밥숟갈을 막 놓은 직후였다. 화장대 위에 놓아두었던 성희룡의 휴대전화 벨이 울렸다. 여왕은 흔들의자에 앉아 리모콘으로 TV 채널을 이리저리 돌리던 중이었다. 젖은 손을 앞치마에 대충 훔친 성희룡은 냉큼 달려가 전화기를 열었다. 전혀 짐작이 안가는 발신번호가 떠 있었다.

　여자였다. 그녀는 대뜸 "성희룡 씨 핸드폰이 맞느냐"고 묻는다. 처음 듣는 목소리다.
　"네, 제가 성희룡입니다."
　"어머, 오빠 나야. 나 안보고 싶었어? 호호호."
　"누구… 신지요?"
　"아이 오빠, 벌써 내 목소리를 잊어버렸단 말이야? 나 칼마시 클럽 진아에요. 오빠 참 밉다. 전화번호 직접 적어주면서 꼭 전화하라고 신신당부해 놓고선…."

　사람 환장할 노릇이었다. 칼마시클럽인지 칼맞은클럽인지, 성희룡은 단 한 번도 가본 적이 없었다. 진아란 이름도 생전 처음 듣는다. 도대체가 퇴근 후 득달같이 퇴근하는 판에, 술집이란 곳 자체를 가본 기억이 까마득한 성희룡이다.
　어느새 여왕폐하, 아니 오나랑 양이 코앞에 다가와 있었다. 그녀

신 혼 변 주 곡 (變 奏 曲)

는 팔을 걷어붙인 후 휴대폰을 낚아채더니 상대방 여자를 향해 악을 썼다. 처녀시절엔 전혀 눈치채지 못했었는데 그녀에겐 장모 생불여사 못지 않게 앙칼지고 저돌적인 구석이 있었다. 성희룡은 마침내 진땀나는 단계를 지나 의식마저 몽롱해지기 시작했다. 그건 정말 천재지변보다 더한 끔찍한 변고였다.

바둑용품 제조업자들이 바둑돌 통을 쇠붙이 아닌 나무로 만들어 왔다는 건 얼마나 축복할 일인가. 만약 그렇지 않았다면 아무도 그날 성희룡의 목숨을 장담할 수 없었을 것이다. 오나랑은 손에 잡히는 대로 바둑통 뚜껑을 집어 남편 성희룡의 귀싸대기를 냅다 후려갈겼다. 흉악범에게도 자기변론의 기회는 준다던데 뭐 그런 절차도 없었다.

눈앞에 별이 번쩍 하더니 격심한 통증이 한쪽 뺨을 엄습해 왔다. 성희룡은 정신이 아득해 오는 가운데도, 기회가 주어진다면 앞으로 자신이 이 땅의 여남평등을 위해 한 목숨 제단에 바쳐도 좋다고 각오를 다졌다.

성희룡이 결혼 단 2개월 만에 이렇게까지 된 데는 물론 이유가 있다. 첫째는 두 사람의 성격이다. 성희룡은 7형제 틈에서 엄격하게 자라 복종적 태도가 몸에 밴 반면, 무남독녀 외동딸인 나랑은 뭐든 제 마음대로 하며 성장했다. 게다가 어머니의 피를 받아서 천성이 앙칼진 데가 있었다.

또 하나는 결혼까지 이르게 된 과정이다. 성희룡이 오나랑에게 목을 매다시피 해서 결혼에 골인한 것은 세상이 다 아는 사실이다. 충

성과 복종을 서약할 당시엔 목적달성 외엔 보이는 게 없었는데, 이렇게 까지 놀릴 줄은 정녕 몰랐던 것이다.

그나저나 무슨 변괴였을까. 성희룡은 이번 사건의 배경이 짐작조차 가지 않았다. '진아' 인가 '쥐나' 인가 하는 아가씨는 도대체 일면식도 없는 여자다. 그런데도 내 휴대폰 번호와, 휴대폰 임자의 이름을 정확하게 일치시킨 걸 보면 귀신이 곡할 노릇이다.

이튿날에 가서야 단서의 한 가닥이 잡혔다. 주말을 맞아 모처럼 만방기원에 들렀을 때, 사흘 뒤면 결혼식을 가질 변덕수가 빙글거리며 말을 붙여왔다.

"신혼재미가 어지간한 모양이군. 그런데 자네 웬 얼굴이 그렇게 푸르딩딩한가?"

필생의 라이벌로 부대껴 온 둘은 얼마 전부터 서로 말을 놓는다. 친구가 뇌기로 한 것이다. 결혼 선배임을 늘상 강조하던 성희룡은 우물쭈물할 수밖에 없었다.

"음. 집에서 가구를 옮기다가 좀 넘어졌어."

"저런. 하필 왼쪽 볼때기로 옮겼나보이. 두 팔은 마누라 허리를 안고 있었나 보지? 하긴 몸뚱아리에서 제일 한가한 데가 그곳밖에 없었겠군. 킥킥."

옳다. 이놈이다. 성희룡은 갑자기 머리를 망치로 한 방 얻어맞은 기분이었다. 평소의 장난기로 보아 능히 그럴 만한 녀석이다. 희룡이

신 혼 변 주 곡 (變 奏 曲)

즉각 탐문수사에 들어간 결과 모든 것이 밝혀졌다.

함이 들어가던 날 덕수의 친구들은 함값을 군자금삼아 칼마시 살롱에 쳐들어갔었던 모양이었다. 악동들은 신랑 옆에 가장 예쁘고 활발한 아가씨를 앉혔다. 거기까지야 뭐라고 하겠는가. 그 다음이 문제였다. 그녀가 이름을 물었을 때 잠시 망설이던 덕수는 성희룡의 이름과 전화번호까지 메모해 주더라며, 결혼식 사회를 맡기로 한 덕수의 친구는 전화 속에서 킬킬거렸다. 도대체 얼마나 질펀하게 놀았기에 그녀가 며칠 뒤 코먹은 소리로 전화까지 해 왔겠는가.

희룡은 어금니를 지그시 깨물었다. 이렇게 당하고 그냥 물러난다면 성희룡이 아니다. 왕년엔 그도 학창시절 이름깨나 날리던 개구쟁이 출신이다.

교장 선생과 담임을 한 세트로 골탕먹이는 일도 비일비재했다. "교장 선생님이 찾으신다"고 하면 대부분의 교사들은 뭔 죄를 진 게 그리 많은지, 얼굴이 허예져서 교장실로 뛰어들곤 했다. 담임에겐 "옆반 선생님이었는데 제가 착각했나봐요" 하면 되고, 교장 선생님이 다그치면 "아, 교감 선생님이었던가요?" 하고 둘러댄다. 선생님들은 몽둥이 들고 운동장 끝까지 쫓아오다 웃음과 함께 포기하곤 했다.

마침내 웨딩마치가 플로어에 울려퍼졌다. 변덕수의 결혼식이 시작된 것이다. 순백의 웨딩드레스에 휩싸인 서봉숙 양은 아름다웠다. 깔끔한 턱시도 차림의 변덕수도 이렇게 차려 입혀 놓으니 손색없는 새 신랑이다. 이 친구는 아예 대놓고 입이 쭉 째졌다.

'홍. 막상 가봐라. 고생문이 훤할 테니.'

성희룡은 세상 물정 모르는 새 신랑에게 증오와 연민의 감정을 함께 느꼈다. 사회가 결혼식이 시작됐음을 알리고, 신부입장 행진곡이 울려 퍼지기 시작할 무렵 희룡은 슬그머니 식장을 빠져나왔다. 작전개시 타이밍이다. 신부 대기실은 예식홀 바로 옆에 붙어 있었다.

신부의 친척인 듯한 아주머니가 홀로 대기실을 지키고 있었다. 희룡은 고개를 꾸벅한 뒤 최대한 정중하게 말을 건넸다.

"신랑 친구인데, 신부가 약간 감기기운이 있다고 한다. 신랑의 부탁으로 약을 지어왔으니 신부 짐 속에 좀 넣어주시겠느냐."

아주머니는 사람좋은 미소를 띠며 약 봉지를 건네받더니 신부의 핸드백에 곧장 쑤셔넣었다. 다시 고개를 꾸벅 하고 대기실을 벗어나오는 즉시 희룡은 터지는 웃음을 마음껏 토해냈다.

약 봉지 겉에는 이렇게 씌어 있었다.

증세 : 중증 성병(性病)

환자 이름 : 변덕수

복용법 : 매회 1봉씩. 식후 30분마다 복용할 것.

성희룡은 아침 출근 때 회사근처 약국에 들러 이걸 마련했다. 간장(肝腸) 영양제와 비타민 아홉 알씩을 구입한 뒤 겉봉지 하나를 부탁하니까, 약사는 친절한 미소와 함께 '제중약국' 이라고 찍힌 봉투 한 장을 건네주었다. 아홉 봉으로 나누어 포장해 넣고 겉봉 빈 칸을 채워 넣

으니 이건 누가 봐도 어엿한 조제(調劑) 성병 약이었다.

　　주례를 맡은 구경만 선생이 비장한 목소리로 "검은 머리 파뿌리가 되도록…"을 외치고 있다. 결혼식도 막바지에 왔다는 신호다.
　　제갈길, 김대박, 강수만, 허기진, 노상술 등이 함께 모여 담소중인 틈 사이로 오만방 원장과 생불여사도 보인다. 자기 친자식 장가라도 보내는 듯 뿌듯한 표정들이다.
　　음모를 완성한 성희룡은 시침을 뚝 뗀 채 신랑 변덕수 옆에 서서 사진까지 찍었다.

　　그날밤 8시쯤 됐을까. 제주로 신혼여행을 떠난 덕수로부터 전화가 걸려왔다. 성희룡은 이 녀석이 어떻게 나올까 조금은 긴장하며 센드(send) 키를 눌렀다. 방방 뜰 경우 자신은 전혀 모르는 일이라고 오리발 내밀 참이었다. 뜻밖에도 녀석의 목소리는 밝았다. 그리곤 느닷없이 통신대국을 신청해 왔다. 호텔방에 인터넷이 설치돼 있는데, 갑자기 자네 생각이 나서 한 판 두려고 전화했다는 거였다.

　　이놈이 무슨 수작을 부리는 것일까. 각본대로라면 이미 사단이 나도 크게 나야 옳을 일이었다. 신혼 여행지에 도착한 뒤, 신랑이 성병 약이나 먹고 다니는 사실을 알게 되고도 멀쩡하게 넘어갈 천사급 신부가 도대체 이 세상에 존재하겠는가. 하지만 이쪽에서 먼저 궁금증을 표시할 수는 없는 노릇이다. 설거지도 마쳤고, 아직 빨래걷기엔 이른 시간이니 한 판 상대해 주는 건 어렵지 않다. 여왕마마는 시종(侍從) 따

신혼 변주곡(變奏曲)

위는 안중에도 없다는 듯 저쪽에서 TV 드라마에 빠져 혼자 낄낄거리고 있었다. 희룡은 인터넷을 켜 변덕수와 접속했다.

바둑은 성희룡의 흑번. 덕수란 놈은 오늘따라 바둑이 시원시원하다. 탁트인 바닷가를 바라보며 꿀맛같은 신혼여행을 보내고 있어서 그런가. [장면도]까지 진행된 상황이다.

〔장면도〕

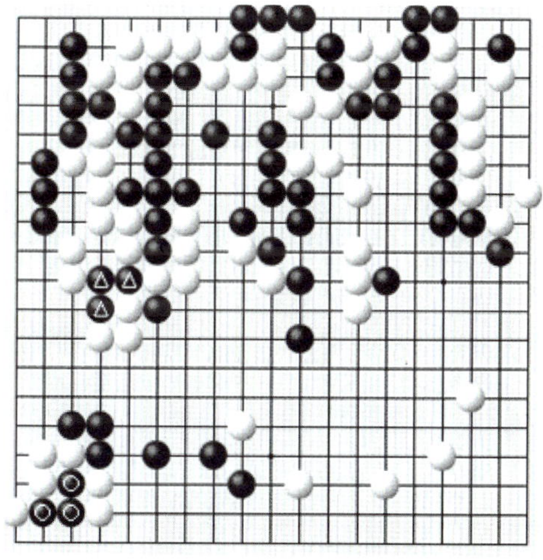

신 혼 변 주 곡 (變 奏 曲)

초점은 흑 ▲ 석점. 잡힌 듯 보이지만 ◉ 석점과 연관돼 아직 뒷맛이 있다. 흑 ▲ 이 생환하는 날엔 윗쪽 백 포위망이 오히려 잡히게 된다. 희룡은 마침내 [1도] 흑 1을 선수한 후 3으로 움직여나갔다. 백의 응수는 4.

성희룡은 계속해서 [2도] 1 이하 4까지 된 뒤 5로 단수쳤다. "짜식, 혼 좀 나봐라" 하는 기분으로.

〔1도〕 〔2도〕 〔3도〕

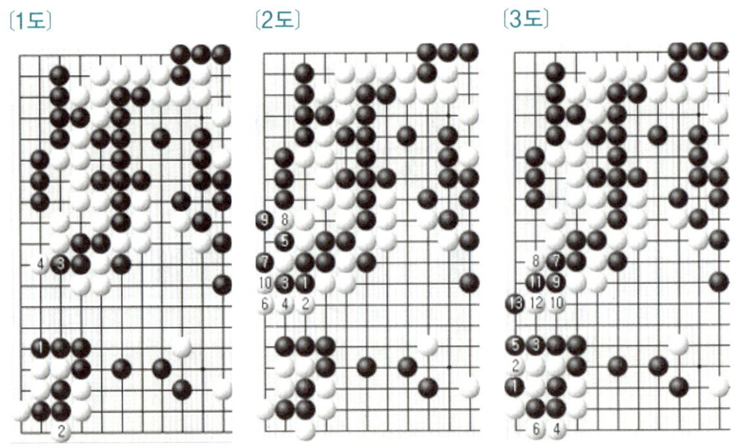

하지만 백이 6으로 1선에 빠지자 아찔해졌다. 백 7을 허용해선 못견디므로 일단 7에 때렸는데, 10까지 순식간에 촉촉수에 걸려버린 게 아닌가. 그걸로 바둑은 끝이었다.

어쩔 수 없이 패배를 인정하는 순간, 변덕수가 기어이 골을 질러왔다. '참고도 기능' 을 가동해 [3도]를 띄우더니 문자로 이렇게 말해

온 것이다.

　“애당초 흑 1로 먹여쳐 5까지 선수했으면 백이 망할 뻔했어. 13
으로 건너가게 되잖아 ? 크크크 ·_· ”

　성희룡으로선 제꾀에 제가 넘어간 꼴이었다. 당하는 김에 연속으
로 당하는군. 평소엔 내 승률이 더 좋았었는데, 이 자식이 장가를 들더
니 그 즉시 개안(開眼)을 했나.… 하지만 그까짓 것 바둑이야 뭐 한 판
질 수도 있는 일이다.

　저 녀석은 조금 있으면 ‘성병약’ 때문에 한바탕 치도곤을 치를
운명이다. 사태는 어디쯤 진행돼 가고 있을까. 희룡은 아예 휴대폰을
켜 변덕수와 연결했다. 본격 탐색에 나선 것이다.

　“제수씨는 뭐하고 계시나 ?”

　“아, 자네 형수 ? 내 심부름 갔어. 담배가 떨어졌다니까 벌떡 일어
나 나가더라구.”

　“헉 !”

　“왜 그래, 자네 속이 안좋은가 ?”

　“아니야. 근데 아직 짐은 안 클렀나 보지 ?”

　“웬걸. 워낙 깔끔떠는 성격이어서 겉옷은 도착하자마자 몽창 꺼
내 옷걸이에 걸더라구. 핸드백까지 샅샅이 정리하던걸. 하하.”

　“흠. 그랬구만. 자네 오늘 피로하겠어. 너무 무리하지 말고 일찍
쉬게.”

　“피로는 무슨…. 저녁 먹은 직후에 봉숙이 고것이 무슨 약을 꺼

내더니 먹으라고 주더라구. 간장영양제하고 비타민이라나? 그거 사흘
만 먹으면 기운이 펄펄 난다면서. 딱 한 번 먹었을 뿐인데 정말 그런 것
같아. 우하하….”

희룡은 일단 전화를 끊었다. 이게 어떻게 된 노릇인가. 덕수 그놈
이 내가 장난친 것을 알고 있으면서도 시침떼는 것일까. 그러나 목소
리 톤으로 봐선 그런 것 같지는 않았다. 그렇다면 핸드백을 정리하다
약봉지를 발견한 서봉숙이 빙긋이 웃고는 저 혼자 처리했는지도 모른
다. 아마도 그랬던 것 같다.

그러고보니 약사인 언니를 도와 한때 약국 일을 본 적이 있다는
얘기를 그녀로부터 들은 기억이 났다. 약에 대해선 반 전문가란 얘기
다. 희룡은 낭패감을 못이겨 제 머리털을 쥐어뜯었다.

그 순간 오나랑의 앙칼진 목소리가 거실 전체에 울려 퍼졌다.
“당신 머리털이 안빠져 몸살이 났군요. 설거지 그릇은 잔뜩 쌓아
놓고…. 결혼각서 썼던 거 벌써 잊었어요? 약속을 안지켰으니 각서 벌
칙규정에 따라 다림질도 오늘 당신이 해요.”
다림질은 유일하게 그녀의 몫이다. 그것까지 희룡이 떠맡으면 오
늘 일은 새벽 2시까지 해도 다 못할 판이다. 짜증이 난 성희룡은 항의
의 뜻으로 싱크대 밑에 기어들어갔다.

“나와요. 얼른 못 나와요?”
“싫어.”

“아 빨리 나와서 설거지하고 청소하고 빨래해야 다림질도 할 거 아니에요.”

“안나가.”

“정말 못 나오겠어요?”

“물론이지. 사내 대장부가 한 번 안나간다고 했으면 안나가는 거야.”

좁디좁은 싱크대 속에 웅크린 성희룡은 사나이답게 두 주먹을 불끈 쥔 채 눈을 부릅떴다.

같은 시간 제주도의 어느 호텔방. 담배와 함께 포도주와 마른 안주 등속을 한아름 안고 봉숙이 들어선다. 그리곤 덕수 앞에 와 앉더니 잔잔한 어조로 입을 뗐다.

“오빠, 이건 그냥 물어보는 거니까 기분나쁘게 생각하지 마. 알 았죠?”

이크. 덕수는 긴장했다. 혹시 결혼식 며칠 전 칼마시클럽 사건을 알고 있는 것일까. 하지만 후속된 질문은 뜻밖이었다.

“오빠 혹시 지금 성병 걸려 있는 상태 아니죠?”

“뭣? 그게 무슨 벼락맞을 소리야?”

“한 번 물어보는 거라고 했잖아. 과거에도 그런 일 없었죠?”

“무, 물론이지. 그걸 말이라고 해?”

그걸로 끝났다. 봉숙은 창너머 바다를 지그시 바라보더니, 어느새 쾌활함을 되찾은 표정으로 또다시 물어왔다.

신혼 변주곡(變奏曲)

"자기, 나 없는 동안 뭐했어?"
"음. 성희룡이 하고 통신바둑 뒀지."
"이번에도 내기로 둔 거야?"
"응."
"뭘 걸었는데?"
"각자 마누라 내기."
"어머나."
"내가 손해보는 장사는 아닌 것 같아서 걸었지. 하하."

봉숙은 생각이 깊은 타입이면서도 유머감각 또한 남다른 여자다. 그는 남편의 기습도발에 즉각 반격을 가해왔다.
"마누라 내기, 그거 앞으로도 하겠으면 해."
"맙소사. 정말이야?"
"그런데 조건이 있어. 성희룡 따위론 안되고 장동건이나 원빈, 아니 참 그 사람들은 아직 총각이지. 박상원이나 차인표 정도면 언제든지 마누라 걸고 내기 해도 좋아. 그 이하론 금지다."

졌다. 번덕수는 두 손을 번쩍 쳐들고 항복을 선언했다. 봉숙은 그제야 환하게 웃으며 남편의 가슴을 파고들었다. 그리곤 모기만한 소리로 속삭였다.
"목욕물 받아 놓았어. 오빠 먼저 빨리 씻으세요."

17

어느 바둑돌의 일생

내 이름은 나바돌. 평생을 바둑판 위에서 뒹굴어 온 바둑돌이올시다. 주민등록은 마포구 공덕동 361번지 만방기원, 직업은 전돌협(전국 바둑돌협회) 만방기원 지부(支部) 흑돌 분대장이오. 전돌협 회원 수는 국내에만도 1억에 육박하오. 우리는 잠시 뒤부터 이 자리에서 궐기대회를 갖기로 했소. 아무리 시위 만능시대라지만 이제는 바둑돌까지 데모에 나서느냐고? 그럼 잠깐만 틈을 내서 내 하소연 좀 들어보시구려. 당신 보아 하니 뭐 짜들어 바쁜 사람같지도 않구만.

내가 가장 먼저 하고 싶은 얘기는, 우리 바둑알이 비록 돌로 만들어지긴 했어도 생명체의 특성을 갖고 있다는 사실이오. 당신들은 한 번 죽으면 그만이지만 우리는 죽었다가 부활하기도 하지. 이 점에서 우리는 예수님과 동격이오. 그러나 몸뚱이가 부딪히면 깨지고, 깨지면 목숨을 잃는 건 인간들과 같소. 싸움하다, 고스톱 치다, 또는 핵폭탄을 주고받으면서 죽어가는 인간들이 얼마나 많소?

그뿐 아니라 우리 바둑돌들은 희로애락의 감정도 갖고 있소. 뭔 소리냐고? 아, 당신들에 의해 우리의 역할이 수없이 바뀌는데 어찌 감정이 없겠소. 우리 회원들은 하루에도 수십 번씩 사석(死石), 사석(捨石), 폐석, 요석, 실착, 묘수, 귀수, 악수, 헛수, 승부수… 등 별의별 일을 다 한다오. 우리 전돌협 회장인 최센돌 선생은 평생 아흔여섯 번이나 승착(勝着)이 됐었소. 그분은 원장 배(杯), 구청장 배, 동회장 배를 두루 거쳐 그랜드 슬램까지 했지. 그보다는 적지만 나도 평생 70번이 넘게 승착(勝着) 노릇을 해봤소. 패착은 몇 번 했냐고? 그냥 넘어가질 않는 군. 한 40여 회쯤 되오.

바둑인구가 우리 한국에만 1천만 명이라고 합디다. 참 무던히도 바둑을 즐기는 민족이오. 우리가 없었더라면 당신들은 허전해서 어떻게 살았을까. 뭐? 요즘엔 우리가 없어도 얼마든지 바둑을 즐길 수 있다고? 인터넷을 말하는 모양인데, 그거 등장한 후 우리가 좀 편해진 건 사실이오. 하지만 아직도 오프라인 대국은 하루 수만 판이 두어지고 있소. 이 나라가 세계 바둑 최강국으로 올라서는데 우리 바둑돌만큼 기여했다고 생각하는 인간이 있으면 나와 보시오.

그런데 한 번 생각해 봅시다. 당신들 인간은 우리를 어떻게 대접하고 있소? 수가 안보인다고 바둑돌 통에 손을 넣고 절그럭거리며 우리를 핍박하는 건 기본이오. 그럴 때마다 우리 몸이 얼마나 상하고 다치는지…. 그리고, 거 무슨 대단한 수를 둔다고 장작 내려패듯 그렇게 요란하게 착점하시오? 그런 수 치고 똥수 아닌 수가 거의 없습디다.

‘요다’인지 ‘이불이다’인지, 일본의 어느 쪽발이가 동양증권배 결승 네 판 동안 우리 식구를 12명이나 줄초상나게 만들었던 일도 있다오. 정말 그 무시무시한 전투력(?)에 우리 형제들은 돌 통 속에서 사시나무처럼 떨어야 했지요.

이렇게 힘 좋은 바둑꾼들을 만나면 우리 돌들만 시달리는 게 아니라오. 우리의 둘도 없는 협력단체인 전판협 회원들이 정말 만신창이가 됩니다. 전판협이 뭐냐구요? 그런 눈치로 무슨 바둑을 둔다고…. 전국 바둑판협회를 말하는 거요. 출신성분으로 따지자면 우리는 돌이고 그들은 나무인데, 돌로 내려찍으니 나무로 만든 몸이 어찌 성하겠소? 우리 만방기원 바둑판들도 이리 패이고 저리 찍혀 달표면처럼 멀쩡한 몰골이 하나도 없소.

그뿐인 줄 아시오? 화장실 갔다가 손도 안씻고 돌아와 우리를 만지작거리는 눔덜, 이거 적지 않습니다. 아흐, 그 냄새! 털지도 않았는지 소변 찌꺼기를 옮겨 붙이는 눔덜도 있어요. 그 손으로 우리 바둑돌을 집어다 판에 내려놓은 뒤 천연덕스럽게 옆자리의 빵 따위를 집어다 입에 처넣는 족속들. 이런 상황에서 우리가 궐기대회 안하고 배길 수 있겠소?

우리 만방기원 안에서도 어느날 졸지에 행방불명 돼버리는 동료들 숫자가 하나둘이 아니라오. 뭔 소리냐고요? 그 양반 생긴대로 둔하군. 기료 몇 푼 내고 하루종일 개기다가, 주머니에 바둑돌 한 움큼씩 슬

찍 챙겨넣고 나가는 눔덜 얘기요. 그럴 때마다 이산가족이 돼 생이별하는 우리의 슬픔도 슬픔이거니와, "으째 이렇게 날마다 바둑돌이 준댜?" 하며 안타까워하는 오만방 원장 얼굴 보기가 정말로 안쓰럽습디다.

성희룡과 변덕수, 이 둘이 천하의 라이벌이란 사실은 당신도 알고 있을꺼요. 그 두 눔이 마주 앉으면 우리 바둑돌이 모여 사는 돌 통 안에서 곡소리가 나기 시작합니다. 서로 지지 않으려고 안간힘을 쓰다 보니 패(覇)가 부지기수로 나고, 여간해선 패배를 인정치 않다보니 수수(手數)도 엄청나게 길어집니다. 우리는 어떻게 되겠습니까.

옆좌석 분대 병사들이 추가로 징발될 때도 있지만, 포로를 바꿔 둘 때면 한 판에 두 차례 종군이란 혹사를 면치 못합니다. 세상에 이런 중노동이 없건만 근로기준법 따위는 그림의 떡이라오.

언젠가 이런 일도 있었지. 그 두 눔의 바둑에서 초반부터 대마가 걸린 패싸움이 시작되더니 그 패가 다시 딴 곳의 패를 낳고…. [장면 1도]가 그 바둑인데, 그래도 모자란다는 듯 또 혹 1로 반 패 싸움을 계속합디다. 몇 안되는 쌍방의 집 모양마저 대부분 상대돌을 들어낸 곳 들이오. 405수 만에 끝난 결과는 가위 시산혈하(屍山血河)였소.

〔장면 1도〕

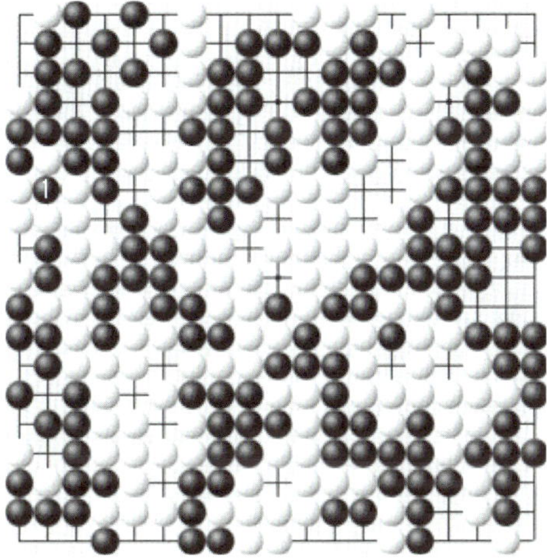

　　마침내 두 사람의 돌 통 뚜껑에 우리 동료들의 시신(屍身)이 산처럼 쌓였을 때 계가에 들어가게 됐소. 그 상황에서, 아 글쎄 이눔덜 대화 내용 한 번 들어보소.

　　"성형, 이거 계가하려면 10분은 족히 걸리겠다."

　　"그러게. 그 시간이면 바둑 한 판을 더 둘 수 있는데…."

　　"우리 양심적으로 사석(死石) 한움큼씩 주먹으로 덜어서 바꾸자. 이거 언제 다 세고 있냐?"

　　"자네 손이 내 손보다 작으니까 그건 안돼. 참, 좋은 방법이 있다."

　　성희룡이 언제 봐두었던지, 기원 구석에서 앉은뱅이 저울을 꺼내옵디다. 그리곤 흑돌부터 올려놓고 분동(分銅)으로 균형을 잡아 무게를

달더라고요. 연신 기우뚱거리는 저울대를 지켜보며 기원 손님들은 뭐가 그리 재미있는지 박장대소를 하고….

우리 바둑돌들은 마치 고장난 케이블 카에 갇힌 채 금방이라도 추락할 듯한 공포 속에서 떨었었죠. 이래도 내가 안 미치겠소? 에구, 징한 눔덜.

대국 도중 돌을 자꾸 꾹꾹 찍어누르는 자식들은 또 뭐요? 우리 동료들이 가쁜 숨을 몰아쉬며 괴로워할 때마다 내가 돌로 태어난 게 한스러웁다. 허기진이처럼 꼼꼼한 성격의 소유자 중에 이런 습관을 가진 바둑꾼이 많아요. 그런데 묘한 것이, 이런 자들은 대개 자기 돌만 건드리지 않는다는 겁니다. 성격이 활달하고 대범한 사람들이 볼 때는 보통 짜증스런 게 아니죠.

언젠가 체육교사인 제갈길이 참다 못했는지 참 통쾌한 한마디를 던집디다. 뭐라했는지 아시오?

"허 선생, 선생 것 선생이 주무르는 거야 말 않겠소. 하지만 남의 작품엔 제발 손좀 대지 마시오."

이러더라고요. 크크.

비록 컴컴한 나무통 속에서 대기하다가 주인의 부름을 받고 종군(從軍)하는 하찮은 존재지만, 그런 우리에게도 자존심은 있습니다. 우리가 바둑돌의 본분과 전혀 관계없는 일에 동원될 때 우리들 마음의 상처는 너무도 크다오.

도대체 화투나 카드를 할 때 왜 바둑돌이 필요한 거요? 뭐 칩

(*chip*)이라나 뭐라나. 그나저나 바둑돌을 화투판의 도구로 이용하다니, 그런 인간들이 과연 바둑 둘 자격이나 있는 거요? 아르바이트 수당만 주어도 내 이런 말 안해요.

오만방 원장이나 구경만 선생, 이런 점잖고 노숙한 어른들은 뭐 문제가 없을 것 같소? 한 판 바둑이 기울어 승부를 포기할 때 '돌을 던진다' 는 표현을 무심코 내뱉는 건 그들도 마찬가지란 말이오. 우리들에게 이것처럼 끔찍한 말이 또 어디 있겠소?

만방기원에 막 전입해 왔던 신출나기 하나가 전설을 남겼소. 첫 출격을 앞둔 흥분 속에 대기중이던 그 신입생이 '돌 던진다' 는 말을 난생 처음 듣더니, 돌 통 속에서 바들바들 떨면서 이렇게 기도합디다. "하느님, 나는 바둑돌로 태어난 줄 알았는데 고작 돌팔매용 짱돌이었군요. 다음 세상에선 차라리 행주산성에서 태어나게 해주세요. 아멘!"

사실 나는 예수님한테도 서운한 게 있다오. 그 어른이 한 말씀 중에, "너희 가운데 죄 없는 자 있으면 저 여자를 돌로 쳐라"라는 게 있지 않소? 왜 하필 돌이냐 이거지. 아, 가꾸먹(角木)도 있고, 최신 병기로는 야구 방망이도 있는 모양이던데 왜 하필 돌로 치라고 하셨는가 말이오. 예수님이 바둑만 알았더라도 그런 말 안 했을 텐데…. 2천 년 전 유럽 일원에 바둑보급을 게을리한 동북아 지도자들한테 유감이 많소.

주인이 옮겨 놓는 대로 얌전히 앉아만 있으면 된다고 생각할 텐데 그게 또 그렇지 않소. 인간이란 족속들이 우리를 그렇게 편히 놔두지를 않기 때문이오. 왜 대국 규정 중에 '돌이 손에서 떨어지지 않으면 아직 착수하지 않은 걸로 간주한다'는 조항이 있지 않소? 이 우라질 규정 때문에 나는 바둑돌 역사상 최초로 과로사(過勞死) 당하는 줄 알았소. 무슨 이야긴가 궁금하면 [장면 2도]를 보시오.

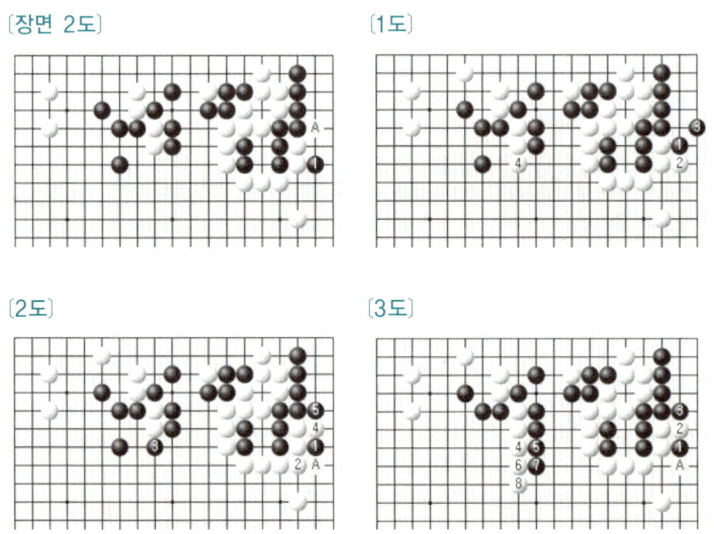

〔장면 2도〕　　　　　〔1도〕

〔2도〕　　　　　〔3도〕

[장면 2도] 흑 1이 문제였소. 이곳은 원래 백이 먼저 A로 젖히면 귀의 흑이 잡히는 곳이오. 그래서 흑이 [1도]처럼 살면 선수를 잡아 4로 빠지겠다는 게 백 선생의 생각이었소. 그랬는데, [2도] 흑 1이 멋진 맥이었죠. 백 2면 흑은 선수로 살고 3을 차지한다 이 말이오. 그렇다고 [3도]처럼 처리하면 백 4로는 갈 수 있지만 다시 A의 가일수가

필요하고….

　　그런 상황에서 백 선생이 당황했던 모양이오. [2도] 백 2로 두었다가 다시 [3도] 백 2로, 다시 [2도]로 무려 예닐곱 번은 옮겨다닌 겁니다.

　　(흑) "지금 뭐하는 거요?"
　　(백) "뭘 그러쇼? 아직 손을 안 뗐는데."
　　(흑) "손만 안 떼면 시계불알처럼 하루종일 옮겨다녀도 되는거요?"
　　(백) "글쎄, 규정이 그렇다니깐."
　　(흑) "흠. 그래요? 알겠수다."

　　결국 백은 한참 만에 [2도] 2의 곳에 놓았는데, 문제는 그 다음이었소. 흑은 다음 수를 [2도] 3에다 놓는 듯하더니 한칸 오른쪽으로, 다시 왼쪽으로, 이번엔 하변 흑돌에 붙여 보았다가 우하귀 소목과 충돌하기도 하고… 우향우, 좌향좌, 뒤로돌아이 갔, 다시 좌로 삼보, 우로 이보, 좌향 앞으로, 행군 간에는 군가를 부른다. 군가는 진짜 사나이, 헛 둘, 헛 둘….

　　이런 식으로 1선부터 19선까지 방방곡곡을 돌며 무려 10분 가까이 팔도유람에 나선 거죠. 물론 손은 떼지 않은 채로. 작심을 했던 건데, 그때 징발된 흑돌이 누구였는지 아시오? 휴우! 하필 나였단 말이오.

　　백으로 둔 친구는 원정 내기꾼인 이필도란 친구였소. 인생은 일발필도(一發必倒)라고, 이름도 그 줄임말로 지었다는 작자였는데 매너가 엉망이었지. 흑을 쥔 자는 김대박. 만방기원에서 꽝 매너로 소문난

내기 바둑꾼 김대박을 긁어놓았으니 고이 넘어갈 리 없었지. 어쨌건 내 한평생 그날만큼 먼 거리를 이리저리 끌려다니며 혹사당한 적은 없었다오.

어떻게 끝났느냐고? 눈이 핑핑 돌 만큼 신나게 미끄러지고 있는데, 갑자기 위에서 붉은 색 비가 내립디다요. 나중에 알고보니 코피더라구. 놈들이 기어코 주먹을 교환하며 치고받기 시작했던 거요. 그러더니 급기야 바둑판과 함께 우리 바둑알 동료들이 우르르 바닥으로 내동댕이쳐지고…. 난리도 아니었소.

그 경우는 그래도 평생 한 번 있을까 말까한 특수한 사건에 해당하지. 당신네 인간들이 조직적으로 만행을 부릴 때보다는 낫소. 조직적 만행이란 바로 '돌치기'란 놀이를 할 때요. 이거야 정말, 우리 1억 바둑돌 회원들끼리 서로 동족상잔 시킬 일 있소? 우리가 당신네 인간들을 한 줄로 세워놓고 흑인 아들이 옆동네 백인 아버지를, 백인 할머니가 흑인 손녀를 공격해 죽이는 게임을 한다고 생각해 보시오.

그거 한 번 치르고 나면 우리들은 몸도 마음도 엄청난 상처를 받습니다. 툭 하면 바둑을 동양문화의 정수(精髓) 어쩌구하면서 떠받드는 척이나 말지. 그 신성한 바둑판 위에서 돌을 쳐 떨구는 걸 게임이라고, 늙은이 젊은이 할 것없이 히히덕거리는 꼴이란…. 당신네들만큼 겉다르고 속다른 속물들이 세상 천지에 어디 또 있겠소.

이제 우리 바둑돌들이 궐기하려는 이유를 좀 이해할 만하시오? 자, 그러면 구호를 선창할 테니 이 자리에 모인 바둑돌들은 모두 힘차

게 따라 하시오. 우리의 뜻에 찬동하는 인간들이 있으면 함께 따라해도 좋소.

"우리는 바둑돌들의 생명과 인권, 아니 석권(石權) 확립을 위해 다음과 같은 결의문을 채택한다."

"…채택한다."

"하나, 부상당한 바둑돌을 위한 전용병원을 건립하고 보험 등 사회보장제도를 실시하라."

"…실시하라."

"둘, 모든 대국의 착점시 연착륙(軟着陸) 강제법을 도입하라."

"…도입하라."

"셋, 위생용 패드를 돌 통 옆에 비치해 돌을 쥐기 직전 반드시 손을 닦도록 조치하라."

"…조치하라."

그 시간 김대박은 후끈 달아올라 있었다. 지금까지 세 판을 두어서 도합 열한 방이나 잃은 상황이다. 오늘따라 이필도는 약을 바짝 바짝 올리며 거액의 판돈을 연속 거둬가고 있다. 자신이 예민해져 있는 탓일까? 대박은 바둑돌 통 속에서 꽤 시끄러운 함성이 들리는 듯한 착각에 빠졌다. 내가 몸이 엄청 허해진 모양이군. 빨리 한몫 챙겨 보약이라도 한 재 해먹어야 할 텐데. 대박은 필살의 일격을 날리려고 바둑판을 뚫어질 듯 노려보았다.

하느님도 무심치 않아 절호의 찬스가 마침내 다가왔다. 조오기

저 공배 자리를 메워두면 수상전은 한 수 차이로 자신의 승리다. 그러면 최소 여섯 방은 만회하겠군. 수읽기를 마친 대박은 돌 통에 손을 넣고 절그락 거리며 마음에 드는 놈을 정성껏 골랐다. 그리곤 정통파 투수가 크게 와인드 업 하듯, 오른팔을 360도 돌린 뒤 손에 잡힌 흑돌을 수상전의 급소자리에 내리쳤다. 요다가 놀라 기절할 만큼 강력한 동작이었다.

그 한 수는 과연 바둑돌들에겐 최대 최고의 영광인 승착(勝着)으로 부족함이 없었다. 그러나 혁혁한 수훈을 세운 그 흑돌은 판에 착지하는 순간 굉음과 함께 두 조각으로 쩍 갈라졌다.

아! 하루에도 수십 번 죽었다 살았다를 반복해 오던 전돌협 만방기원 지부 흑돌 분대장 나바돌은, 한 많고 설움 많던 10여 년 평생을 그렇게 영원히 마감하고 말았다. 이 나라 1억 바둑돌들의 그 숱한 숙원 과제를 단 한 개도 해결해 내지 못한 채.

18

이에는 이, 눈에는 눈

김대박의 내기 습관은 정말 못말린다. 세상 만사 모든 일이 베팅(*betting*)과 연결되지 않은 게 없다. 오죽하면 이름부터가 대박(大舶)이겠느냐만, 아무리 그래도 좀 심하다. 만방기원 식구들이 TV 앞에 둘러앉아 축구중계라도 볼라 치면 그는 어김없이 스코어 맞추기 리스트를 만들어 쭉 돌린다. 빽빽하게 들어찬 20여 가지 경우의 수 밑으로 만방공화국의 위대한 영도자 오만방 원장, 고매한 학식으로 존경받는 구경만 선생조차도 자기 이름을 안 써넣을 도리가 없다.

이런 정도에 그친다면야 물론 애교로 봐줄 수 있겠지만, 김대박의 도박 취미는 결코 이 선에서 머물지 않는다. 미국과 이라크 간의 종전(終戰) 날짜, 새 정부 출범직후 각료명단 발표를 앞두었을 때 여성장관의 숫자, 최근 새로 태어났다는 복제 송아지는 두 달 이상을 살 수 있을까 못 살까, 대형가수 보아의 음반판매량이 비틀즈의 그것을 넘어설까, 한국의 국제 바둑대회 연속우승 기록이 몇 회까지 갈까… 등 끝도

없이 이어진다.

심지어는 오늘 처음 만방기원에 들른 저 대머리 바둑 손님의 나이 근사치와, 전화번호부상에 가장 많이 등재된 이름 맞추기조차도 내기의 대상이 됐다.

내기란 묘한 마력이 있다. 만방기원 사람들은 때론 귀찮아 하면서도, 테마에 따라선 자신감을 갖고 김대박의 내기 제안에 빨려들어가곤 했다. 도대체 복제 송아지가 몇 달을 살게 될지, 여성장관이 몇 명이나 발탁될지 지나 내나 어떻게 아는가. 하지만 김대박의 신통력은 대단해 그와의 내기에서 재미보는 사람은 가뭄에 콩나듯 드물었다. 모두들 김대박에게 돈을 털릴 때마다, 그가 풍부한 자료수집과 치밀한 분석을 거쳐 내기를 걸었다는 사실을 모른 채 자신의 운 없음만을 한탄하곤 했다.

그러던 어느날이다. 변덕수는 김대박과의 3점 내기 바둑에서 순식간에 2연패를 당했다. 꼼짝없이 2만 원을 날린 걸로도 모자라 이번 판도 쌌이 노랗다. 김대박이 콧노래를 부르며 약을 올린다.

"이제 그만 던지시지. 시간은 돈이라구. 흐흐."

딴은 그렇다. 더 두어봐야 고통만 가중될 뿐이다. 이렇게 되면 1주일 주급(週給)의 절반이 날아가는 셈이다. 아내에게 또 뭐라 하고 손을 벌려야 하나. 약이 오른 변덕수는 숙였던 고개를 쳐들며 대들듯 말했다.

"돌을 던지라고 했어요? 김 선생 얼굴에다 정말 돌을 던져도 아

무 말 마시오."

　김대박은 "홍, 못해도 바보지"라며 빙긋 웃었다. 변덕수가 내던진 3만 원을 자신의 지갑에 챙겨 넣으며 홍얼거리던 그가 잠시 뒤 정색을 하더니 물었다.
　"변형, 공개된 대국장소에서 진짜로 바둑돌을 던질 수 있겠어?"
　"못할 것도 없소. 잃은 돈만 찾을 수 있다면…."
　"그럼 이번 목요일 구민(區民) 바둑대회서 한 번 해볼래?"
　"생기는 것도 없이 그런 짓을 왜 해."
　"상대방 면전이 아니라도 좋아. 허공에다가라도 자네가 바둑돌을 던진다면 내가 30만 원을 줌세."
　"이거, 사람을 어떻게 보는 거요?"
　"대신에 만약 못해낼 경우엔 내게 10만 원만 내놓게. 나쁘게 생각할 것 없어. 이건 담력 테스트 겸 내기니까. 어떤가, 역시 못하겠지? 호호."

　덕수는 여전히 '홍도야 우지마라'를 홍얼대고 있는 대박의 유들유들한 상판을 지긋이 노려보며 생각했다. 지금까지 대박과 바둑을 두어 잃은 돈만 수십만 원은 족히 될 것이다. 바둑과 관계없는 내기까지 합하면 아마도 백만 원에 육박하지 않을까. 돈을 떠나 그와의 내기에서 이길 수만 있다면 뭐든지 하고 싶다. 그나 저나 아내 서봉숙에게 단 며칠 만에 용돈 떨어졌다고 또 손을 내밀 생각을 하니 기가 차던 참이었다. 덕수는 고개를 떨구며 나지막하게 뇌까렸다.

"좋소. 내기합시다."

구민(區民) 바둑대회가 열리는 구청 강당에는 알 만한 얼굴들이 꽤 많이 보였다. 만방기원에서도 여럿이 출전했다. 제갈길은 웬 중년과 겨루고 있었고, 수염 허연 노인 맞은편에 자리한 허기진은 바둑을 이겼는지 입이 찢어진 채 돌을 쓸어담고 있다. 성희룡은 아내 오나랑이 젊은 녀석과 대국하는 게 신경쓰이는지 그쪽을 자주 힐끔거리고 있다. 오전에 벌어진 2회전까지 통과한 만방 멤버는 허기진, 김대박, 그리고 변덕수 등 3명이었다.

점심을 든 뒤 오후 대국이 속행됐다. 변덕수는 3회전서도 이겨 갑조 4강에 안착했다. 허기진은 8강에 머물렀고, 최강자조에 출전한 김대박도 오후 첫판서 패해 탈락했다. 만방기원 멤버들은 이제 유일하게 남은 변덕수에게 전폭적인 성원을 보내고 있었다. 우승은 물론이고 준우승까지도 《구청회보》에 인터뷰가 실린다는 소문에 오만방 원장은 전날밤 출전선수들과 일일이 악수까지 하며 격려했더랬다.

변덕수와 준결승서 만난 상대는 이지적 분위기가 물씬한 수재형이었다. 30대 초반쯤 됐을까. 뿔테 안경 너머로 쏘는 듯한 눈초리가 매서웠다. 이 바둑을 이기면 결승에 올라가고, 우승하면 50만 원의 상금이 따라온다. 그 경우 함께 오지 못한 봉숙은 아마 남편 덕수를 업어주는 시늉까지 할 것이다. 오만방 씨는 또 얼마나 좋아할까. 선수석 건너편 쪽으로 눈을 돌리니 동료들 틈에서 성희룡이 큰 동작으로 손을 흔들고 있었다. 덕수도 양손에 V자를 그려보이며 화답했다.

　　바둑은 백을 쥔 변덕수의 우세로 진행돼 갔다. 상대는 꼼꼼했지만 변덕수도 착실하게 맞받아쳐 거의 종국 직전까지 왔다. [장면 1도] 흑 ▲ 다음 백이 △로 패를 때린 장면. 이제 더 이상의 변화는 없다. 덕수는 잠시 눈을 감았다. 이걸로 결승 진출이다. 남은 한 판만 더 이기면 우승 상금 50만 원이 내몫이 된다. 그걸로 봉숙이가 몇 차례나 만지작거리다 놓고 나왔던 봄 코트 한 벌 사줄까. 전업 휴식가(專業 休息家) 신세인 자신에게 시집와 고생만 하는 아내다. 이제야 사람 구실 좀 하게 된다는 생각에 덕수는 가슴이 가빠왔다.

〔장면 1도〕

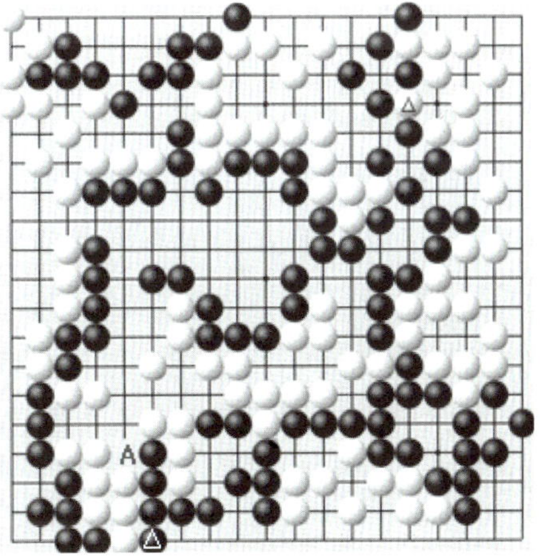

이에는 이, 눈에는 눈

순간 힘차게 바둑돌 내려치는 소리에 덕수는 눈을 떴다. [1도] 흑
1의 건너붙임이다. 뭐가 어쨌다는 거야? 덕수는 약간은 성가신 기분으
로 찬찬히 들여다보았다. 아! 그러나 문제가 심각했다. [2도] 백 1이면
흑 2 다음 연단수에 걸려 A로 끊지를 못하는 것이다. 그렇다고 흑 2때
백 B면 흑 A, 백 C로 대마 전체가 간신히 사는데, 그 순간 흑 D로 백 9
점이 떨어져 대역전극이 이뤄진다.

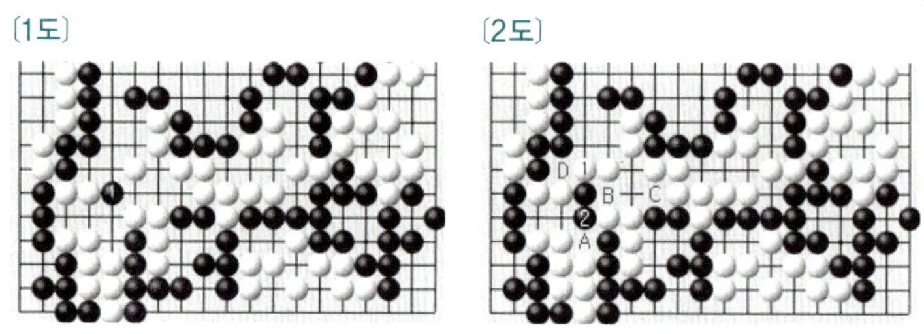

[장면 1도] 흑 ▲의 공배 메움 때 백은 A의 곳에 한 수 보강해야
했었다. 원래 이곳은 [3도] 백 4로 치중하는 끝내기가 있는 곳. 그걸 방
비하기 위해 흑이 E로 공배를 메웠다고 속단한 게 잘못이었다. 골인지
점 10미터 앞에서 넘어진 꼴이다. 순간 서봉숙이, 50만 원 돈다발이, 그
리고 오만방 원장과 만방기원 식구들이 떠올랐다. 머리를 쥐어뜯던 덕
수는 이성을 잃은 채 손에 쥐고 있던 백돌 두어 개를 냅다 앞을 향해 던
졌다. 순식간에 벌어진 사고였다.

〔3도〕

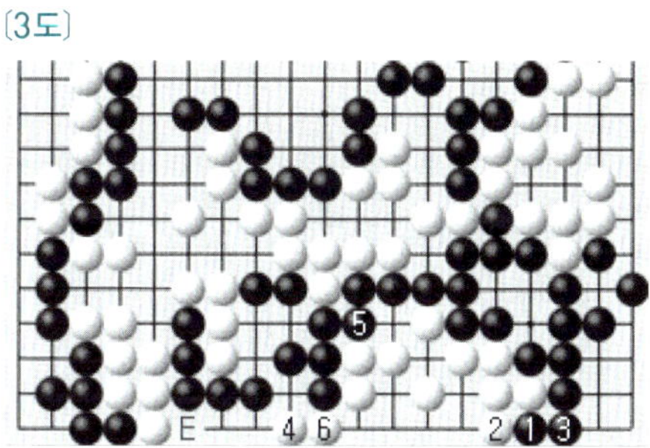

그 다음은 어떻게 됐는지 정확한 기억이 없다. 아마도 뭇사람의 경악해 하는 시선을 피해 강당 밖으로 뛰쳐나왔던 것 같다. 잠시 정신을 수습하고 담배 한 대를 꺼내 피워무는 데부터는 어렴풋하나마 생각이 난다. 그때 누군가가 다가왔었다. 김대박이었다. 그는 빙글거리며 지갑에서 무언가를 꺼내더니 덕수의 바지주머니에 쑤셔넣었다.

"내가 졌어. 30만 원일세. 변형! 그런 줄 몰랐더니 내기꾼 자질이 충분하군. 하하."

그 사건으로 인해 만방기원은 차후 마포구청이 주최하는 일체의 바둑행사에 1년간 출전치 못한다는 통고를 받았다. 신성한 바둑행사에 바둑돌이 공중을 난비했다면, 그 소란상은 안 봐도 짐작이 간다. 다행히 돌은 상대방 청년의 안면을 아슬아슬하게 피해 건너편 좌석의 철제 재떨이에 정확히 골인했던 모양이었다. 변덕수는 그 후 한동안 '만방기원의 3점 슈터'란 악명에 시달려야 했다.

이 에 는 이 , 눈 에 는 눈

하지만 덕수 앞에는 더욱 기가 찬 얘기가 기다리고 있었다. 사건 다음날이었다. 만방기원에서 마주친 성희룡이 차나 한 잔 하자며 덕수를 불러냈다. 벤딩 머신에서 종이컵 커피를 뽑아든 희룡은 웃음 반, 의심 반의 표정으로 덕수에게 물어왔다.

"자네 언제부터 바둑돌을 던지는 습관이 있었나?"

"할 말 없게 됐네. 미안하이."

"우리 기원의 명예실추 따위를 말하려는 게 아니야. 난 개인적으로 심각한 재산손실을 입었다구."

"뭐? 그게 무슨 소리야?"

기막힌 얘기였다. 변덕수가 돈을 잃었던 바로 다음날, 그러니까 구민 바둑대회 이틀 전 성희룡도 김대박과 내기바둑을 두었던 모양이다. 세 판을 연거푸 먹은 대박은 "돌을 잘 던져야 바둑이 는다"며 중얼거리더니, 갑자기 정색하며 "정말로 돌을 공중으로 던질 수 있는 사람이 있을까"라고 묻더란다.

"설마 그런 일이야 있겠소?"

"그렇지? 나도 그렇게 생각해. 하지만 세상일이란 알 수 없다구. 이걸로 우리 내기 한 번 할까?"

그의 제안은 이랬다. 이번 구민대회 때 별 일 없이 지나가면 내가 10만 원을 당신한테 주겠다. 하지만 혹시라도 누군가가 진짜 바둑돌을 던지는 상황이 생긴다면 내게 그 다섯 배를 내놓겠느냐. 성희룡은 기가 찬 김에 수락했고, 결과는 꼼짝없이 50만 원을 뜯겼다는 스토리였다.

또 당했다. 천하의 내기꾼 김대박의 치밀한 시나리오에 변덕수 성희룡이 세트로 또 한 방을 먹은 것이다. 이 사실을 오나랑이 알면 아마도 희룡은 뼈도 못 추릴 것이다.

잠시 침묵하던 덕수는 지갑을 꺼내 펴 보았다. 김대박에게 받은 수표 3장 중 아직 2장이 남아 있었고, 덕수는 그걸 말없이 희룡의 손에 쥐어주었다. 펄쩍 뛰던 희룡도 "우리는 공동 피해자"라는 덕수의 말에 금세 풀이 죽었다. 그나저나 이게 웬 수모인가. 천하의 장난꾼으로 한 시대를 풍미해 온 둘은 훼손된 자존심을 억제치 못한 채 몸을 부르르 떨었다.

그 사건 이후에도 김대박은 여전히 안하무인이었다. 상대가 누구건 한 수 놓을 때마다 대놓고 낄낄거리며 비웃었다. 오직 이쇠돌 군과 강수만 사범만이 여기서 제외됐다. 내기 상대에겐 고객관리(?) 차원에서라도 체면을 지켜주는 법인데, 그는 일패도지(一敗塗地)하는 상대의 행마를 면전에서 한껏 비웃었다. 어쩌면 만방기원 손님들 숫자가 갈수록 줄고 있는 것도 김대박 때문일지 모른다. 상수가 대놓고 무안주는데 주눅들지 않을 하수가 어디 있겠는가.

다시 사흘 뒤, 그날 대박은 증권사 객장에 다녀오는 길이었다. 요즘 주식시장은 정말 개판이다. 만방기원 계단을 오르며 김대박은 입맛을 쩍쩍 다셨다. 투자한 종목이 이날도 왕창 빠져 오전 내내 속이 다 거북했다.

'울적한 기분을 다스리는 데는 바둑만한 게 없지.'

만만한 하수들의 팔을 이리 비틀고 저리 꺾다 보면 온갖 시름을 다 잊게 된다. 스트레스 해소시켜 주고 용돈까지 바치니 얼마나 귀여운 하수들인가. 대박의 찌푸렸던 얼굴이 기원 문을 들어서는 순간 비로소 펴지기 시작했다.

덕수와 희룡이 대국중이었다. 저 두 녀석이 둘도 없는 라이벌이란 사실은 상식 중의 상식이다. 한데 오늘은 뭔가 좀 분위기가 달랐다. 쇠돌 군이 옆에 앉아 초시계도 눌러주고, 기보용지에 기록까지 하고 있는 게 아닌가. 원, 촌놈들 같으니. 하수 주제에 꼴값들 떨고 있군. 대박은 바둑판 앞으로 다가가 참지 못하고 한마디 했다.

"뭐 국수전 도전기들 하나? 킬킬. 그 실력에 무슨 초시계고 기보용지야. 집어치우고 나랑 만 원빵이나 하자구."

희룡과 덕수는 아무런 대꾸도 없었다. 바둑판에만 눈길을 고정시킨 채, 갑작스럽게 나타난 무뢰한을 아예 무시하는 듯한 자세였다. 싱거워진 대박은 뒤에서 관전중이던 제갈길에게 낮은 소리로 물었다.

"뭣들 한대요? 집문서라도 묻고 두는 분위기네… 최소한 한 돈 백 정도씩은 건 모양이지?"

제갈길은 입을 닫은 채 천천히 고개를 주억거렸다. 엉? 그렇다면 제법 큰 판이다. 이런 좋은 손님들이 나한테만 걸려주면…. 대박은 침을 꿀꺽 삼키며 바둑의 진행을 지켜보았다.

쌍방 초읽기까지 몰리는 난전 끝에 바둑은 흑을 쥔 성희룡의 승

리로 끝났다. 순간 김대박이 뛰어들며 묻는다.

"성형, 이판 얼마짜리였어?"

"아, 그냥 명예만 걸고 둔 겁니다. 우린 이제 내기 안두기로 했어요."

"그러니까 그렇게 바둑에 매가리가 없었군. 기초가 안된 풋바둑에 투지마저 없으니 내용이 참 한심하더라구. 킬킬."

"그렇게 엉망이었어요?"

성희룡이 진지한 표정으로 묻는다.

"내가 보기엔 어느 한 군데도 제대로 처리된 곳이 없어. 복기를 한 번 해볼까?"

오늘 따라 김대박은 꽤 친절하다. 복기할 시간이 있으면 바둑 한 판을 더 두는 게 생산적이란 게 그의 철학이지만, 하수들이 배울 자세를 보이니 기분이 좋아진 모양이다. 그는 포석에서 시작해 중반 초입, 중반전 전투에 이어 하변에서의 몸싸움에 이르기까지 쌍방 모두 실수 투성이었음을 강조했다. 그의 지적대로 라면 이 바둑은 쌍방 더할 수 없는 졸작이다. 김대박이 연신 비웃음을 날리자 변덕수가 입을 열었다. 내용이 나빠 몹시 부끄럽다는 표정으로.

"김 선생이 지적하신 수 가운데 엉망인 것만 꼽아도 최소 열 곳은 넘는 것 같군요. 하지만 그 중에 김 선생이 잘못 판단한 곳은 혹시 없을까요?"

"엉? 무슨 소리요? 내 실력을 못 믿는다는 건가?"

"아니, 그런 뜻은 아닙니다. 다만 선생도 완벽할 수는 없다는 생각에…."

"좋소. 그럼 우리 내기를 하자구. 이건 아주 좋은 내기꺼리야. 내 지적 가운데 하나라도 틀린 수읽기가 있으면 내가 백만 원을 내겠어. 대신 그렇지 않으면 두 사람이 각자 20만 원씩 준비하시오. 오케이?"

잠시 침묵하던 성희룡과 변덕수가 무겁게 고개를 끄덕였다. 또 한 번의 내기가 성립된 것이다.

그때 사람들 틈에 섞여 있던 제갈길이 말했다. 마침 프로기사 한 분이 이 근처에 와 있다고. 그에게 판정을 맡기는 게 어떠냐는 제안에 김대박, 성희룡, 변덕수 3자가 동의했다. 몇 사람이 나가서 프로기사를 모셔왔다. 문용진 5단이었다. 박사학위까지 지녔다는 그였지만 표정엔 한 치의 오만함도 없었고 온화한 미소만 가득했다. 순간 대박이 조금은 비굴한 표정으로 문 프로를 향해 말했다.

"사범님. 우리 아마추어들 바둑인데, 복기를 좀 부탁드려도 될까요?"

기보를 보며 돌을 놓아가던 문 프로의 표정이, 10여 수가 지나면서 잠시 동요했던 걸 눈치 챈 사람은 아무도 없었다. 그는 차분한 어조로 해설을 계속했다. 한데 그의 복기는 두어진 수에 대한 의미를 풀이하는 것으로 시종했다. 이렇게 두어야 했다거나, 저것이 큰 완착이라거나 하는 장면이 도대체 없었다. 고개를 연신 갸웃거리던 대박은, [장면 2도]에 이르러선 도저히 참지 못하고 선악을 물었다.

"아, 백 2요? 멀리 내다본 절대의 한 수입니다."

"A로 틀을 잡는 것이 모양 아닙니까?"

[장면 2도]

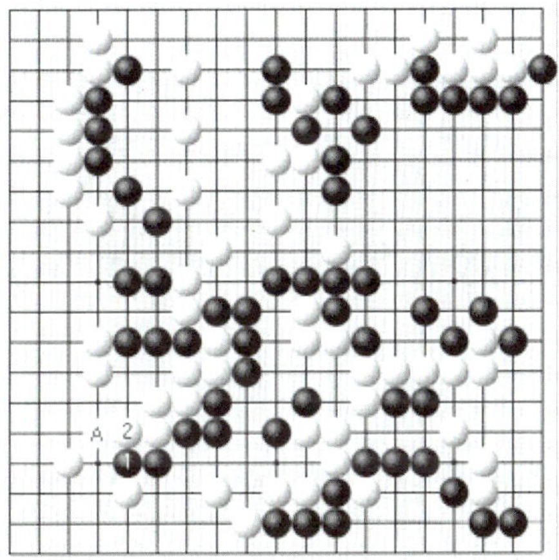

"이 장면에선 그렇지 않습니다. [1도]를 보세요. 백 1이면 흑은 2 이하로 하변에서 움직이는데, 11로 잡으러 가야겠지요? 하지만 계속해서 [2도]처럼 진행되면 B가 선수로 들어 이 흑은 삽니다. 흑이 살면 우하 일대의 백이 오히려 전멸해 버리지요."

요컨대 [2도] 백 ⓐ가 C에 있으면 흑이 살 수 없다는 설명이었다.

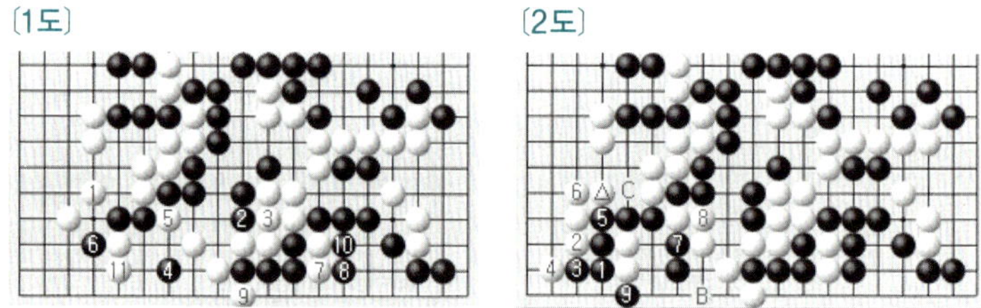

김대박은 문 프로가 오기 전 [장면 2도] 흑 1때 백 2의 부딪침에 대해 "빈삼각의 우형인 동시에 스스로 빠개지는 모양을 자초한, 10급도 그렇게는 안 둘 수"라고 혹평했었다.

자상한 해설을 마친 문 프로가 일어서면서 미소를 띤 채 말했다.

"인문과학도, 사회과학도 고전(古典)이 좋고 음악도 클래식이 깊이가 있습니다. 바둑도 마찬가지지요. 공부들을 열심히 하시는 것 같아 참 보기 좋습니다. 금년 말쯤이면 모두 엄청나게 바둑이 늘어 있을 겁니다."

그는 이 바둑이 오청원 9단과 고(故) 후지사와 호사이(藤澤朋齊) 9

단 사이에 1957년에 두어진 제 1기 일본 최강 결정전 기보라는 설명을 끝으로 박수소리와 함께 만방기원을 떠났다. 김대박은 핏기가 싹 가신 채, 석고상처럼 희고 굳은 얼굴로 멍하니 서 있었다.

김대박에 대한 최초의 승리. 그 감격에 성희룡과 변덕수는 전날 밤 기보(棋譜) 외우느라 치렀던 고생도 말끔히 잊었다.

"흐흐. 이에는 이, 눈에는 눈이다."

"100수가 넘어서니까 가물가물하데. 자네가 슬쩍 다음 수를 표시해주지 않았으면 수순을 놓칠 뻔했어. 킬킬."

희룡이 소주잔을 쳐든 채 "오청원 선생의 만수무강을 위해!" 하고 선창하자, 덕수가 "후지사와 선생의 명복을 빌며!"라고 화답했다.

김대박이 신경질적으로 내던지고 간 봉투엔 정확히 수표 10장이 들어 있었다. 덕수는 자신의 몫 절반 중 한 장을 기록하느라 애쓴 쇠돌이 몫으로 떼놓으며, 봄 코트 걸친 봉숙의 행복해하는 얼굴을 떠올렸다.

성희룡은 벌써 뻗 갔다. 용감무쌍하게도 술잔을 마구 들이킨 때문이었다. 오늘같이 기쁜 날엔 오나랑이 설거지 하나쯤은 면제해 주리라고 확신하면서.

19

피가로의 이혼

"여보, 아생연후 타살이 무슨 뜻이에요?"

저녁상을 물린 뒤 병원 자료를 들추고 있던 허기진에게 아내 노상자가 물었다. 그녀는 얼마 전 바둑에 입문했다. 졸지에 스승이 돼버린 외동딸 허영심 양이 바둑격언 10여 개를 외우라고 엄마에게 '숙제'를 내주었던 모양이다. 하긴 히포크라테스를 '히프 큰 테스' 쯤으로 받아들이는 노상자 여사에게 그것은 대단히 난해한 문자(文字)임에 틀림없었을 것이다.

"타살이 아니라 살타야."

허기진은 거기까지 말하곤 잠시 난감해졌다. 이걸 어떻게 설명해야 하나. 바둑격언이라니까 모두들 무심히 넘어가지만, 사실 이 말 자체는 보통 끔찍한 게 아니다. 아생연후(我生然後)에 살타(殺他)라니. 직역하자면 내가 먼저 산 다음 남을 죽이란 뜻이다.

공자님은 논어에서 남을 위해 자신의 목숨까지도 버릴 수 있어야 한다며 살신성인(殺身成仁)을 가르쳤다. 예수님은 원수를 한없이 사랑

하다 못해 그 원수가 왼쪽 뺨을 때리면 오른쪽 뺨까지 내밀라고 설파하지 않았던가.

그런데 아생연후 살타는 내가 먼저 산 뒤에 남을 구해주란 것도, 그냥 못본 척 지나치란 것도 아니다. 두 집 마련을 위해 허우적거리는 상대의 목을 아예 졸라버리라는 살생지령인 것이다.

"어쩜 그럴 수가! 세상에나."

노상자 여사는 갑자기 졸음이 싹 달아난 표정으로 "세상에나"를 거푸 반복해댔다. 그러고보니 설명하던 허기진 자신도 민망해졌다. 의술은 인술(仁術)이고, 인술은 '사람을 살려내는 어진 기술'이다. 비록 바둑판 위에서긴 하지만 그는 의사의 몸으로 '나 먼저 산 다음 남을 죽이려고' 허구한 날 필사적으로 살의(殺意)를 번뜩여왔던 셈이었다.

어찌 바둑판 위에서뿐이랴. 아생연후 살타는 인생사에서도 비일비재하게 이루어진다. 대다수 인간들이 예수의 사랑 가득한 얼굴, 석가모니의 자비 넘친 미소, 그리고 공자의 어진 표정으로 철저히 위장한 채 살타(殺他)의 찬스만을 노리며 눈을 번뜩이고 다닌다. 큰 살타와 작은 살타, 본격적인 살타와 사소한 살타가 병존하고 있을 뿐이다. 그 뻔한 사실을 허기진 노상자 부부가 직접 실감하게 되는 데는 그리 오랜 시간이 필요하지 않았다.

그날 사건은 허기진이 아내 노상자에게 건 한 통의 전화로부터 출발했다. 아내는 마침 집에 있었다.

"여보, 오늘 저녁 6시쯤 딴일 없지? 병원 앞으로 나와."

"무슨 일인데요?"

"응. 〈피가로의 결혼〉 표를 2장 예매해 놨어."

"다 저녁 때 무슨 결혼식이람. 외국사람들은 죄다 그 시간에 시집 장가를 가요?"

"뭐? 아니 그게 아니고, 구경을 가자니까."

"결혼식이 구경할 게 뭐가 있담…. 입장권까지 사야 들어가는 걸 보면 좀 유별난 결혼식인 모양이죠? 알았어요."

예술의 전당 홀에 발을 들여놓을 때까지만 해도 노상자는 건물이 예식장치곤 너무도 크고 사치스럽다고 생각했었다. 일찍 도착하는 바람에 공연이 시작되려면 아직도 20분이나 남았다. 허기진이 손가방을 맡기고 화장실에 간 사이 노상자는 휴게실 소파에 앉아 주위를 둘러보았다. 공연장 실내는 더없이 화려했고 관객들은 하나같이 우아했다. 노상자는 자신의 신분이 갑자기 두어 단계는 뛰어오른 듯 우쭐해졌다.

남편의 손가방 안에서 휴대폰 벨이 아우성을 친 것은 그때였다. 이 양반은 참 교양이 부족해. 이런데 와선 휴대폰부터 꺼야 하는 법인데…. 그녀는 한껏 교양넘친 미소를 지으며 허기진의 손가방을 열었다.

휴대폰엔 문자 메시지가 떠 있었다.

〈요즘은 왜 안들르세요? 그날밤을 잊을 수 없어. 보고 싶어요. ^^ 해진〉

에구머니나. 이게 뭔가. 이 양반 어쩐지 얼마 전부터 거동이 좀 수상하더라니. 해진? 뭐가 어떻게 해졌는지 모르지만 이름부터가 심상치 않다. 남의 멀쩡한 남편을 보고싶다고? 내 이것들을 그냥….

노상자가 휴대폰 스위치를 끈 뒤 손가방 지퍼를 닫고 있을 때였다. 누군가가 옆으로 다가오더니 "아, 노 여사님 아니세요?" 하고 말을 걸어왔다.

증권회사 직원인 박 대리였다. 그와 거래를 튼 지 1년이 가까워 온다. 노상자는 남편의 수입 가운데 일부를 '노후자금 증식' 이란 명분 아래 반 강제로 떼고 있다. 그걸 박 대리에게 맡겼고, 그 결과는 눈 깜짝할 새 원금의 3분의 1 이하로 줄었다. 남편은 이따금 그 자금의 현황을 물었고, 그때마다 그녀는 "조금만 더 있으면 두 배로 늘어날 것" 이라며 얼버무려 왔었다.

말하자면 주식투자의 참담한 실패는 노상자의 남편 허기진에 대한 최대의 아킬레스 건이었다. 하필 여기서 박 대리를 만날 게 무어람. 일이 공교롭게 되느라고, 바로 그 순간 화장실에 갔던 남편이 돌아왔다.

노상자는 어쩔 수 없이 남편에게 박 대리를 소개했다. 서른 살이 넘었을까, 아직 안됐을까. 그는 노상자를 가리키면서 "누님이 제게 참 잘해 주시는데… 요즘 실적이 안 좋아 면목 없습니다"고 허기진을 향해 말했다. 누님이라니. 그는 넉살 좋게도 계속 지껄이고 있었다.

"하지만 좋은 종목을 알아냈으니까 바꿔타면 곧 원금의 절반까

지는 만회할 수 있을 것 같습니다. 이번엔 틀림 없으니까 선생님도 여유자금이 있으면 맡겨 주시죠."

젊은 증권회사 직원은 호탕한 웃음을 남긴 채 사라져갔다.

오페라가 시작됐다. 알마비바 백작 저택. 수잔나와의 결혼식을 앞둔 피가로는 신방(新房)을 꾸밀 기쁨으로 손에 자(尺)를 든 채 뛰어다니고 있다. 백작부인의 시녀이자 오늘의 신부인 수잔나가 나가자 피가로는 혼자 남아 카바티나를 부른다. 시종 케루비노, 하녀장 마르첼리나, 음악교사 바질로 … 허기진과 동업자인 의사 바르톨로도 힘찬 목청으로 무대를 쩡쩡 울린다.

무대는 화려했고 배우들은 열연하고 있었다. 하지만 두 사람의 눈과 귀는 전혀 즐겁지 않았다. 허기진은 젊은 증권회사 직원의 언행이 자꾸 머리에 떠올랐고, 노상자 역시 휴대전화 메시지가 생각나 가슴 속에서 불길이 치솟고 있었다.

서양놈들의 결혼식이라고 좀 다를까 했더니 역시 돈 주고 볼만한 가치는 눈곱만치도 없군. 노상자는 갑자기 벌떡 일어나 남편의 손목을 잡아끌었다. 그만 보고 나가자는 제안이었다.

피가로가 케루비노를 빈정대는 내용의 아름다운 아리아 〈다시는 날지 못하리〉가 드넓은 홀에 울려퍼지는 중이었다. 허기진은 기가 찼다. 바쁜 틈을 쪼개 얼마 만에 마련한 문화생활인가. 티켓값만 해도 한두 푼짜리가 아니다. 허기진 역시 공연을 계속 즐길 만큼 마음 편한 상태는 아니었지만, 그래도 1막도 끝나기 전에 일어선다는 건 상상도 못

한 일이었다.

5월의 밤공기는 두 사람의 기분은 아랑곳 없이 부드럽게 온몸을 휘감아오고 있었다. 차에 오르자 허기진은 아내를 지긋이 쏘아보며 말했다.

"당신은 그저 밥만 먹고 배설만 하면 살 수 있다는 거지?"

"흥, 피가론지 피에로인지 결혼식 올렸으면 다 본 거지 뭘 더 봐요."

"결혼식은 3막에 가서야 해. 그리고 2막부터 얼마나 재미있는 스토리와 감미로운 노래가 등장하는지 알아?"

"까짓거 나훈아나 설운도가 수천 배는 낫더라."

"도대체 말이 안 통하는군. 그나저나 당신 착실히 저축해서 노후 자금 모은다더니 어떻게 된 거야?"

드디어 칼을 뺐군. 노상자는 어금니를 지긋이 깨문 채 전의(戰意)를 다졌다. 방귀 뀐 주제에 성낸다고 제가 먼저 큰 소리를 쳐? 하지만 노상자는 선뜻 조커를 펴 보이지 않았다. 내가 먼저 살고 상대를 죽이라고 배운 것이다. 그는 우선 아생(我生)연후에 살타(殺他)를 도모하기로 했다.

"내가 뭐 나 혼자 잘먹고 잘살겠다고 돈 쓰고 다녔나 뭐? 불리려다 보면 잠시 줄어들 수도 있는 거지."

이 정도로 끝냈으면 별 일 없었을 것이다. 하지만 제풀에 감정이 고양된 그녀는 기어코 한마디를 덧붙이고 말았다.

"남자가 쫀쫀하기는. 소갈머리가 밴댕이 사마귀보다도 작아가

지고…."

밴댕이 소갈머리 소리를 들은 허기진이 기어코 폭발했다.

"요즘 병원형편이 어떤 줄이나 알아? 얼마 안있으면 문닫게 생겼어, 이 여편네야. 편하게 집에 앉아 입에 밥 들어가니까 돈 몇백만 원이 무슨 애들 사탕값인 줄 알고 있는 모양이군."

이쯤되면 노상자도 뺑 돌아버릴 수밖에 없다. 뚜껑이 훌쩍 열리면서 반격을 준비하고 있는데, 허기진이 기어이 돌아올 수 없는 다리를 건너고 말았다.

"당신 그리고 언제부터 젊은 녀석들 누님 행세하고 다녔어? 도대체 그 뺀질뺀질한 자식하고 어떤 관계야?"

사람이 워낙 기가 막히면 말문도 함께 닫기는 법이다. 노상자가 씩씩거리고 있는 사이 차가 아파트 단지에 들어섰다. 간신히 하차한 노상자는 충격과 분노로 현기증을 느끼며 동(棟) 입구에 풀썩 주저앉았다. 허기진은 그런 아내를 부축할 생각도 않고 엘리베이터를 향해 혼자 걸어들어갔다. 생전 처음 보는 남편의 행동에 노상자는 실신하기 직전이었다.

이튿날 저녁, 퇴근하고 돌아온 허기진을 향해 노상자가 말없이 서류뭉치를 디밀었다. 이혼서류였다. 그녀는 내일이라도 함께 가정법원에 함께 출두하자면서 서명부터 하라고 했다. 이 마누라가 언제 저런 걸 다 구했지? 그러나 그게 중요한 게 아니었다. 이혼이라니. 숨이

컥 막힌 채 허기진은 아내를 놀란 눈으로 바라보았다.

"당신 이게 무슨 짓이야?"

"난 무식해서 당신 수준에 맞출 수 없어요. 나하곤 말이 안 통한다고 퉁 줄 때마다 항상 죄짓는 것 같았는데, 이제 당신을 풀어주기로 했어요."

"뭐가 어째?"

"나는 당신이 피땀 흘려 번 돈을 애들 사탕값 정도로만 알고… 집에 들어앉아 밥이나 축내면서 허구한 날 잠만 자고… 재산을 펑펑 까먹은 여자예요."

"여보 그, 그건…"

"젊은 녀석들한테 누님 행세나 하고 다니고… 그 뺀질뺀질한 자식하고 어떤 관계냐구요? 마음껏 상상하라구요. 난 이래저래 당신 아내 자격이 없는 모양이니 이쯤해서 갈라서요. 위자료 따위는 요구하지 않을 테니까."

"정말 이럴 거야?" 하고 소리지르는 허기진의 이마에서 진땀이 흘러내렸다.

"먼저 밴댕이 소갈딱지 어쩌구하면서 화를 돋군 건 당신이잖아!"

"그렇다고 그렇게 말할 수 있어요? 그 녀석하곤 어떤 관계냐고? 아무리 무식하지만 내게도 자존심이 있어요. 나쁜 짓 하다가 들킨 것도 아니고, 유식한 사람은 그렇게 함부로 말해도 되는 거예요?"

들고 보니 좀 과했다. 아내가 화낼 만도 하다. 어쨌거나 이혼이라니, 그럴 생각은 전혀 없다. 그래도 집안일 야무지게 잘하고, 무엇보다 외동딸 영심이를 봐서도 이 나이에 이혼이란 말도 안된다. 총각시절 그녀의 야성미에 반해 집안 반대를 무릅쓰고 가열찬 투쟁을 전개했던 장면이 주마등처럼 스쳐갔다.

입맛을 쩝쩝 다시던 허기진은 잠시 망설이다 가만히 팔을 뻗어 아내의 손 위에 얹었다. 그리고 말했다.

"내가 좀 심했던 것 같군. 미안해."

기어코 사과는 받아냈다. 고집 강한 남편이 이처럼 싹싹하게 백기를 드는 것은 드문 일이었다. 하지만 노상자는 남편의 손을 매몰차게 뿌리쳤다. 그녀로선 이제 본격적으로 따질 일이 남아 있는 것이다. 누명을 벗었으니 이것으로 아생(我生)은 완료한 셈인데, 아생연후엔 살타(殺他)라고 배우지 않았는가.

노상자는 냉정을 유지한 채 가라앉은 목소리로 다그쳤다.

"당신 병원 일찍 끝나는 날에도 툭하면 늦는 이유가 뭐예요?"

"아 친구들도 만나야 하고, 비뇨기과학회 간부들 볼 일도 많고 그런 거지. 또 뭘 따지려는 거야?"

"그럼 해진이가 누구죠?"

"엉?"

"왜 그렇게 놀라요?"

"당, 당신이 그 사람을 어떻게 알아?"

"허기진 씨 보고싶다고 메시지가 왔습디다. 요즘엔 왜 안들르 냐고."

절체절명의 위기였다. 거대한 대마가 통렬한 급소 한 방 치중 당해 숨이 꽉 막힐 때의 느낌 그대로였다. 식은땀을 흘리며 허둥대던 허기진의 뇌리에, 순간 결정적 묘수가 섬광처럼 때리고 지나갔다. 해진이란 이름은 강 마담만의 전유물이 아니지 않은가.

"음… 그 친구 참 본 지 오래됐네. 한 번 들르긴 들려야겠군."

"뭐예요? 여자가 아니란 말이에요?"

"당신 시인(詩人) 안해진이 몰라? 고향 후배인데 종종 바둑 글도 쓰지. 얼마 전 사무실을 냈더라구. 아, 당신에게 아직 소개 안시켰던가?"

"허튼 수작 말아요. 그럼 보고 싶다느니, 그날밤을 잊을 수 없다느니 하는 건 뭐람. 당신 동성연애해요?"

"허허, 참 지난 번에 내가 통신바둑으로 밤 새운 날 있잖아? 그날 그 친구한테 무려 7연승을 올렸었지. 녀석이 다음날 내게 전화를 했더라구. 복수전하게 빨리 만나자고 얼마나 보챘는지 혼났다니까…."

안해진. 그는 틀림없는 남자였다. 허기진은 바로 다음날 그 '후배'를 득달같이 집으로 데려왔고, 그가 내민 명함엔 '시인 안해진'이란 이름이 또렷이 박혀 있었다. 24시간도 안돼 명함을 급조하기란 불가능하다. 노상자는 뭔가 석연치않음을 느끼면서도 더 이상 내밀 증거가 없었다. 오히려 '피고측 증인'이 저토록 시퍼렇게 살아서 나타나지 않았는가.

  남편과 후배는 저녁상을 물리기 무섭게 바둑판을 펼쳤더랬다. 그 바둑에 '아생연후 살타' 장면이 등장한 것은 가위 숙명적이었다.

  [장면도] 상변 백진에 흑이 침입한 상황. 막 백 ◎와 흑 ▲를 교환한 장면인데, 백은 이 괘씸한 침입군을 응징한다는 생각이 앞서 [1도] 1로 차단했으나 10까지 자신이 먼저 잡히고 말았다. 살타를 노리다 아생을 잊은 격. [2도]처럼 서서히 훗날을 도모하는 게 바른 길이었다.

〔장면도〕

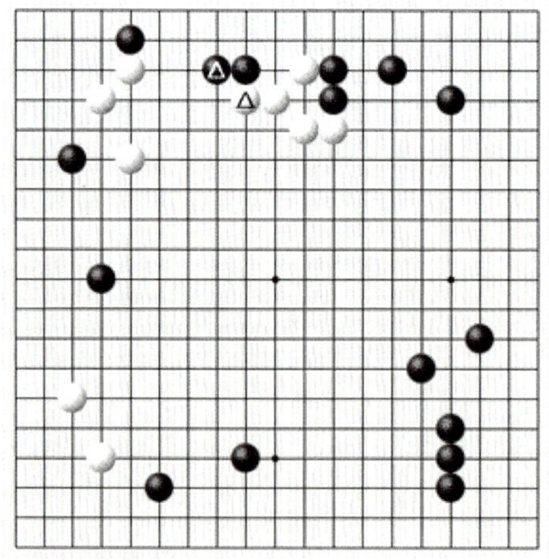

꽃 님 이 와 벼 락 부 자

[1도]

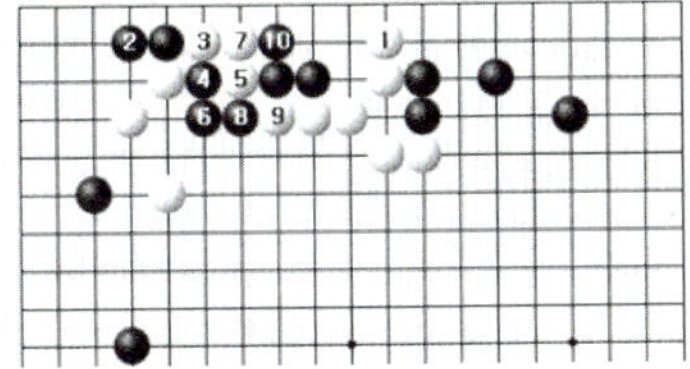

[2도]

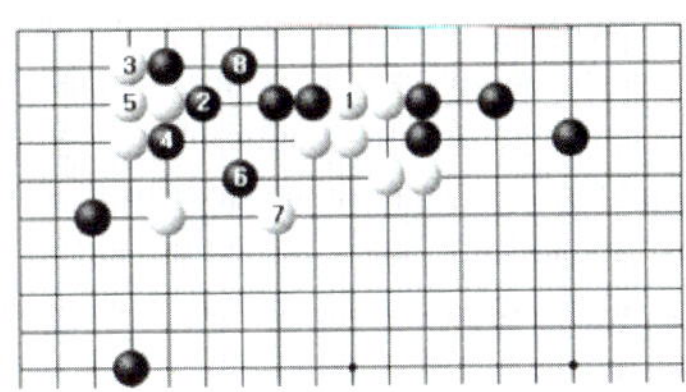

바둑판을 물리고 위스키 온더 락스를 홀짝이며 둘은 의미심장한 미소를 교환했다. 노상자는 부엌에서 설거지하느라 바쁜지 이쪽으론 얼씬도 않고 있었다.

"자네 아니었으면 난 꼼짝없이 이혼당할 뻔했네. 흐흐."

"바둑 둘 때만 빼면 선배님 머리도 제법 잘 돌아간다니까. 그 위기에서 어떻게 내 생각이 났어요?"

"자네 이름을 돌쇠나 용팔이 따위로 짓지 않으신 자네 어르신께 감축할 뿐일세. 킥킥."

"내 이름 팔았으니 정식으로 술 한 잔 사슈. 그 강 마담이란 사람 나도 한 번 보고 싶은데, 언제 데려갈 겁니까?"

"알았네. 내일 당장 가자구."

허기진과 안해진은 이튿날 룸살롱 청하로 쳐들어갔다. 가까스로 아생(我生)에 성공했으니, 이제는 하마터면 생 홀아비 신세를 만들 뻔한 원흉을 잡아 모질게 살타(殺他)할 차례였다. 하지만 안해진으로부터 자초지종을 전해들은 강해진 마담은 오히려 배꼽을 잡고 웃어댔다.

"앞으로 문자 메시지 매일 보내서 허 박사님 내 걸로 만들어야겠네."

"백날을 보내봐라. 해진이란 이름은 이제 무사통과라구."

"누가 그 이름으로 보낸대요? 내 이름이 몇 개나 되는지 모르시나봐. 호호."

아파트 문을 열어준 아내는 가슴에 꽃을 꽂고 있었다. 어버이날을 앞두고 고명딸 허영심 양이 달아준 모양이다. 그녀는 매우 기분이 좋아져 있었다.

"여보. 그 피가론가 하는 사람, 그 뒤 얘기가 어떻게 돼요? 결혼식 올린 담에 말예요."

"응. 뭐 잘 살다가, 나중엔 좀 시끄러워지게 되지."

"어머나, 왜요?"

"마누라가 남편 피가로의 핸드폰 문자 메시지를 몰래 훔쳐보곤 이혼하자고 했다나봐."

"피이. 피가로는 뭐 동명이인 후배도 없었대요?"

"그건 잘 모르겠고…. 어쨌든 둘이 이튿날 가정법원에 함께 가서 도장 찍었다지 아마?"

잠자리에 들었을 때 노상자가 천장을 바라보며 혼잣말처럼 중얼거렸다.

"여보, 그 아생연후 타살인가… 그 말 진짜 신통한 교훈 같아요."

"타살이 아니라 살타라니깐."

　"아무려면 어때요. 오늘 계모임에 가서 동창생들하고 심심풀이 섰다를 했는데⋯ 고작 두끗 세끗으로 먹은 판이 열 판도 넘어요. 패가 나빠도 안 죽고 인상을 팍팍 쓰면서 버텼더니, 지들이 겁을 먹고 알아서 다 죽어주더라구요. 내가 우선 산 뒤에 남을 죽였으니 그거야 말로 아생연후 타살이 아니고 뭐예요, 호호."

　하지만 그녀의 웃음소리는 그보다 훨씬 더 큰 파열음에 곧바로 묻혀버렸다. 어느새 허기진은 드르렁 드르렁 코까지 골며 깊은 잠에 빠져들고 있었다.

20

아디오스! 만방기원

얼마 전 세계적 바둑귀신들이 한자리에 모였다. 각국을 대표하는 천하의 고수들은 바둑을 떠나 모처럼 자유롭게 담소했다. 창궐하는 SARS(중증급성 호흡기증후군) 때문에 중국 기사들이 조금 경원당했지만, 오랜 세월 함께 부대껴 온 옛정을 봐 마스크 쓴 채 조금 떨어져 말하는 조건으로 자리에 끼워주었다는 후문이다. 막 현역서 은퇴한 세기의 농구스타 마이클 조던이 그날의 화제였다.

(조훈현) "조던이란 녀석 이제 겨우 나이 40에 벌써 은퇴했다며? 사람이 그렇게 일찍 시들어서야 어디 대선수라고 할 수 있겠나."

(가토) "맞아. 환갑이 4년밖에 안 남은 나도 아직 본인방을 갖고 있는데. 내가 그 나이 때는 판 위에 상대방 살아있는 돌이 씨가 말랐었어요, 씨가…."

(마샤오춘) "그 친구 우승 횟수가 6번이나 되더군요. 나도 1996년 한 해 두 번 우승했을 때는 '에어(*air*) 샤오춘' 이라고 불렸었는데.

히히.”

　　(요다) “공중에 붕 떠서 덩크를 꽂아넣을 때마다 조던이 바둑을
배웠더라면 큰일 날 뻔했다는 생각이 들어요. 아, 그 힘 갖고 내려치면
판 위에 성한 돌이 남아있겠습니까. 저야 뭐, 아무리 힘을 줘도 깨지는
돌은 몇 개 없걸랑요.”

　　이때까지만 해도 분위기는 제법 화기애애했다. 마샤오춘은 간간
이 마스크를 벗어제친 채 침을 튀기다가 혼이 나면서도 신나게 지껄여
댔다. 사스(SARS)는 공기보다는 침을 통해 전염된다는 게 정설이다. 생
애 통산 3만 2천 점, 게임당 평균 30점을 상회한 ‘농구 귀신’ 조던은
‘바둑귀신’ 들에게도 경이적인 존재였던 모양이다. 그 화기롭던 분위
기가 돌연 깨진 것은 난데없는 종씨(宗氏) 논쟁이었다.

　　(마샤오츈) “그러고 보면 우리 마씨 가문은 참 못하는 게 없어. 농
구에 마이클 조던이 있는가 하면, 축구엔 마라도나가 있어요. 수영엔
마크 스피츠, 테니스 쪽으론 마가렛 코트가 매년 우리 마씨 종친회에
나타나거든요.”

　　(조훈현) “뭐야? 이 친구 큰일 날 소리 하는구만. 조던이 조씨지
어떻게 마씨야? 우리 조씨 문중은 농구뿐 아니라 복싱도 꽉 잡고 있어
요. 왕년의 주먹 조 루이스, 조 프레이저, 조지 포먼이 모두 나한테 6촌
형님뻘이 되니까. 11대조 할아버지 조지 워싱턴은 미국으로 이민을 떠
나 그 나라 초대 대통령을 지냈지. 뭘 좀 알고 떠들게.”

　　(마샤오춘) “형님, 시방 복싱이라고 했소? 흐흐. 얘기 잘못 꺼내셨

수. 마이크 타이슨, 마빈 해글러, 마이클 스핑크스가 모두 마씨 문중에서 배출된 돌주먹들 아니오. 할아버지 제사 때 와서 절할 때 봤는데 주먹이 내 머리통만 합디다. 허어, 참."

이때 가만히 듣고만 있던 젊은 기사들이 조심스럽게 끼어들었다.

(이창호) "선생님, 우리 종씨도 좀 있어라우. 이브 몽탕이라고 들어보셨어라? 리차드 기어, 리즈 테일러, 리 마빈 등 우리 집안은 주로 연예 문화쪽에 강하지라우."

(이세돌) "창호 성님 말이 맞는당께요. 지도 세계를 호령하는 이씨 몇 명 생각해 냈어라. 프랑스 출신의 이다도시도 있고, 필리핀에 가면 세계적 구두 수집가인 이멜다 여사도 우리 종씨란게. 히히."

(고바야시) "자네들 그림에 대해선 좀 아나? 고흐 고갱 등 세계적 거장들이 모두 우리 집안이라구. 한때 고씨 종친회 러시아 지부를 맡아 운영했던 고르바초프 아저씨도 잘 계시다네."

종씨 논쟁은 그러나 오래가지 못했다. 단연 마샤오춘이 유리했기 때문이었다. 그가 마돈나, 마이클 잭슨, 마리아 칼라스, 마릴린 몬로, 마론 브란도, 마틴 루터 킹에다 심지어 마피아, 마징가 제트까지 갖다 붙이자 모두가 입을 봉해버린 것이다.

침묵을 지키던 조훈현이 마샤오춘을 잠시 째려보더니, 진짜 마피아처럼 목소리 깔고 이렇게 내뱉았다.

"짜식이 정말…. 그럼 조던 성씨(姓氏) 걸고 한 판 붙자!"

마샤오춘은 꼼짝 못하고 끌려갔다. 그리곤 그날 이후, 마샤오춘은 조던 이야기만 나오면 잠시 풀었던 마스크를 다시 땡겨 걸치며 입을 다물곤 했다. 그날 두 사람이 겨룬 한 판 승부는, 바둑도 오목도 아닌 알까기였다고 한다.

변덕수의 재담이 끝났다. 평소 같았으면 모두 박장대소하며 낄낄거렸을 텐데 오늘은 꽤 썰렁하다. 구경만 선생만이 "원, 싱거운 사람 같으니"하면서 빙긋 한 차례 웃은 정도였다. 창 밖을 바라보던 오만방 원장은 갑자기 안경을 벗어 닦았고, 김대박은 애꿎은 담배만 뻑뻑 빨고 있다. 제갈길과 성희룡의 시선은 TV를 향했지만 딴 생각을 하고 있음이 분명했다. 오나랑과 서봉숙은 목소리를 낮춰 심각한 표정으로 대화를 나누고 있었다. 강수만은 푹 숙인 고개가 아예 땅 바닥에 닿을 듯했다.

오만방 원장의 어젯 밤 폭탄선언이 주범이다. 만방기원 간판을 내리기로 했다는 것이었다. 그는 이유 따위를 설명하지 않았고, 사람들 역시 갑자기 그게 무슨 말씀이냐고 따져 묻지 않았다. 보면 모르는가. 전기세다, 수도요금이다 해서 각종 공과금에다 집세까지 갈수록 인상되고 있었다. 지출은 늘어가는데 손님은 거꾸로 줄어드는 게 그들 눈에도 뻔히 보였다. 고정멤버를 제외하면 뜨내기 손님 한둘에 그치는 날도 많았다.

오만방 씨는 그 책임을 오로지 통신바둑에 돌려왔다. 불과 10년 전 무렵만 해도 만방기원은 주말이면 앉을 자리가 없을 만큼 붐볐었다. 컴퓨터라는 괴물이 등장하지 않았더라면 그 많던 손님들이 썰물처럼 빠져나갔을 리 없다는 게 그의 확신이었다.

"그눔의 사이비 기원 땀시…."

성희룡이 참지 못하고 되물었더랬다.

"장인 어른, 사이버기원 말씀하시는 거죠?"

"그 인터넷인가 뭔가 이용해서 하는 통신대국 말이야. 그 천하의 사이비 기원들이 웬수라니까."

"그건 사이버(*cyber*)입니다만…."

"아, 이 사람아. 기원도 아닌데 기원 흉내를 내면서 진짜 기원들을 몰아내고 있으니 그게 바로 사이비(似而非) 아닌가."

만방 씨는 그때마다 눈치없는 사위 성희룡을 향해 불같이 역정을 내곤 했었다.

오만방 씨는 기원을 정리하는 대로 선산(先山)이 있는 충청남도 어느 농촌마을로 낙향할 계획이다. 그 일대 땅값은 불과 몇 달 새 2배 가까이 올랐다. 수도(首都) 이전 계획과 맞물려 불어닥친 때아닌 투기 바람 덕분이다. 하지만 만방 씨는 하나도 기쁘지 않았다. 평생 천직으로 알고 몸 바쳐 일궈온 기원이 자신의 뜻과 상관없이 문을 닫아야만 한다는 아쉬움, 그리고 그곳에서 함께 정붙이며 지내온 멤버들과 헤어지게 됐다는 서운함 때문이었다. 만방기원 출입객들의 심정도 똑같았다.

그러고 보니 그것도 무슨 징조였는지, 최근 한 달여간 '만방 패밀리'들 사이엔 꽤 굵직한 사건들이 잇달았다. 좋은 일도 있었지만 나쁜 일도 많았다. 조물주는 인간들의 삶에 경사와 흉사가 반복되도록 미리 치밀한 극본을 장치해놓는 모양이다.

허기진 집안의 우환과 성희룡의 실직 등이 대표적인 '나쁜 뉴스'였다. 허기진의 아내 노상자가 병상에서 신음한지 한 달이 가까워온다. 타고난 건강체질인 그녀가 용변시 통증이 느껴진다고 했을 때만 해도 허기진은 대수롭지 않게 생각했었다.

(노상자) "여보, 종합진단으로 몸 안 모든 장기(臟器)들의 상태를 샅샅이 알 수 있어요?"

(허기진) "물론이지. 몸 전체 방방곡곡 안나오는 데가 없어."

(노상자) "당신 보기엔 내 몸에서 가장 기능이 떨어지는 데가 어디 같아요?"

(허기진) "그야 물론 뇌(腦)겠지. 우하하."

그런 농담과 함께 종합진단을 받게 했더랬는데, 결과는 방광암(膀胱癌)이었다. 바로 허기진의 전공분야다.

방사선 및 내시경 검사를 시행한 결과 병세가 제법 진척된 상태였다. 아직 다른 장기로의 전이(轉移) 증상은 없는 게 천행이었다. 이른바 표재성(表在性) 방광암이어서 내시경을 통해 암 덩어리를 제거해야 한다.

허기진은 가슴이 찌르르해 왔다. 배운 건 부족하지만 순수하고

정직한 여자, 남편과 딸을 위해 평생 헌신해 온 아내를 자신은 평생 멸시하고 놀려대기만 해왔다. 바람피우다 들킨 뒤, 한때 이혼까지 제안했던 아내다. 조금만 더 늦었더라면 그녀와는 유명(幽明)을 달리하는 것으로 갈라설 뻔했다. 허기진은 다음 주 아내의 수술을 직접 집도하기로 하고 모든 일정을 조정했다.

성희룡도 마침내 '주 7일 휴무제' 에 동참하는 신세가 됐다. 다니던 벤처회사가 보름 전 문을 닫은 탓이다. 거듭되는 자금난과 실적부진, 거래선 이탈 등이 겹치면서 마침내 도산한 것이다. 한때 테헤란밸리에 여봐란 듯 번듯하게 자리했던 그 회사 건물엔 즉시 일본계 대금(貸金)회사 간판이 새로 내걸렸다.

풀먹여 다려입은 와이셔츠 깃을 빳빳이 세운 채 근무하던 총각 시절의 엘리트 의식도 함께 스러졌다. 지금은 장인이 된 오만방 원장의 농담대로 '벤처' 아닌 '변쳐' 가 돼버린 셈이었다. 희룡은 대신 집안에서는 더욱 바빠졌다. 아내 오나랑의 유일한 '보직' 이었던 다림질까지 떠맡으며 가정의 대들보로 떠오른 것이었다.

김대박은 경마장에서 시비가 붙는 바람에 폭행사건으로 몇 주간이나 곤욕을 치렀다. 교장 선생과 마음이 맞지 않아 고심했던 중학교 체육교사 제갈길은 수도권 인근 학교로 전근가는 걸로 마무리됐다.

노상술? 그는 아예 술독에 빠진 채 나올 생각을 않는다. '벼락부자' 와 '은하수류' 두 미모의 여성들 때문이다. 둘 모두 이미 등기된 임자가 있었다. 두 눈이 시퍼렇게 살아 있는 놈씨들과 이미 약혼식 날짜까지 받아놓은 단계였으니, 노상술의 상심이 얼마나 컸겠는가.

그러나 좋은 일도 잇달았다. 우선 변덕수가 7개월 뒤면 아빠가 된다. 그의 아내 서봉숙은 장하게도 결혼한 지 두 달이 채 못돼 임신 3개월 진단을 받는 '초과달성'을 이룩해 냈다.

감격한 변덕수는 자신이 '최고경영자'에 오르는 것으로 아내의 노고에 보답했다. 일거리를 찾다가, 까짓것 아예 기업체를 설립한 뒤 CEO로 취임한 것이다. 집 근처 초등학교 입구에 위치한 다섯 평 남짓한 떡볶이 가게다. 규모가 무슨 상관이랴. 3년여의 기업자(棄業者) 생활을 끝낸 보람은 아무도 모를 것이다. 유일한 종업원이자 부사장인 서봉숙은 변덕수 사장의 강력한 경고에도 아랑곳없이, 소매를 걷어붙인 채 장사 재미에 흠뻑 빠져들고 있다.

그 밖에도 뉴스는 꼬리를 물었다. 구경만 선생은 모 출판사로부터 저술을 제의받고 원고집필에 돌입했다. 그가 인도철학의 숨은 석학이었음을 아무도 몰랐었다는 게 신기할 뿐이었다.

만방 어린이 교실의 강수만 사범은 우리나라 굴지의 바둑교실인 하정회 도장 사범으로 초빙됐다. 성실 과묵한 강 사범은 그 동안 여기 저기서 끈덕진 러브 콜을 받아왔던 모양이었다.

그러나 만방기원에는 진짜 깜짝 놀랄 만한 경사(慶事)가 마지막 이벤트로 준비돼 있었다. 그리고 그 화룡점정(畵龍點睛)을 맡아 해낸 주인공은 기원 안에서 가장 나이어린 이쇠돌 군이었다.

철부지 때 남해안 어느 섬을 떠나 상경한 뒤 어린이 바둑교실 사

환으로 궂은 일을 도맡아 해왔던 이쇠돌. 그 17세 소년이 세상에서 가장 어려운 자격시험이라는 프로입단대회를 통과한 것이다. 그 깜짝 쇼의 과정이 또한 운명적이었다. 본인을 포함한 만방기원의 그 누구도 쇠돌이의 프로입단을 상상조차 해 본 적이 없었기 때문이었다.

쇠돌이가 송 회장댁 손녀딸(그녀의 이름은 은별이었다)을 가르치러 나바론 요새 같은 대저택을 드나든 지 두 달이 막 넘은 어느날이었다. 송 회장이 쇠돌이를 불러 앉혔다. 그리곤 아랫사람을 시켜 일반인 입단대회 출전신청서를 접수시켰노라고 선언했다. 그 집에 드나들기 시작한 두 달 사이 송 회장은 프로나 아마 최강자들을 연짱 초청해댔고, 쇠돌이는 그들과 숱한 대결을 펼쳐야 했더랬다. 입단대회는 바로 코앞으로 다가와 있었다.

예선은 가볍게 통과했지만, 본선 무대는 제 아무리 쇠돌이라 한들 간단한 전장(戰場)이 아니었다. 모두들 각 도장에서 위명을 떨치는 기라성 같은 강자들의 각축장이었다. 관측통들은 무명소년 이쇠돌의 등장에 놀라움을 표시했지만 그를 입단후보로까지 꼽아주지는 않았다. 그만큼 경쟁자들은 널리 알려진 강호들이었다. 본선에선 총 12명이 풀 리그를 펼쳐 1,2위 2명만이 입단 관문을 돌파하게 돼 있다.

3연승의 호조로 출발했던 쇠돌이는 4국째 1패를, 다시 9국째에 패점을 추가해 최종국을 앞두곤 8승 2패를 기록중이었다. 마지막 상대는 연구생 입단대회서 2회 연속 3위로 낙방한 뒤, 연령초과로 퇴출돼 일반인대회로 출전한 소문난 맹장이다.

이쇠돌의 백번. 거의 매일 대국장까지 나와 응원해주고 있는 대국실 밖의 송 회장과 만방기원 어른들을 떠올리며 쇠돌이는 호흡을 가다듬었다.

[장면도]를 보면 실리는 그런대로 괜찮으나 중앙 백이 매우 엷다. 이 일대를 안정권으로 이끌어놓지 않으면 끝까지 시달릴 것이다. 어떻게 두어야 할까.

〔장면도〕

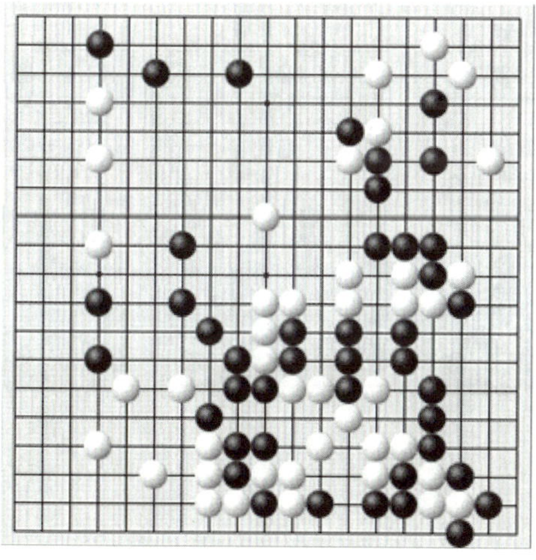

고심하던 쇠돌은 [1도] 1로 단수를 쳤다. 그리곤 5까지 2단 젖혀
갔다. 고개를 갸웃거리던 상대는 [2도] 흑 1로 단수쳐왔다. 하지만 4에
이르자 고개를 푹 떨궜다. 비로소 눈치를 챈 것이다. 그는 [3도] 1, 3만
예상했던 모양이었다. 이 진행은 우변을 깼다지만 상하의 흑이 두터워
중앙의 백이 여전히 엷다.

6까지 중앙 요석이 떨어져선 흑은 힘을 쓸 수가 없어졌다. 순식
간에 발생한 변화였다.

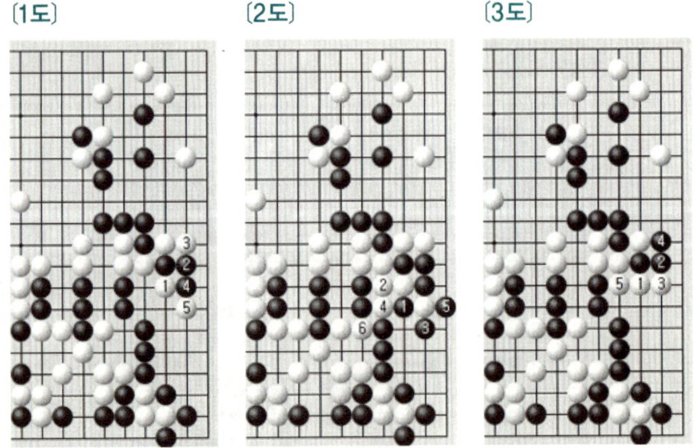

〔1도〕　　　〔2도〕　　　〔3도〕

그 뒤에도 70여 수를 악전고투하던 상대는 좌변서마저 출혈이 커지자 마침내 돌을 거두었다. 9승 2패. 쇠돌이는 지난 기 시드에 남았던 한 살 아래의 소년과 동률을 이루며 함께 입단했다. 바둑돌을 처음 만진 때부터 따지자면 10년이 조금 넘는다. 그 사이 많은 일이 있었지만, 뿌듯한 성취감을 느낀 것은 그게 처음이었다. 쇠돌이는 자신도 모르는 사이에 콧날이 시큰해왔다.

대국장 문을 열고 나서는 순간 무언가가 쇠돌이를 향해 돌진해왔다. 휠체어였다. 은별이는 민첩하게 방향을 틀더니 함박웃음을 터뜨리며 쇠돌의 가슴에 꽃다발을 안겼다. 만방기원 식구들이 일제히 박수를 쳤다. 잠시 후엔 허영심 양도 도착했다. 엄마 노상자 여사를 간호하다 달려온 모양이었다. 송 회장은 쇠돌이에게 두툼한 격려금 봉투를 전달하더니 급한 약속이 있다며 자리를 떴다.

한국기원 근처 삼겹살집이 축승회(祝勝會) 겸 만방기원 해체식 자리가 됐다. 모두들 만감이 교차하는 표정이었다. 쇠돌이의 등을 대견한 듯 토닥이던 생불여사가 갑자기 손수건을 꺼내더니 팽 하고 코를 풀었다. 여성의 눈물은 전염성이 매우 강하다. 오나랑과 서봉숙, 그리고 허영심의 눈자위가 갑자기 벌게졌다. 남자들은 말 없이 소주잔을 기울였다.

오만방 원장이 변덕수에게 잔을 건네며 말했다.
"그래, 마이클 조던은 마씨와 조씨 어느 쪽으로 낙착을 봤능가?"

어리둥절하던 변덕수가 머리를 긁적이자 오 원장이 다시 말했다.

"우리 오씨 가문도 만만치 않다구. 우선 오청원 선생이 계시지 않나? 게다가 오마 샤리프, 오드리 햅번, 오프라 윈프리, 오 헨리, 오노⋯."

"원장님 그만 하세요. 제가 첨 그 얘기 꺼냈을 때보다 더 썰렁해요."

"허허, 왜 그러지? 난 참 재미있던데⋯."

그때 은별이가 좌중을 둘러보며 말했다.

"쇠돌 오빠가 보고 싶은 분은 언제건 우리집에 놀러 오세요. 바둑도 배우고⋯ 하지만 오빠, 이젠 프로니까 공짜로 가르쳐주면 안되는 거 알지?"

그 한마디에 비로소 웃음이 터졌다. 만방기원이 문을 닫으면 쇠돌이는 아예 송 회장의 철제요새 안으로 들어가 살기로 결정된 상태였다.

"사람 살아가는 게 흰 말이 달려가는 것을 문틈으로 보는 것처럼 순식간이라더니⋯."

구석에 자리한 성희룡이 낮게 탄식하자 변덕수가 받았다.

"그래. 생겨나고 헤어지는 게 자연의 섭리지. 아우성들 쳐봤자 모든 것이 부처님 손바닥 위라니깐."

"그래도 덕수 자네는 만방기원에서 나같은 훌륭한 형님을 얻었으니 얼마나 큰 행운인가."

"뭐, 형님이라고? 바둑은 사한테 버르장머리가 말이 아니군."

옆에 자리한 구경만 선생이 빙긋이 미소를 머금는 듯했지만 그것도 잠깐이었다. 철학자는 잽싼 동작으로 삼겹살 한 점을 집어다 입에 털어넣더니, 지금 이 동작말고 더 시급한 용무는 아무것도 없다는 듯 으적으적 맛나게 씹어댔다.

이 홍 렬

서울 출생. 아마 6단
연세대 상경대 졸업
한양대 언론정보대학원 졸업
문학석사 (논문 제목: 한국 신문의
바둑문화에 대한 사적 고찰)
한국일보, 조선일보 기자,
동 스포츠레저부 부장 대우(1995년)
현 조선일보 바둑 전문기자 겸
LG배 세계 기왕전 관전 필자
저서: 《19×19 인생퍼즐》,
《LG배 세계기왕전》 외

이홍렬 실전 바둑 콩트집

꽃님이와 벼락부자
만방기원 사람들

2003년 12월 5일 발행
2003년 12월 5일 1쇄

저자: 이홍렬
발행자: 趙相浩
발행처: (주) 나 남 출 판

서울 서초구 서초동 1364-39 지훈빌딩 501호
전화: (02) 3473-8535(代), FAX: (02) 3473-1711
등록: 제 1-71호(79. 5. 12)
홈페이지: www.nanam.net
post@nanam.net

ISBN 89-300-2061-5   책값은 뒷표지에 있습니다.